爱夜光杯 爱上海 2021

新民晚报副刊部 主编

文汇出版社

"夜光杯"的编辑们　　　　李铭珅／摄

目 录

第一辑

胡建君__满堂花醉史依弘…………3

诺　澄__上海弄堂，有最绵长的记忆…………10

袁念琪__上海人的白酒…………14

杨锡高__上海的早晨…………18

梁波罗__铭记一生的拥抱…………21

胡雪桦__永远年轻的"卢阿姨"…………25

潘与庆__勇敢者道路，多少上海小囡难忘的记忆…………39

佟姗珊__您好，我是濮存昕…………42

秦文君__暮年的澄光…………48

贾　赟__外公、我和淮海路…………52

梅子涵__此致盖浇饭…………55

朱　光__朱逢博：接受，随后努力…………59

言　尔__上海每个人都接触过他的设计…………64

刘心武__瞿独伊、孙维世合影…………70

黄永玉__只此一家王世襄…………73

沈琦华__巫慧敏，这位上海歌手的"歌声与微笑"仍在
…………88

骆玉明__三小姐的闺房…………90

华以刚__训练局往事…………95

第二辑

王悦阳__王文娟：演戏复杂一点，做人简单一点·········· 107

章慧敏__上海的那些老师傅·········· 113

孔明珠__上海爷叔哪里聚聚·········· 116

马尚龙__宁波咸贤闲·········· 120

林青霞__林妹妹宝哥哥隔代相遇·········· 123

李　宁__丁字型皮鞋·········· 127

韩可胜__白露，繁华季节的谢幕·········· 130

丰南颖　丰意青__公公丰子恺与父亲丰华瞻·········· 133

李春雷__真有后来人·········· 141

郭　影__吴颐人、吴越：多年父女成朋友·········· 152

曹可凡__与杨振宁先生面对面·········· 160

华心怡__乔榛金婚·········· 166

张国伟__控江路，不响·········· 172

吴四海__做一个被老人喜欢的人·········· 175

第三辑

吴旭峰　吴小庆　尹彦　尹松__从戎不投笔
　　——父亲吴强创作小说《红日》的前前后后·········· 181

王　璐　周梅森：人生就是一次次的"突围"·········· 190

朱贤皛__宋庆龄食蟹·········· 196

何建明__《沙家浜》一个没出场的主角·········· 199

胡展奋__捡漏拼多多·········· 208

李大伟__朋友圈瘦身·········· 212

汪　芳__善良的种子·········· 215

陈世旭__梅干菜烧肉·········· 218

孙庆原__我心中的爸爸和妈妈
　　　　——写在孙道临百年诞辰之际·············· *221*

海　飞__杨浦龙江路75弄·············· *232*

赵　蘅__在女儿画本里的妈妈杨苡,102岁了·············· *236*

金宇澄__晚报代表了时间·············· *242*

叶　辛__不变的情怀·············· *248*

赵丽宏__在夕照中等待·············· *251*

奚美娟__《夜光杯抒怀》的抒怀·············· *254*

陈　村__我和我爱的《新民晚报》·············· *256*

王汝刚__纸上大舞台·············· *259*

秦来来__我认识的金采风先生·············· *262*

周晓枫__张艺谋：工作狂人和吐槽高手·············· *266*

张　欣__大补不受·············· *273*

沈嘉禄__致灶王爷的一封信·············· *276*

第四辑

龚　静__说点客气话·············· *283*

江铸久__平常心是道·············· *287*

吴南瑶__如何成为"陈冲"·············· *290*

陈丹燕__上海之子·············· *297*

章　红__80岁,妈妈终于当上作家了·············· *301*

叶稚珊__我们终将重聚·············· *307*

张　涵　梁晓声__用文字笑看人世间·············· *315*

剑　啸__平安大戏院和华业公寓旧事·············· *322*

于　漪__柔水长流,润物无声·············· *330*

羊　郎__上海人的"零拷"·············· *333*

贺小珉__想念您,老爸
　　——纪念贺友直诞辰一百周年············ 337
肖复兴__老太太············ 341
吴　霜__想念我的六叔吴祖强············ 345
戴　民__封楼后的邻里情············ 349
邱　权__缅怀姑婆陆小曼············ 352
彭瑞高__疫情中的感动与幽默············ 356
南　妮__珍惜资源············ 359
邓伟志__焦虑不发火,我们更敬佩············ 361
毛时安__艰难中书写人性的高贵············ 363
老　周__她不是药神,只是在小区开了家"小药铺"············ 366
童自荣__老厂长,你知道我们在想你吗?············ 370
周丹枫__高龄独居老人自述:谢谢你们小心翼翼地守护我
　　············ 374

后　记············ 377

爱夜光杯
爱上海
2021

第
一
辑

满堂花醉史依弘

原创 2021-05-01 胡建君

今年的"五一"假期,史依弘再显劳模风范,连续三晚在上海大剧院推出三台大戏,分别为《霸王别姬》《白蛇传》《锁麟囊》,跨越梅程两派,亦张亦弛,允文允武。

当史依弘走出剧情,走下舞台,洗去妆容,那干净而蕴藉的模样,笑容中透出的灵秀与优雅,更有一种素朴安静、笼罩全场的气场,雅而美,善而真。正像宋徽宗说李师师"一种幽姿逸韵,要在色容之外",那是一种素以为绚的大美。她在江湖之中,又在红尘之外,繁华历尽,不改初衷,惯看风月,依旧纯真。她不说话,都是声情并茂的。

文武昆乱,梅尚程荀

毛尖对史依弘说:"我要是跟你一样会唱戏,我一个字也不会多写。一亮嗓,就是国色天香。"确实,梅派大青衣史依弘唱念做打俱佳、文武昆乱不挡，日常举手投足间更有一种含而不露、气定神闲的优雅。其不温不火、清净淡雅的风范，正符合中国传统平淡天真、温柔敦厚的审美，展现出一派堂皇蕴藉的大家风范。

史依弘曾和我的博导卢甫圣先生合作，在"文武昆乱"的京昆大戏《白蛇传》《牡丹亭》《穆桂英》《奇双会》和《玉堂春》中，卢师的国画作品《知一知二之间》《国色》系列等依次作为舞台天幕，惊艳登场。当飞扬奇硕的大朵牡丹灼灼盛放于娇艳的杜丽娘身后，当万山红遍的奇峰峻岭绵延起伏于一袭白衣的白素贞周遭，当代顶级的视觉艺术与表演艺术完成了亲密碰撞，给人以与古为新的时尚感与新奇感，与传统剧场的格调殊异。喜欢挑战的史依弘，骨子里却是最传统的。她一生痴迷于梅派，将梅派的精髓贯穿到声腔的每一丝起落。她认为梅派最为典雅工整，就像学声律以唐诗启蒙，学戏则从梅派入手，必不会偏颇，找不到特点便是最高级的特点，正如大美无形。

据说梅兰芳先生曾认为弟子言慧珠很适合扮演《巴黎圣母院》里的艾斯米拉达，最终这出戏未能排演，一直是个遗憾。在史依弘的推动下，现任上海京剧院副院长的冯钢担纲编剧，将雨果的《巴黎圣母院》改成了京剧《圣母院》，女主角史依弘将唱念做打融入"非传统"的改良京剧配乐中，中西合璧，神贯气连，大放异彩，更了却梅派弟子们的一桩夙愿。2018年的"五一"期间，史依弘一鼓作气推出了"梅尚程荀史依弘"专场，即《苏三起解》《昭君出塞》《春闺梦》和《金玉奴》，百转千回，天雨缤纷，堪称视听盛宴。这些其实是京剧传统戏中旦行必会的骨子老戏。追溯京剧的历史,可发现很多大家并非恪守一派,比如杨荣环先生艺兼梅尚;言慧珠之《法门寺》,一晚上唱几个行当;王瑶卿、梅兰芳先生亦糅合青衣、花旦而创造出"花衫"行当。由此,史依弘遍演"梅尚程荀"之做法亦有章可循,是对历史的借鉴,更是对传统的巡礼。

近些年史依弘的另一个大手笔是把徐克经典武侠电影《新龙门客栈》搬上了京剧舞台。在这部可谓"三个人的修罗场"的大戏中,面对男主角周淮安,史依弘一人分饰两位女主,兼容金镶玉的热情火辣与邱莫言之清冷孤绝。一个是红玫瑰,一个是白玫瑰,一边是海水,一边是火焰,终于在暗自较量中相互理解和成全。这部大开大合的戏既有周密的编排,又有"即兴的凌乱",更融入了传统四大流派的唱腔与做派。现代舞发力方式的融入,略略打破戏曲的程式化表演,令人目不暇给。继之前"梅尚程荀史依弘"专场演出后,能设计出这样秉性多元的角色,集萃旦行之美熔铸一炉,既是新编戏跨界编排的创意与胆识,也是向传统经典的致敬与回归。

今年再演的《杜鹃山》又是一次归去来兮的尝试,依旧秉承"从传统来,不往传统走"的理念。其音乐在传统京剧的基础上,创用了多种新的声腔与板式:反二黄中板,西皮慢二六,二黄吟板等,并大胆融入歌剧、地方戏、民歌小调等元素,丰富了人物的性格。兼收并蓄的史依弘唱得一气呵成,响遏行云。紧张的排练间隙,生性可爱的史姐姐在谈笑间不时蹦出几句台词金句,诸如"这个问题,是革命的首要问题""不能轻举妄动",等等。这样的姐姐,在按部就班中拥有了身心的巨大自由,因此人戏合一,信手拈来。

敏而好学，深潜传统

史依弘少时受教于著名京剧演员、教育家张美娟，从京剧武旦入门，又转益多师，向戏曲声乐专家卢文勤学习发声方法。她说自己其实是个很不自信的人，上学的时候，张美娟老师一直觉得她是个笨学生，不被表扬或认可的她只能一遍遍反复训练，以期达到老师的要求。为了练"圆场"，老师把她两条腿的膝盖都绑上，每次只能走半步，稍微一着急就会摔倒，不知跑坏了多少鞋，才打下了扎实的基本功。10岁到17岁，她每一天都在练功房里度过，没有寒暑假。除了学文化就是练功学戏，她却乐在其中，甚至不想毕业，觉得一直待在课堂里该有多好。

除了日常练功，少年的史依弘还要每天到卢文勤老师家里学习发声。卢老师的两位女儿回忆往事，总夸赞史姐姐不辞辛苦，从15岁坚持到二十五六岁，"今天哭着鼻子回，明天又准时来"。卢老师将一生所学倾囊相授，并教给她超越同龄人的思维判断与审美，比如他告诉姐姐梅兰芳先生的艺术是美的，即便做不到，也要朝着那个方向努力。

史依弘认真执着，深潜于传统，又把每一部传统戏当作新戏来排来演，贴合人物个性，进行有思考的二度创作，所以每一次的经典再现，都百看不厌。她无与伦比的敬业与用心，便是成功的法门。即便是不带乐队的过排，她也坚持满宫满调完成每一句唱念，从来不搞"走过场"。这是她一直以来的习惯，"我不愿错过任何一次排练的机会,只有这样才能找到正式演出的感觉,一气呵成"。

她的认真还体现在每唱完一场大戏,身心俱疲,衣衫湿透,依旧一次次鼓足精神给热情的观众返场,让人敬佩又心疼。她拥有很多老年粉丝,经常与老人促膝攀谈,没有任何代沟和障碍。因为她从小跟随外婆长大,外婆的影响贯穿终身。她常说"我要对老人好一些",更以无比的温柔与耐心对待身边的老人。她老少通吃,待人至诚,表里如一,通透干净。曹可凡认为依弘对角色赋予了更多女性的柔美,体现出一种人文情感的内涵,正源于她发自心底的真诚、执着的信念及柔软的大爱。

史依弘对所有艺术门类都深有兴趣,除了戏曲,还倾心音乐剧、芭蕾、歌剧、话剧、交响乐等。生活中的她亦心胸开阔,敏而好学,一直保持着赤子般的热情与好奇心。史姐姐并不擅交际,却喜欢与不同领域的师友交流,五湖四海,三教九流,她都互通有无,博采众长。但骨子里内向的她并不喜欢挤在人群里,也不太喜欢在非表演时间被人关注。

如打通任督二脉般融会贯通,在无尽的日升月落的努力中,史依弘不知不觉将所有庞杂的学识、所有所学的唱腔、招式完美化生成自己的风格与气质,并引领协调整场气氛,让舞台上下为之倾心震撼,击节赞叹。想起易顺鼎送给梅兰芳的那句:本来尤物能移人,何止寰中叹稀有。

"弘"之一字,正代表史姐姐的理想、情怀和心胸。陆康老师曾专门为她刻制一枚"弘"印,印面直让人想到张大千画给张充和的《水仙图》,吴带当风般表现出飘逸又内敛的水袖和身段。

陆老师的这枚印,更有青衣的端庄高贵,宽阔自在,如此凝练而飞扬,那就是我们心目中的史依弘,既旁逸斜出,又得其圜中。

允文允武,满堂花醉

1930年,京剧大师梅兰芳第一次带着京剧和昆曲踏上美国的土地,引起轰动。2017年,史依弘带领京剧《霸王别姬》团队在美国大都会艺术博物馆的阿斯特中国庭院演出,历时半个月14场。结束之时,这座全球顶级博物馆公开宣布,史依弘手上那柄代表中国戏曲魅力的宝剑,将被博物馆永久珍藏。那一刻,如同宝剑酬知己,中国的京剧,被世界铭记。

史依弘也在国内做了《霸王别姬》的室内乐版尝试,将单线条的中国戏曲音乐结构与纵向多声部的交响音乐模式做了大胆整合,没有了喧闹的锣鼓经,改为蝶式筝主奏,辅以大提琴、中提琴、小提琴,激扬的情绪得到缓冲,戏曲整体气质更加层次丰富而细腻优雅。舞台上,一片浓红愁绿,明媚忧伤。我见犹怜之时,更显出杀伐绝艳之气质。

自1921年梅先生和国剧宗师杨小楼着手创排《霸王别姬》以来,至今恰好百年,经过岁月的打磨,这部戏已然成为梅派本戏中最负盛名的经典。这个五一,史依弘在时隔八年后,再次于大剧院演出全本《霸王别姬》,携手当今梨园界武生、花脸的顶尖人物奚中路、杨赤共同演绎,打造中生代戏曲演员的梦幻阵容,借以向该戏演剧史上的两座高峰——武生杨小楼、花脸金少山致敬,向确立霸王"两门抱"的梨园传统致敬。

史依弘说,梅派戏《霸王别姬》和《白蛇传》都有悲剧色彩,但是当年梅兰芳演的时候从来都是极"淡"的。面对生死,依然平淡从容,这种淡然反而让台下的观众悲从中来,可谓悲到骨子里,这才是最高级的审美处理。人物性格设计明若星辰,深如大海,映照出虞姬万般风情之外,虽万千人吾往矣的剑胆琴心。偌大的舞台上,史依弘一手捏诀,一手舞剑,蹉步、云手、抱、栽、刺、涮,重若千钧又翩若惊鸿,随着鼓声和琴声落下最后一个工尺,仿佛繁华落尽,时空在此间凝驻。子文说,舞剑一折,既是江山易帜的悼挽,又是四面楚歌的绝望,与其说是为霸王解忧片刻,不如说是以剑当语,做人生华美的诀别。

应邀填过一首《八声甘州》给史依弘,遍数她的代表剧目,姐姐十分喜欢:"看美人一笑坐生春,龙门醉中真。数风流慷慨,清音遥叩,梅尚程荀。对影湖山依旧,不染衣上尘。律吕自相召,长寄此身。整顿寰中意气,照一泓秋水,海岛冰轮。叹人间天上,风月浩无垠。尽悲欢、春秋亭外,归去来、剑舞妙通神。寻常事,弦歌当酒,心迹已陈。"就在这些声情并茂的煊赫的夜晚,满堂花醉史依弘,我们一起为有情的春天做个明媚的收梢,迎接热烈饱满的浓夏。

上海弄堂,有最绵长的记忆

原创 2021-05-05 诺澄

过年的时候,表弟在家族微信群里发了一条信息说,外婆家的老房子终于要动迁了,要不要大家去拍照留念。外婆家的老房子从我大学毕业那会儿就说要拆迁。多年过去,我出国又回国,结婚生子,老房子依然在,只是逐渐淹没在周遭鳞次栉比的高楼之间。

年初三,位于虹口区的外婆家。弄堂里面的住户早就陆续搬离,青砖灰瓦的石库门房子斑驳破败,却没有特别脏乱。"在这里住了一辈子,走前也是要弄得清爽一点的。"听到有白发老人关照正在搬家的小辈们。

沿着狭长的弄堂一路走往纵深处。午后的阳光斜斜地从不高的砖墙后面照进来,有几株绿植从二楼的晒台边探出来随风一晃一晃地点着头,在灰白的水泥地面映出斑驳光影。在乌漆实心厚木门上面有着铜制的小狮子,口中吐出铜环把手。推门之后就是一个天井,两侧是厢房,正面是客堂间。以前拥有这么一整栋石库门房子的定是大户人家。后来一个门洞里面住好几户人家,变成了七十二家房客。弄堂里面大部分都不是严格意义上有一圈粗石条箍着门框的石库门,而是油漆斑驳的普通木门。推门进去是狭长的木楼梯,一楼是几家人共用的厨房。木楼梯下一般是用水泥砌成的水斗,几家人合用来洗衣洗菜。门关上后,光线昏暗。当年的女人们白天舍不得开灯的,就在昏暗逼仄的厨房里劳作着,端出一家人的美味佳肴。

大部分住户搬走之后,依然开着门。弄堂里家家户户都认得,守望相助,之前夜不闭户,搬走了又何必关呢。记得之前我从学校回来,"伯伯孃孃"一路从弄堂口叫到外婆家门口。大部分人我脸熟但不记得姓什么。他们却说是看着我长大的,还记得我小时候被外婆抱着在弄堂口等妈妈下班,一双黑眼睛骨碌碌转着一点不怕生。每一扇门后都有一家人,一些故事。人去楼空,闭上眼睛,我似乎还是那个坐在窗口写作业的孩子,可以清楚听到邻居年轻小夫妻的笑声、父母对孩子的呵斥声,楼下有人大声分享着股市的小道消息。我从窗口探出半个身子,一阵清风穿过弄堂,带来黄昏各家各户的饭菜香。我托着下巴看夕阳慢慢没入弄堂的尽头。

17号红漆木门的半圆形门楣上雕刻着山茶花,如今断了些花枝显得破败,依然掩不住当年的考究。17号住着弄堂名人陆家姆妈。她家大女儿长相好看,是弄堂一朵花。她一心想着嫁往国外,不知不觉三十出头。陆家姆妈在弄堂里追着姑娘打,逼她赶紧找个人嫁掉,姑娘坚决不肯。最后如愿,嫁给一个老华侨做续弦。老华侨在旧金山唐人街开了一个裁缝铺子,家境殷实。陆家姑娘出国几年后回来,请了全家人去和平饭店吃酒席,在20世纪80年代这可是了不得的奢侈。她走之后,弄堂里的几个小姐妹纷纷学她烫发描眉涂唇穿高跟鞋,还悄悄让裁缝照着她的裙子式样做了一条无袖修身的连衣裙,气得一些正统的老爹大骂被资本主义腐蚀了。不过在很长的一段时间内,旧金山唐人街成了这条弄堂的住户们心中"花花世界"的代名词。那一年,我出国留学,外婆依依不舍地送到弄堂口,一路都是左邻右舍的恭喜和羡慕。老邻居说,小姑娘从小就看着有出息的,现在拿了奖学金去美国念书,以后可以带外婆去旧金山。外婆笑着寒暄,不会英文去做哑巴做聋子吗?邻居说,唐人街又不要说洋文的咯,陆家姆妈跟着女儿去了这些年不是很自在。最后的最后,外婆也没有去美国,她也不知道我住的纽约和旧金山隔着几千英里三个小时的时差。

弄堂曲折,是一个之字形。外婆家住21号,门虚掩着,我推门而入,沿着木楼梯走上二楼。木楼梯有些年久失修,每一格楼梯都特别窄,要小心翼翼侧着身子才不至于跌下去。女儿说:"妈,这个楼梯好危险啊。"我都快忘了小时候是如何和表弟表妹们在这楼梯上如蝴蝶翻飞般上下追逐玩耍,从来没有觉得一丝不妥。石库门老房子楼上没有厨卫设备,洗一个澡真是大费周章。外婆在老虎灶上烧开水,烧开一铜壶灌满两个热水瓶,沿着狭窄的木楼梯,将两只热水瓶一步一步拎上楼。然后,下楼继续烧水,灌热水瓶,再拎着两个热水瓶上楼,不知道她要上下跑几趟,才能完成全家人洗澡的大事。所幸晒台上接了水龙头,否则连冷水也要去楼下灌。

外婆家的晒台曾经是我美好的小世界。暑假里在晒台上支起一把躺椅,斜躺着看小说,我看的第一本金庸小说是《天龙八部》。夏天晚上在厢房里面热得睡不着,就着把躺椅睡在晒台上,仰头看着满天星光。我经年怀念着的外婆家的晒台,印象中很大,大得能容下我年少时所有的天马行空。这次回去才蓦然发现,晒台其实破旧矮小。或许是我看了世界之后,心大了。晒台一角还留着外婆的石磨。过年时,外婆用石磨慢慢磨出来的黑洋酥做成好吃的宁波汤圆。那时候的时光就如细细密密流淌着的黑洋酥,不紧不慢,恰到好处。

坐在外婆家的楼梯上,看到楼梯拐角处挂着的一面小圆镜。一段记忆突然清晰起来。

我看到外婆从楼下端着菜,一阶一阶走上来,在镜子面前顿了顿,把手里的碗放在楼梯上。歇息时,她对着镜子整理了一下头发,抿嘴一笑,有着少女的温柔。然后,她继续端着菜,往上走。看到坐在楼梯上的我,她招呼着:"囡囡,洗手,吃饭了!"那一瞬间,她从少女变成了外婆。此去经年,空镜子中只留着绵长的回忆。

上海人的白酒

原创 2021-05-15 袁念琪

"唰"的一声,邻居陈叔叔划着火柴,伸向桌上一小摊洋河大曲。一刹那,白酒烧了起来。一会儿,火灭酒去。不记得陈叔叔为何要向我们这些孩子演示,他可由此少喝了几口?

基辛格在《白宫岁月》中写道:尼克松1972年访华回国后,向女儿特里西娅展示燃酒。把茅台倒入碗中点着,重演在京见周恩来所做。不料演砸了,火燃碗炸,烧着的茅台流满桌面,说差点烧了白宫。基辛格开玩笑说,"不做飞机燃料太可惜了,是因为它太易燃"。实际上,41度以上白酒一点就着。

真正吃酒,就是要吃白的,尤其是高度的,吃起来才过瘾。那年到古井贡酒,还尝到了70度。吃客袁枚有个传神比喻:"余谓烧酒者,人中之光棍,县中之酷吏也。"这位性灵诗派大家进一步点出:"既吃烧酒,以狠为佳。汾酒乃烧酒之至狠者。"

前几天,朋友请吃其山西带来的汾酒,说全国首次"八大名酒"评比是汾酒夺魁。在上海,饮食业把白酒分两个门类:一是起源于光绪年间的汾酒业,后俗称"老白酒"的土甜酒业加入。另一为专营高粱土烧、五加皮和绿豆烧等泡制酒及仿洋酒的梁烧酒业。

白酒是个狠角色。除喝得痛快,更是大块吃肉、细啃鸡头猪脚的好伴侣。此外,祛风寒消积滞,包括浸杨梅治腹泻,也非它莫属。更是重要场合一举足轻重的角色:常说不喝酒办不成事,这酒当数白酒;不喝白酒办不成大事。不会是荡荡嘴巴的啤酒,也不是女人吃的葡萄酒……

不少北方人以为上海人不吃白酒,其实不然。在20世纪50年代,以白酒为主的高度酒销量,约占上海老酒总销量的一半。我下乡农场在奉贤,当地有二两装小瓶白酒,人称"小炮仗"。不要说乡村,就在知青为主的农场,不管是场部综合商店还是连队小卖部,销路都不错。也有性价比因素,花一瓶"小炮仗"钱,抵得上吃一瓶黄酒或三瓶啤酒带来的酒饱。

上海人吃白酒,也产白酒。最早是金山朱泾镇公和酱园,1767年开始酿制。白酒因原料不同分糟烧、麦烧、米烧和高粱烧等。本地白酒大咖是七宝大曲和特曲,浓香型七宝大曲"色清明晶,香气浓郁,入口平和,醇原纯正",获评商业部和国家优质产品。此外,熊猫白酒及熊猫二曲,也小有名气。

沪产白酒在晚清已入贡品,为诞生于1884年的糟烧酒郁金香,出自石友成的南翔宝康酱园;"酒醇厚甘甜、粟色透明、清香沉郁"(《嘉定县志》)。曾获1937年莱比锡博览会金奖。

老底子的名白酒还有刘酒、九峰酒、靠壁清等,其中刘酒又名三白酒。"红市开樽白雪香,沁人心肺带余凉。谁将风味推三白,独让刘郎占醉香"(黄霆《松江竹枝词》)。据《上海风俗古迹考》,此酒"取泖水仿三白酒法酿成"。至于"三白",一说取白米、白面、白水;一说因生产时节见芦白、棉白、霜白。1765年,袁枚在苏州周慕庵家吃了"陈十余年之三白酒","酒味鲜美,上口粘唇"。点赞"甚矣!世间尤物之难多得也"。

上海市场白酒,过去是销量大自产小。1949年,90%以上由外省调入,主要来自苏北。至20世纪60年代前六年,虽调入白酒1.73万吨,但上海人吃酒靠外省是一去不复返了。这六年里,上市30.03万吨酒中,沪产达23.74万吨,占比近80%。其中白酒自产4.15万吨,外地调入仅1.73万吨。

过去吃白酒,多到酱油店零拷。酒装大酒坛,袁枚说"以初开坛者为佳",吃客经有"酒头茶脚"一说。但要吃到开坛酒,真是要碰运道。到20世纪80年代,商店逐步增加瓶装酒,到1992年全部瓶装。我在电视台经济部的1988年7月28日,名酒价格放开,茅台每瓶零售价150元、汾酒20元、洋河大曲76元。

当年吃白酒,直接从酒瓶到酒杯。家里有一套龙泉青瓷酒具,一壶十杯,一杯一两。现在多用一钱小杯,面前再放个分酒器,从瓶倒器再入杯。干杯用小杯,也用分酒器干杯。在亳州时,喝酒必"炸氎子";"炸"就是干,氎子就是可容三两的分酒器,他们以古酒器"氎"称之,到底是黄帝曾孙帝喾和商朝先后立都之地。

我的酒龄可从两岁算起。听母亲说,我吃饭哭闹,怎么哄均无效。这时,外公用筷蘸了他杯中的酒,滴入我口中,哭闹顿时消散。后我又哭闹时,母亲用其他饮料如法炮制却失灵,非酒不可。我敢肯定:我的启蒙酒为白酒,外公不吃其他酒。

我心中的好白酒有"两不"标准:一是吃了不上头,二是酒后口不干。

上海的早晨

原创 2021-05-18 杨锡高

一年之计在于春,一日之计在于晨。每天一早醒来,就会想想今天早饭吃点啥,衣服翻翻啥花样。上班族会想想一天的工作安排,上午是开会还是拜访客户;上学的会想想今天的课程,是不是还有作业呒没完成;退休老伯伯老妈妈会想想今天先去菜场还是广场。

不管是慢吞吞起的床,还是急吼吼起的床,总之,早晨的生活就此拉开了序幕。

老底子,阿拉小辰光,上海的早晨是从五花八门的声音开始的,似乎是在演奏一阕生活的交响晨曲。

四点钟,运送蔬菜的卡车到了小菜场,装卸工吆喝着放下卡车挡板和跳板,"哐啷啷",响彻菜场附近的弄堂;一筐筐蔬菜卸下车来,又是"清铃哐啷"声;紧接着,装卸工用铁钩钩住装蔬菜的铁筐,往菜场里拖,铁筐与水泥地摩擦发出刺耳的声音。

四点半,垃圾车开进弄堂,传来阵阵"倒车,请注意,倒车,请注意"的电喇叭声。接着,传来环卫工人用铁锹铲垃圾的声响,十几分钟后,铲完垃圾,工人们跳上车子,然后,突突突,垃圾车开走了。

五点钟,送牛奶的师傅踏着"黄鱼车"来送牛奶了。经过一段弹硌路,"吭哧吭哧",用足吃奶力气,"五斤吼六斤",踏起来"交关撒度"。老底子牛奶是用玻璃瓶装的,"黄鱼车"踏在弹硌路上,摇摇晃晃,瓶子互相磕磕碰碰,一路上"乒乒乓乓"。

六点钟,粪车推进弄堂,哇啦哇啦叫着:"倒马桶,马桶拎出来哦!"听到叫声,阿姨妈妈们拎着马桶纷纷从屋里厢走出来。倒了马桶,又在弄堂里一字排开汏马桶。上海人叫"荡马桶",这是因为汏马桶的工具是细竹丝扎起来的刷子,阿姨妈妈们拿着竹刷子沿着马桶的内壁不停地画圈子,这样的动作叫作"荡"。而那把竹刷子则叫作"马桶哗洗",这是因为竹刷子"荡马桶"时会发出"哗啦啦"声,阿姨妈妈们还会在"荡马桶"时放入一把毛蚶或者蛤蜊壳,这样,"哗啦啦"声就更加响遏行云了。

六点半,家家户户开始点火烧煤球炉了,弄堂里白雾缭绕,烟气熏人,"睏似懵懂"的亭子间阿姐、前厢房爷叔、三层阁阿七头也被熏醒了。"急吼拉吼"穿衣起床,刷牙洗脸,端起一早烧好的泡饭,呼噜噜三下五除二,吃得"净荡光",直吃得一股暖流涌心头。随后,上班的上班,上学的上学。要么踏脚踏车,要么轧公交车。那时候还没有地铁。

现在的上海,早晨还是那个早晨,却是不一样的光景了。

大多数市民住进了新楼房,住房宽敞,煤卫独用,不少人家的卫生间还主客分设,甚至普及了智能马桶,跟毛蚶壳"荡马桶"

一对照,简直是天壤之别。"暗黜黜"的灶批间变成了亮堂堂的厨房间,煤球炉变成了燃气灶,再也不会"日照香炉生紫烟,熏得两眼泪涟涟"了。早餐的"花头经"好比变戏法,天天不重样,牛奶面包鸡蛋糕,生煎油条豆腐花。"难板"吃碗泡饭,只是为了对过去岁月的一种美好回忆和怀念。老上海人吃泡饭,一定要有油条当小菜,而且保持着蘸酱油吃油条的习惯,新上海人、小上海人是很难理解这种蘸酱油的浓浓情结的。

铭记一生的拥抱

原创 2021-05-23 梁波罗

2016年5月下旬的一天,作家马尚龙给我来电话,说是有一位活着的"小老大"想见见我。老人原是上海市政府参事室的离休干部,年已近百,心心念念想见我这个"小老大"一面,老人家属于是委托他来征询我的意见。我慨然应允。试想,进入新世纪,幸存的地下工作者已属凤毛麟角,高龄尚健在的就更为罕见了。我急切地想了解这位叫刘燕如的百岁老人,经历了几多风雨,是如何挺过来的。

影片《51号兵站》自1961年问世以来,主人公梁洪用以掩饰身份的"小老大"(帮会关门弟子的特定称谓)不胫而走。以后若干年里,不少从事过地下斗争的同志统称自己是某地区的"小老大",其实未必与帮会有何干系。

几天后,一个春雨霏霏的早晨,我们在徐汇区一个平凡的小区里,拜见了这位不平凡的独臂英豪。进门后,他看着我跷起了大拇指,连声说:"梁波罗同志,你演得好,很真实,'小老大'在我心里!"滚瓜烂熟的说辞,显然是经过练习的。我正待回应"您是真英雄"之类答词时,他突然趋向我,用左臂紧紧将我环拥。这出人意料的见面仪式着实惊到了我,没想到百岁老人居然有如此强劲的臂力! 他紧夹着我,分明可以感受到他的鼻息和心跳,却再也说不出话,仿佛定格了! 在场的人屏息注视皆不知所措。在沉默中,肢体语言传递给我的信息是:老人的思绪正回到从前,驰骋在抗战的征程中,把我视为了当时的战友。我感同身受。保持着原来的姿态,不至惊扰他,任其将蓄积已久的激情汹涌喷发出来。此时无声胜有声,我的心灵被震撼了,泪水便不由得滑落了下来。

须臾,他终于回过神来,瞬间切回到当下的频道,放开手拉我坐了下来。他回忆说,1942年他受华中局城工部领导,为协助淮南抗日根据地来上海采购、运输军用物资;而我演的"小老大"是负责提供苏中根据地的物资供应。虽然地域不同,但工作性质是一样的,全国一盘棋嘛! 他朗声笑起来,声如洪钟。他还告诉我从50岁开始学着用左手写字,这本《傲霜斗雪》,硬是凭着毅力花了几年工夫写成的,他当场送给我一本,我也回赠了新作《艺海波澜》。

话匣子一经打开,如滔滔江水奔腾不息,他讲得最多的一句话是"今天,特别想念离开我们的同志",而且,特别强调"今天"!

他女儿见父亲说得倦了,安排他小歇一会儿,同时招呼客人品尝她准备的茶点。她告诉我说:"爸爸为了这次会见,足足准备了三天,还反复练习。今天上午跟您说的话,比他一个星期跟我们讲的话还要多! 见到您他显然极度兴奋,回忆起当年峥嵘岁月的战斗经历了!"她继而悄声道:"今年是爸爸百岁,我们要为他庆生。问他还有什么心愿没有了却,他想了想说希望见见'小老大',虽然这事有些为难,做子女的总要满足老人家的心愿啊,所以才惊动了您,谢谢您专程来看望他……""应该的、应该的。"我喃喃地说。其实,此刻我已语塞,一时不知该说些什么才好。

面对着这样一位党龄与我年龄相当、为抗战做出杰出贡献的老特工,我只是个再普通不过的演员。60年前演过的一个地下工作者,不想竟然会在这个特殊观众的心中烙下如此深刻的印痕!让我感动,令人振奋,惊叹红色经典的力量。

红色经典人物,不仅影响着观众;其实,何尝不也在不断叩问着演员本身?我创造了角色、诠释了人物,"小老大"却不断反哺、教育着我。今年恰逢此片公映60周年,我觉得"小老大"从来没有离我远去,虽然我已白发苍苍,梁洪却依然英气逼人!这就是电影的神奇之处!

不知是老人家有意安排还是巧合,那天其实是个极不平凡的日子。67年前的1949年5月27日,正是解放上海的日子,为了迎接这天的到来,多少个刘燕如坚持战斗在隐蔽战线上,配合着解放军在主战场上对敌人以摧枯拉朽之势的正面交锋,才赢得了全面的胜利。而刘老正是这段光辉历史的亲历者、见证人!告别时,我还他一个深情而热烈的拥抱,表达了后生晚辈对革命前辈的致敬之情。

从那天起,一位独臂百岁老人,一个带着传奇色彩的抗战老兵,载入了"小老大"的谱系里,同时也驻进了我的心中。

是天意,也是巧合,也许更是他自己的选择。整整一年后,2017年5月27日,庆贺过百岁生日,也过完了对他具有特殊意义的上海解放68周年纪念日,刘燕如老人在瑞金医院与世长辞,无憾地去天上与他魂萦梦绕的战友们会合去了。

今年5月27日,我们在纪念上海解放72周年的日子里,也默默纪念着这位抗日革命先驱,他离开我们整整四年了。我与他虽是半日之交,然记忆深刻,尤其是那个拥抱,虽一瞬却永恒,让人铭记一生。

永远年轻的"卢阿姨"

原创 2021-05-25 胡雪桦

"卢阿姨"一直是我对表演艺术家卢燕的尊称。

卢阿姨是我父亲的朋友,我的长辈。她看着我从青涩之年转眼到了知天命的年龄。时光如梭,可在卢阿姨眼中,我总是那个还在成长的孩子;我也看到满头黑发的卢阿姨变成了白发苍苍的"卢奶奶",可在我心目中她一直是那个慈母般温暖的卢阿姨。

(一)

记得第一次同卢阿姨说话是近30年前一个冬日的下午。那时,我住在纽约。电话铃响,一个非常好听的成熟女声:May I speak to Sherwood Hu? This is he. 我回答。对方马上用标准的汉语说:啊,雪桦。我是卢燕。好不亲切!异国他乡听到用母语叫自己的名字,有一种无比的温馨。

我们聊了很久,她告诉我是从我父亲那里知道了我的电话。还兴奋地说她刚从上海回到洛杉矶,行前看了话剧《中国梦》,是黄佐临先生请她看的戏。她告诉黄先生,很喜欢这台演出,夸赞演出很有创新。后来,才了解到这台戏是由我执导的,并获知我已在纽约。她一再嘱咐我,若到洛杉矶一定要住她家。

终于,有一天卢阿姨告诉我,她到纽约来了。我们约在第九大道上的一家饭馆一起吃午餐。那是个周末,我提前到了餐馆。可是左等右等,却不见她的踪影。看着窗外的深秋落叶,生出很多疑问和担忧。晚上回家收到卢阿姨打来的电话,才知道这个门牌有楼上和楼下两家餐馆。我在楼下,她在楼上。中午她也等了我很久。第二天,她就要回洛杉矶了。就这样,那次我们在纽约终究没有见到,心中很是遗憾。可人的相遇和分离,都是命中注定。人生初见,何事秋风。我们在纽约的完美错过,几乎也预示着日后我们非同一般的缘分和情义。

得知父亲去世的那天,我给卢阿姨报丧。电话这头我在默泣,那头是无声……依稀一个哽咽的声音传来:雪桦,今后我的家就是你的家。我和黄伯伯都是你的亲人!……轻轻的话语温暖了我冰冷绝望的心。今日想来,仍让我从心底里涌起阵阵颤动。

不久我离开纽约去夏威夷大学攻读博士学位。不少朋友都劝我不要去,当时我在电视台有个不错的工作,纽约又是一个充满激情的城市。谭盾劝我说,他的一个朋友去夏威夷读书不多久就"逃"回来了。考虑再三,我还是决定去。因为,父亲去世前不久,我在长途电话里告诉他,夏威夷大学录取我读博士了。他在电话里连说了三个"好"！作为对英年早逝父亲的承诺，我必须去。我打电话告诉卢阿姨我的决定。她说："好啊！我也是夏威夷大学毕业的。你一去，我们就成校友了。你会喜欢夏威夷的！"

除了妹妹雪莲，她和黄伯伯是首先到夏威夷看我的人。那年，我在夏威夷著名的钻石剧院演出《蝴蝶君》，他们从洛杉矶赶来看首演。演出结束，观众沸腾了，谢幕持续了很久。我向观众介绍了远道而来的卢阿姨和黄伯伯。夏威夷的不少观众都认识"Lisa Lu"。卢阿姨一家在檀香山住了许多年，她的三个孩子都是在这里出生。所以，她对夏威夷也很有感情。在后台休息室，卢阿姨拉着我说："我知道你是一个好导演，没想到还是一个好演员。"她还认真地给我纠正了一个发音"idiot"，让我把重音放在"i"上。那两天，我们一起吃饭、游玩、聊天。我才知道，她的大女儿汉琪是百老汇这部戏的作曲，其中那段精彩的琵琶就是她弹的。我还带他们到夏威夷大学的校区故地重游。卢阿姨告诉我，当年，她还在学校的图书馆工作过。行前，他俩又看了一场演出。我问她，那个字念得是否符合要求了？她笑着说，Perfect! 完美！

后来，我创作的一台舞台剧《王子兰陵传奇》到拉斯维加斯演出，卢阿姨和黄伯伯又专程来看。看完戏，她给我一个大大的拥抱："你是能编能导能演啊！"我问她，这台用Gibberish（编出来的语言）能看明白吗？她和黄伯伯异口同声说，明白。卢阿姨还说，这台戏很有创意，要想办法在美国做巡回演出。结束了夏威夷和拉斯维加斯的演出，这台戏就再也没有演出过，可是电影

《兰陵王》的诞生，却是因为有了这台戏。

（二）

在夏威夷大学读完博士后，我在回纽约做戏剧还是到洛杉矶做电影之间犹豫不决，便给卢阿姨打电话咨询。她说，每一行只要做得好，都是好事！戏剧你有基础，电影是个大有发展的专业，你又有兴趣。你不妨到纽约和洛杉矶分别看一下后，再做决定不迟。

我回到纽约，看了好几台百老汇的演出。四年过去，看到一些非常出色的朋友仍然在99人的剧院"苦干"，心里不禁一阵唏嘘。到洛杉矶，我首先拜访了卢阿姨。她的家坐落在一个山坡上，离好莱坞大道上的"中国剧院"不远。这是一座二层西班牙式的别墅，门前院子里的几棵橘树和柠檬树上，结满一黄一橙的硕果。卢阿姨把我带到客厅，家里墙壁上有不少漂亮的字画。其中一张是张大千的泼彩山水画，题为"翠岭晴云"，层次分明的绿色占据画作中间，上下两边是黑白两色的群山和树丛，特别传神；另一面墙上是卢阿姨母亲著名女老生李桂芬的照片，她曾被誉为"须生泰斗"，与谭小培齐名，和梅兰芳的太太福芝芳是好姐妹，当年梅夫人曾搭她的戏班。后来，母女俩到上海寄居梅先生家。耳濡目染的童年使她潜移默化地受前辈大师们的影响，记得看史依弘的《刺虎》时，她悄悄地告诉我，她小时候趴在剧院的台前看了梅兰芳先生的这出戏。可惜她母亲认为她嗓子不好，不让她学戏。可她20岁移居美国后，仍然放不下心中的艺术梦想,终于还是在好莱坞成了出色的演员。壁炉上面放着一座座奖杯,其中有两头"金马",是她在电影《倾国倾城》和《董夫人》中的出色表演获得的最佳女主角奖杯。

那天,在卢阿姨家小坐后,她就带我到比弗利大道和道赫尼口的奥斯卡总部电影院看电影,记得看的是新版的《超人》。在洛杉矶的一周里,我看到电影工业的活力,我告诉卢阿姨,毕业后我要到好莱坞追求我的梦想。她说,你的决定会让你父亲高兴的。

搬到洛杉矶后,没想到,第一个星期就遇到了百年一遇的1994年1月17日大地震。那天凌晨,我在睡梦中被床的晃动惊醒。可是,身体却不能动弹,感觉天花板会随时倾压下来。脑海里闪出一个念头,难道还没开始就要结束吗?不行!等到震颤的间隙,我马上起床,一片漆黑中,摸索出了公寓的门。我住三楼,电梯一定没有了,完全凭借着印象一步一步摸到紧急出口下楼。下楼后,发现我是第一个走出楼房的人。第二个出来的人是我们这栋楼的西班牙裔女经理,她一把抱住我,大哭着喊道:地震了,地震了!完全没有了平时的矜持。楼里的住客都出来了,有的还光着身子。我们聚在了游泳池的四周,池子里的水已经被晃出了一半。大家在黑暗中等待天明。

地震仍在持续,等到天亮才完全停住。我给卢阿姨打了电话,她让我马上搬到她家住。在这段特殊的日子里,卢阿姨和黄伯伯无微不至的照顾让我至今难忘。卢阿姨烧得一手好菜,本帮菜风格,腌笃鲜、红烧肉、狮子头、炒青菜样样好吃。那年,院子里的橘子和柠檬长得特别好,我和黄伯伯一起采摘,我负责上树,黄伯伯在树下收集,卢阿姨不时出来"督战",还告诉我要采一些带绿叶的。后来,卢阿姨在分那些橘子和柠檬时,我才知道带绿叶的橘子柠檬放在篮子里送人好看。

正是奥斯卡的选片时段,卢阿姨带我看了不少入围的电影。那一年好电影特别多,包括《霸王别姬》《喜宴》《四千金的情人》《辛德勒名单》《钢琴课》等。临近颁奖,卢阿姨带我去了不少酒会,其中外语片的发布酒会是在奥斯卡的总部大厅,正好我妈和弟妹都来洛杉矶,卢阿姨也邀请他们一起参加。见到了陈凯歌,他是我在空政时参拍的第一部电视剧《强行起飞》的导演,摄影是张艺谋,美术何群,当时他们刚拍完《黄土地》。李安走到我面前说,还记得我吗?我看过你在纽约排的《傅雷和傅聪》。我说,当然记得,李安!我还告诉他对《喜宴》的喜爱,俩人相见甚欢。

几天后,卢阿姨设家宴,凯歌、邬君梅和我都在。卢阿姨亲自主勺,烧了一桌的好菜。吃得我们几个连声叫好。凯歌还吟了两句《红楼梦》的诗句,"对兹佳品酬佳节,桂拂清风菊带霜"。大家兴高采烈,认为《霸王别姬》这次有点"囊中取物"之势,应该是奥斯卡"外语片"中最强的电影。卢阿姨一时高兴还哼了一句京剧《霸王别姬》中的"看大王在帐中和衣睡稳……"原汁原味!可惜几天后西班牙电影《四千金的情人》得奖。我至今认为《霸王别姬》高出几个档次。那几天,卢阿姨不开心,她也认为《霸王别姬》应该得奖。

奥斯卡过后,卢阿姨、黄伯伯和我开车到拉斯维加斯散心。离开拉斯维加斯,我们驱车到旧金山探望住在伯克利的一个老朋友,说是在上海就认识了。老先生拉得一手好京胡,大家交谈用普通话、沪语、粤语，还时常夹带英语，卢阿姨唱了一段梅派名段，韵味儿十足。非常幸运，那是唯一一次听到卢阿姨唱青衣，之后她就唱老生了。这趟旅行，我对卢阿姨和黄伯伯有了进一步的了解，黄伯伯身患癌症数年，卢阿姨潜心照顾，形影不离，俩人相敬相爱相濡以沫，良好的心态让黄伯伯完全看不出是个病人。

之后，我接到空政战友、著名编剧王培公的电话，他让我到北京商量一个关于杨丽萍的电影。后来，就有了电影《兰陵王》的启动。卢阿姨向我推荐刚获得奥斯卡摄影奖提名的顾长卫。我与长卫20世纪80年代末在纽约就认识了，他当时住在谭盾那里，我在一家电视台当新闻摄影，我俩还一起为谭盾的音乐《九歌》拍过录像和剧照。他对我讲过一句话，至今难忘："拍电影不在早也不在晚，不在多也不在少，就在好！"我给长卫打了电话，请他为我的第一部电影掌机，长卫一口就答应了，并告诉我卢阿姨已经同他说过。呵，原来卢阿姨已经悄悄地做过工作了。

其实，我们这些来自中国的电影人，像陈冲、邬君梅、陈凯歌、李安等，都不同程度上受到过卢阿姨的恩惠，包括一些到好莱坞来学习电影的年轻学子，都把她的家当成一个中转的驿站，也有长期住在她家的。

我向制片方建议请卢阿姨做这部电影的监制，他们欣然同意。卢阿姨嘱咐我看一下上海京剧院的年轻女演员史敏，说她的《白蛇传》美得让人吃惊。那天，我和制片人到汾阳路京剧院找她，在剧院门前，看见一个身着白色连衣裙的美少女骑着一辆助动车飘然而过。我们告知传达室门卫，想找一个叫史敏的演员。他说,就是刚出门那个白衣女孩……虽然《兰陵王》我们没有合作成,数年后却合作了新编京剧《新龙门客栈》和纽约大都会版《霸王别姬》,这是后话。

那年9月底,《兰陵王》如期在丽江开拍,一个月后,卢阿姨出现在拍摄现场。她从洛杉矶出发,到昆明转大理后,还要坐一夜的"扬州卧铺"才到丽江。可她一到,马上就来剧组探望大家。那天在海子坝拍摄,海拔有3400多米,年轻人上山都会缺氧,更何况卢阿姨那年已经年近七十。她穿着一件剧组的"标配军大衣",喘着气,一脸兴奋,"我到过西藏,这里海拔不算高"。她拉着我左看右看,说我黑了、瘦了、头发长了。我请她坐到了我的导演椅上,把杨丽萍、宁静和王学圻等一一介绍给她。拍摄间隙,我带她去拜访了当地的大名人宣科,听了纳西古乐。没想到20多年后的2017年,那个卢阿姨十分喜爱的"史敏"、如今已是京剧表演艺术家的"史依弘"带着90岁的她重游丽江,避雨时,竟然在宣科的屋檐之下。

卢阿姨离开丽江的时候带了一些剧照,她说经过香港要给李瀚祥导演看。不久,我们组的斯泰尼康摄影师林永泰回到香港后,给我发来一个传真,是李导演给"大公报"写的一篇文章,题为"三寸之画"。文中说,他看到剧照十分兴奋,以古代文人品画只需看三寸就能知晓"品相"为例,认为必是一部好电影,假以时日导演前途不可限量。电影完成后的第二年,我回到洛杉矶,卢阿姨带我到导演罗马家晚宴。他们同李瀚祥导演通国际长途,讲了一会儿后,卢阿姨把话筒给我说,李大导演想同你说话。电话那头的李瀚祥导演声音爽朗,告诉我,他看了《兰陵王》很喜欢。还特别说,雪桦你有戏剧功力!我说,我是学戏剧出身的。还感谢他写的那篇文章。他有点得意地说,老夫没有看错!这是我同李大导演的唯一一次对话。

卢阿姨还把我介绍给了很多著名电影人。著名导演科波拉就是看了《兰陵王》后,邀我给他的公司拍了我的第一部英文电影《夏威夷传奇》(*Lani Loa-The Passage*)。

(三)

进入新世纪,卢阿姨在上海交通大学成立了"美国电影艺术研究中心",把她一辈子留存的有关电影的"宝物"都无偿捐给了母校,还成立了"卢燕奖学金"资助到美国学习电影的学生。我为中央台拍完40集电视剧《紫玉金砂》后,又在西藏拍了电影《喜马拉雅王子》。电影完成后,在上影老楼的放映室为卢阿姨和谢晋导演专场放映,谢大导演看后十分兴奋,说这部电影拍得好!我拍不出,张艺谋、陈凯歌也拍不出。你真大胆,太有想法!他的一番话讲得我不好意思。谢导又说,我要再看一遍,与普通观众一起看。可惜你爸不在了……他与我父亲是南京国立剧专的同学。那天,两位老人都非常高兴,在放映室聊了很久。

除了在电影方面的成就,卢阿姨也是一个出色的舞台剧演员。2008年,香港话剧团到北京演出《德龄与慈禧》,导演是杨世彭,卢燕饰演慈禧,曾江饰演荣禄,毛俊辉饰演光绪,黄慧慈饰演德龄。7月5日,卢阿姨给我和黄宗江大师留了票。那天,我到八一厂接了宗江前辈。一路上,黄老兴奋得如同小孩过节。我扶着他走进了新落成的国家大剧院戏剧厅,早早坐在了剧场里,等待卢阿姨粉墨登场。《德龄与慈禧》出乎意料地好!卢阿姨把"慈禧"演得惟妙惟肖,这是她继电影《倾国倾城》《瀛台泣血》《末代皇帝》后,第四次演这个角色了。导演杨世彭曾是香港话剧团的艺术总监,排过我父亲的遗作《傅雷与傅聪》。《德龄与慈禧》排得大气干净,舞美简洁洗练,特别是演员的表演令人难忘,而卢阿姨的"慈禧"更是光彩照人!

演出结束,我请大家消夜,饭桌上,黄宗江老前辈眼里闪着光芒,对演出评价甚高,对卢阿姨的表演更是大加赞赏,他笑眯眯地说:"祝贺黄宗燕演出成功!"大家有些疑惑,还是举杯庆贺。卢阿姨微微欠身,"宗江大哥过奖了!过奖了!谢谢大家!"我自然知道,卢阿姨与黄家关系甚好,被认作"黄家"一员,就有了"宗燕"一说。没想到,11年后(2019年9月16日)我在北京保利剧院再次看了这台戏。

国庆前夕,卢阿姨先是在国家大剧院第五次看了由史依弘主演、我导演的《新龙门客栈》,然后,邀请我们看《德龄与慈禧》。濮存昕演光绪,德龄还是黄慧慈,主创团队是天津人民艺术剧院。卢阿姨风采不减当年,92岁高龄,一招一式、一投足一眼神俨然是"老佛爷"再世。可惜,宗江前辈已经作古。

演出结束,我到后台祝贺,看到了"瘸了一条腿的"江珊在卢阿姨的化妆室里,她也是扮演"慈禧"者。这两位"慈禧"的相识还是我介绍的。2018年的春节我到洛杉矶同卢阿姨和妹妹雪莲一起过年,这已经是我们数年约定成俗的一个仪式。那年,正好江珊和她女儿在洛杉矶,我把大家约在了好莱坞的 Tao Asian

Bistro。卢阿姨一见江珊就很喜欢,大家都觉得她们两人还有点像,说今后有机会可以演一对母女。半年后,江珊给我发了一条信息:"我和卢燕阿姨在一个话剧剧组,虽然很遗憾没有办法与她同台有对手戏,但我俩演的是同一个角色! 这也是天大的缘分了! 好开心! 卢燕阿姨还说她记得咱们去年一起吃饭时聊到的让我演她年轻的时候,老人家这个记忆力,无敌!"一周后,江珊邀请我在上海大剧院看她的"慈禧",我陪卢阿姨坐在大剧院的贵宾座位,有些担心扭伤脚的江珊。说也奇怪,舞台上的"慈禧"完全看不出一周前还拄着拐棍。看戏的过程里,卢阿姨不断地夸江珊的戏,我看出她对江珊由衷地喜爱。谢幕时,江珊特别感谢了坐在观众席里的卢阿姨,观众给了了暴风雨般的掌声! 这是对两代"慈禧"扮演者"艺"的赞誉,"德"的欢呼,也是为见证话剧舞台上两代人的传承接力的庆贺!

其实,"传承"这件事,卢阿姨从1960年在好莱坞拍摄《山路》开始,就开始单枪匹马默默地做了,传承着中国文化、中国人的精神。当年好莱坞几乎所有东方女角色的戏,首先会想到她。可她觉得好莱坞电影里对中国角色的苍白描绘和丑化无疑来自对中国文化的无知和曲解,因而,力所能及地宣传中华文化,并注重中美文化交流。她把经典京剧《拾玉镯》《武家坡》《打渔杀家》《汾河湾》和《蝴蝶梦》译成英文,出版了英文著作《京剧选译》;还把《洋麻将》和《总统套房》译成中文,分别在北京人民艺术剧院(于是之、朱琳)和上海人民艺术剧院(魏启明、卢燕)演出;并参与了多部中国电影和美国电影的拍摄,刻画了正面的华人形象;她还3次进藏,在高海拔的喜马拉雅山脉拍摄了反映新中国成立后西藏人民日常生活的系列电视片,获得了纽约第28届国际电影电视节铜牌奖及奥斯卡纪录片提名;除此之外,她还在《环球银幕》撰稿介绍好莱坞新片和好莱坞导演;每年的金球奖和奥斯卡只要有华语电影参与,她就竭尽全力给予帮助,其中,包括获奖电影《卧虎藏龙》。

卢阿姨是个内心十分强大的人,对人宽容,对己严格,对亲人充满了爱。几十年里她与黄伯伯举案齐眉相敬相爱,终于,黄伯伯在与病魔抗争11年后,撇下她,一人安详地走了。我从上海回到洛杉矶正好赶上了黄伯伯的葬礼。葬礼在好莱坞一个幽静的殡仪馆里举行,花园里盛开着各色的花朵。不大的房间里放着悦耳的音乐,卢阿姨一家和亲朋好友静静地聚集在西班牙式的空间。出乎我的意料,卢阿姨一身黑衣平静地接待着大家。她紧紧地拥抱了我,在我耳边说了一句,锡琳知道你赶来会很高兴……那天的仪式很简洁,卢阿姨用英文致辞,她感谢了黄伯伯对家庭的爱和贡献,也特别感谢了黄伯伯对她演艺事业一如既往的支持。

如今,93岁的她仍然活跃在银幕和舞台上。两年前的电影《摘金奇缘》、《红楼梦》、话剧《德龄与慈禧》《如梦之梦》等都有她出色的表演。记得2016年2月21日那天我回上海的第一件事,就是从浦东机场带着行李赶到东方艺术中心看《如梦之梦》。我很吃惊,她饰演的"顾香兰"竟然有那么多的台词,整个戏是女主角的回忆,所以,很多戏是"独白",这对一个九旬老人是何等的挑战。可是,卢阿姨操着地道的上海话、普通话、英语在舞台上如行云流水,让这台演出陡生质感、满台生辉。难怪导演赖声川请她出山,除了卢阿姨是他父亲的老友、看着他长大的原因之外,卢阿姨赋予这台演出的年代感,是其他任何演员"演"不出来的。演出结束后,在后台的过道里,正好碰到年轻的"顾兰香"许晴,她看到我吃惊地说:"你怎么又来看了?"三年前这个戏在北京首演时,她请我看过。我告诉她,卢阿姨请我看戏,一下飞机就赶来了。她说,卢奶奶的戏太好了!值得!

一年后,卢阿姨也是从机场提着行李赶到美琪大戏院看我导演的话剧《狗魅 Sylvia》(金星、关栋天主演)。她对我说,你的戏,我都要看。京剧《新龙门客栈》(史依弘主演)北京上海两地彩排加演出,她竟然看了五遍,还力荐到纽约演出。说,这个戏到百老汇可以演十年……是啊,1987年上海看《中国梦》、1990年夏威夷看《蝴蝶君》、1993年拉斯维加斯看《兰陵传奇》,以及我的每一部电影,她都是最先睹为快的"忠实观众"。于我而言,却是学生给老师交作业一般"忐忑"。她还在电影《神奇》里与我一起"同框出境"。看《上海王》时,她对曹可凡说,你的"师爷"有上海味道,可惜,我不在片子里。接着,卢阿姨对我说,以后,你的每一部片子,我都要留一个镜头。"老佛爷"的圣旨,对我是何等的鼓励啊!

2019年5月13日中央台为卢阿姨特别制作了"向经典致敬"。录影的三天前,卢阿姨从北京给我电话,请我参加录制。那天我刚从上海飞抵洛杉矶。没有太多的犹豫,我调整了工作时间,因为92岁的卢阿姨已如同我的亲人一样!为一个国宝级的艺术家十天内在太平洋上空飞两个来回,值得!

录制那天,我从洛杉矶准时赶到北京。当卢阿姨在中央台的演播室看见我出现时，十分激动。她拉着我的手说："太辛苦你了！雪桦。我们不是亲人胜似亲人。"我说："卢阿姨，您就是我的亲人！"

那天的节目录得十分顺利，卢阿姨和依弘还唱了《四郎探母》名段，操琴的是著名京胡琴师燕守平。我讲到了文化传播往往是通过一个人、一幅画、一首歌、一部小说、一个展览、一部电影、一台戏剧来完成的。这几十年卢阿姨一直默默地耕耘，她对中国电影和中国文化在美国的传播及对人才的培养做出了重要贡献。她在身体力行与外国人接触过程中，让他们感受到了中国传统文化的优雅和礼仪，这也是梅家的文化在她身上的传承。卢阿姨把传统的美感与现代的表演完美地结合起来，产生了她在银幕和舞台上的独特东方女子魅力。文章做到极处，无有他奇，只有恰好；做人做到极处，无有他奇，只有本然。卢阿姨的优雅善良来自她的内心深处的本然，也让她始终对生活充满纯真的热情和无数的问询。她旺盛的生命力令人感叹、令人欣喜、令人爱戴。

双燕复双燕，双飞令人羡。永远的卢阿姨，对艺术的热爱，对生活的坦然，让生命成双……

勇敢者道路，
多少上海小囡难忘的记忆

原创 2021-05-31 潘与庆

  我曾在几次聚会上，问过中福会少年宫的老同学、老朋友一个问题，"少年宫给你们留下最深的印象是什么？"他们或说大理石大厦，或说刘胡兰、雷锋的塑像……没想到的是，他们都会提到"勇敢者道路"。中福会少年宫的"勇敢者道路"，是铭刻在几代人心中难以忘怀的记忆。

  "勇敢者道路"建造于20世纪50年代，是第一任少年宫主任陈维博和伙伴们的杰作。第一代"勇敢者道路"是为培养孩子们学习解放军勇敢顽强精神，加强国防观念和身体素质而建造的一条军事体育游戏之路。

  1970年，中国第一颗人造地球卫星"东方红一号"发射成功。时任少年宫书记戴辉老师邀请《少年报》总编张秋生和我评审有关"红卫星"的儿歌、童诗，并让我和张老师走一次"勇敢者道路"。那时我刚二十出头，兴致勃勃地从"登山崖"过"独木桥"，

"荡秋千过涧水",走浪木,过梅花桩,走铁索桥,攀"软梯",爬"瞭望台",穿"山洞"到"高山"顶,最后手握"溜索"滑到出口。一路上还算顺利,但也有过胆寒,好在闯过来了。

后来,听说"勇敢者道路"在1985年由江南造船厂协助设计和改建了。主题不变,内容更突出了"造访行星"的太空旅行。纵横交错,爬上滑下,探索未知世界的奥秘,同样受到孩子们的欢迎。在所有项目中,这里总是人气最旺。有的小朋友已经走完了全程,还会气喘吁吁地奔过来,想再跑一次。

1998年,上海延安路高架建设启动,规划中少年宫须从南向北后撤20米,于是"勇敢者道路"与大家惜别。七年后,少年宫综合活动楼正式启用,"勇敢者道路"才重返孩子们的身边。

今年适逢建党100周年。少年宫希望广大少年儿童学先锋做先锋,攻坚克难,勇往直前,争做民族复兴大任的时代新人。于是,又动脑筋赋予这座红色火炬造型的"勇敢者道路"以更新的内涵。在上上下下、峰回路转的活动路线上,增加了场景再现、光影长廊等元素,让孩子们在攀爬过程中学习党史、闯关答题,勇夺勋章……

怎么样的人是"勇敢者"?我想,勇敢者应该是有勇气、敢担当、不退缩、临危不惧、大义凛然、勇往直前的人。中共党史上,许许多多革命前驱者和先烈,就是这样的人。

联想我们现在的一些孩子,吃不起苦,一碰到困难就害怕退缩……我不禁在想,面对今后复杂多变的环境,怎么从小培养他们勇敢地去面对困难?

新的时代,新的"勇敢者道路"摆在我们面前。但愿我们每个人,包括"红领巾",就像我们都会唱的《中国少年先锋队队歌》里写的那样,"为着理想勇敢前进……"

您好，我是濮存昕

[原创] 2021-06-06 佟姗珊

上戏表演系首届西藏本科班毕业大戏《哈姆雷特》的演出已经结束半月，参与演出的每一位学生都怀念这个充满爱和真诚的剧组，更深深想念着导演濮存昕老师。

有一位朋友形容濮存昕是"濮罗米修斯"，他散发着光和热，将艺术的火种带到了上戏，照亮了每一处需要艺术滋养的地方，点燃了身边的每一个人。

在上戏排戏近两个月的时间里，迎面走来的师生、路人见到他时，都会欣喜地低呼"是濮存昕老师吗"？而他每次都礼貌地停下脚步回答："您好，我是濮存昕。"

"为西藏班上课？我必须得答应了"

2021年5月7日，普通话版、藏语版《哈姆雷特》在上戏实验剧场公演，这是中国戏剧家协会主席濮存昕作为上海戏剧学院特聘教授的身份执导的第一部公演话剧。但在排戏之前,他和上戏2017级表演系西藏班的学生们早已结下了师生友谊。

2018年,濮存昕正式从北京人民艺术剧院退休。上海戏剧学院院长黄昌勇当年就邀请濮存昕,想要请他出山。但退而不休、身兼众多社会职务的濮存昕甚至更为"忙碌"地生活在剧场之间。黄昌勇院长除了奉上"三顾茅庐"的诚意之外,最后用"藏族班"敲开了大门。

上戏自1959年始,开设藏族话剧表演班,迄今已经开办了六届藏族表演班和三届舞美班。首批29名学生毕业之后回到西藏,组建了西藏自治区话剧团。前五届整建制的西藏班共为西藏培养了近百名戏剧人才,成为西藏文化艺术事业的骨干力量,推动了话剧艺术在西藏的发展。当年,赵丹、张瑞芳等艺术家都给西藏班的同学们上过课。"为西藏班上课?那我必须得答应了。"

就这样,濮存昕老师在这届学生大二的时候,正式和同学们见面了。第一次看他们做小品,濮老师立刻就被打动了:怎么会有这么质朴的表演?事实上,1982年,濮存昕曾经在现场观摩过一次上戏藏族表演班同学的演出,演的是藏语版《罗密欧与朱丽叶》,那时他是空政话剧团演员,还不到30岁,那出戏,看得他热血沸腾。一切似乎在当下的时空有了一个完美的交会点。2021年是西藏自治区和平解放70周年,作为中国出演莎士比亚戏剧最多的男演员之一,濮存昕老师决心以总导演的身份,为眼前这届西藏班的孩子们执导一出特别的毕业大戏。

"简单简单,再简单"

近40年,在话剧舞台上,濮存昕至少演过五次莎剧,三次主演《哈姆雷特》:1990年首演,1995年赴日本东京展演,2010年再次复演,导演都是林兆华。最近的一次是2018年,他和李六乙导演合作,在新版《哈姆雷特》中扮演国王。这部戏,对濮存昕意义重大。特别是1990年林兆华戏剧工作室制作的《哈姆雷特》,由林兆华导演、著名翻译家李健鸣担任翻译兼戏剧构作、易立明任舞台设计的演出,会集了濮存昕、倪大红、徐帆、胡军、陈小艺等一众实力派的名演员,先锋的戏剧观念曾经在戏剧界轰动一时。30年过去了,濮存昕在这次的"导演的话"里写下了这样的感叹:"30年前,我曾因林兆华先生导演的《哈姆雷特》成了好演员。"在他看来,关于生与死、妥协与抗争、正义与邪恶,《哈姆雷特》具有强烈的语言能量,能够全面把西藏学生真挚的情感焕发出来;同时藏语版《哈姆雷特》,也为这个世界上传播最广泛的经典文学戏剧注入了独特的生命力。这一次,他要用这一部剧,带领22位来自西藏的孩子致敬当年那次伟大的戏剧表达,也帮助他们成为好演员。

最初的计划只有普通话版,这出戏一共就几个主角,只有四五个人能担任主要角色,很多同学分不到角色就很紧张。濮存昕了解到西藏话剧团对这一届学员的考核计划是差额录取,末位淘汰,就和上戏商量,再排演一个藏语版,这样就能尽量多地让同学们有戏可演。可就是这样,还有三位女同学没有重要角色,只能当唱歌的天使。为了缓解这三位女孩的压力,濮存昕又专门为她们排了能够回去汇报演出的"小节目",一个是普希金的《叶甫盖尼·奥涅金》中独白的一段,还有《雷雨》中鲁侍萍逼问女儿四凤的桥段。这样体贴细心的濮老师让同学们倍感温暖。

濮老师亲手制订了排练计划,每天在正式排练前半小时,专为西藏班的同学开设晨读课程,他会带着同学们一起阅读余秋雨先生的《中国文化课》一书,目的是让西藏班的同学们,不仅仅可以演出西方经典剧作,更要对我们中国的文化有更深刻的梳理与认知。作为中国饰演莎士比亚作品最多的男演员之一,他早已将《哈姆雷特》的文本、表演、创作融入自己的血液里,所以在濮老师的创作中,既有创新的独立思考,又扎根于戏剧本身,在与各设计部门谈创作构思的时候,他经常说到"简单简单,再简单",我认为这是他的戏剧理想,不繁复且智慧,既简单而又不简单的美学追求。

我们经常会惊叹地问道"您做过舞美设计师?您亲自做过道具?您会做服装?……"濮老师是一位动手能力极强的艺术家,好像什么事情都难不倒他,我们多次在与设计班同学谈创作的时候,他经常随手就拿来一张纸开始画图,剖面图、立面图、制作图……一边画图一边和同学们讲解与分析。有一次他在和我的交谈中提到他曾经在东北插队时的经历,"那时候在文工团里演出,什么都要自己动手来完成",他做过木匠也种过地,有着这样的人生经验,还有什么能难倒他呢!

"来，我们一起拍张照"

作为制作人，初见濮存昕老师，是在《哈姆雷特》的建组会上。当濮老师走进来的那一刻，他一路和蔼可亲地朝大家招手，流露出真诚的微笑，我便知道，这才是真正的人民艺术家。濮老师爱舞台、爱学生，拿出全部的精力与热情对待本次的艺术创作。但他又是那么谦逊低调，每位导演都有自己的创作理念与风格，他数次真诚地提到"这是林兆华先生1990年创作的作品，我只是学生们的助教，是在此基础上进行编创"。为了这出大戏，他出面邀请了李健鸣先生担任戏剧构作和中文翻译，由西藏著名剧作家尼玛顿珠、格桑卓嘎翻译藏语，同时邀请到著名艺术大师韩美林先生为剧目题词。

排练计划安排得相当紧凑，每天只有中午一小时的休息与吃饭时间。因为要推进制作进度，各设计部门需要与导演商定设计方案，只好利用中午仅有的一小时吃饭时间来找濮老师工作，但我又实在不忍，对于一位年近七旬的长者，这样高强度的工作会显得太过紧凑，所以我多次询问濮老师："制作会议安排在吃饭的时间可以吗？"濮老师每次的回答都是"来！吃饭不重要"，这样的回答使我心生敬佩和感动，不论是在午饭还是晚饭时间，甚至个人休息的时间，只要剧组有安排，他都会给予极大的支持和理解，并积极地配合每项工作。他不需要任何特殊待遇与照顾，他与我们一起去食堂打饭，学生们吃什么他就吃什么。他的敬业精神，潜移默化地感染和影响着全体剧组成员，就这样,我们在紧张而密集的排练工作中,与濮老师整整度过了近两个月的美好而有收获的时光。

粉丝遇见偶像习惯性的反应就是"我可以和您拍照吗"?在上戏校园里,在这件事情上,我多次成了摄影师。还不仅仅如此,濮老师见到一些胆怯、害羞的路人,比如清洁工人、安保人员、学生等,看到他们诚恳而渴望的眼神,他经常会化被动为主动,亲切地上去问出他们想说而又不敢说的话,"要拍照吗?来,我们一起拍张照"。

那些天,除排演之外,濮存昕老师几乎每天都在为即将毕业的孩子寻求出路,担心因为编制等问题,有人不能进入西藏话剧团,可能就意味着他们将不得不回到家乡,失去自己的表演梦想。首演当晚,22名学生同时被西藏话剧团录取的消息,让濮存昕长舒了一口气,他由衷地对孩子们说,"你们不知道自己今天有多么精彩,然而这个精彩才刚刚开始……"

十场演出,濮老师就像一名忠实的观众,每场都坐在技术人员控台的位子上认真观看,他是造梦者濮存昕。

暮年的澄光

原创 2021-06-14 秦文君

去年岁末,老母亲摔了一跤,痊愈后腿脚变得不太灵便,也不愿出门了。她上午倚窗静看窗外的人来人往、街区的风景,有时动笔给新来的保姆写一封信作为备忘。下午打个盹,将积压的老年报纸按日期先后整理好,或从角落里把保质期快到的麦片、藕粉找出来,四季的衣服归整、清点一番。过几天忘记了,再来一遍。

她的生活不算忙碌,也不算空闲,但是天天差不多。只在精神好的时候,打几小时游戏,增添一些小小的趣味。

怕她闷,怕她厌倦枯燥、平淡生活,努力说服她去外边玩,散散心,她一概拒绝,说自己该去的地方都去过,如今不如待在家里,自在地看看之前旅行的照片。

问她有什么心愿,也只是摇头,说想做的都完成了,如今就想在家定定心心地坐坐,和亲友说说话,想想事。她的表情平静而漠然,过于无所求的样子,让人分外心疼。

人生来大概是有老之忧虑的,我十来岁的时候,一个小伙伴给我看她的日记,她在日记上绝望地写道:我不要变老,不要,不要。

人终究会衰老,走向生命的尽头,这不是秘密,是亘古定律。年轻时,人会畏惧老的严峻,但很少会对于"老"这件事情真正上心。每个年龄段有特别的东西,也有每个阶段的忧患。何况年少时有天然的乐观主义,不会顾及多少年后变老的境地,也不愿在这问题上停留,甚至,小孩们会感觉老人天生是蹒跚走路,哆哆嗦嗦的。

即便到了中年时期,人们谈论老,谈论死,往往也是调侃多于正经,心里有盲目的侥幸,还有些事不关己。那个在日记里写下恐惧衰老的小伙伴是早熟,她有个坐轮椅的祖母,性格乖戾,行为古怪,估计她是被自己的祖母吓到了。

衰老,深奥而隐秘,不慌不忙,埋伏多少年,陪着人一路慢行,等历经沧桑,有了无奈,有一天才突如其来现身。人们会在某一天,强烈地意识到衰老的存在。换言之,人也只有步入老境,意识到老的异样,有了亲身经历,才越发看清楚老的力量。

今年3月,见疫情趋于平息,我和中日儿童文学美术交流协会的任哥舒老师相约去看望老作家。先去孙毅老师家,这位年轻时风暴般疾行的作家,93岁那年血气方刚地完成长篇小说《上海小囡》三部曲,令我等佩服不已。

我们那天去得早,孙老师在吃早餐,旁边立着阿姨,等候餐后搀扶他上轮椅,她不时提醒他蛋糕吃掉,粥要喝干净。我茫然,眼前产生跨越年代和空间的幻觉,当年孙老师穿行在作家协会各个处室,生龙活虎地为儿童文学呼吁的时候,他不是在走楼梯,而是在跑。我还曾亲眼看他在八十高龄时骑车来出版社参加会议,自行车在延安西路上风驰电掣地飞奔!

如今他轮椅代步,很少说话,默默无语的样子,像换了个人。他的夫人彭新琪谈及她在为《上海文学》写稿,谈及我为孙毅老师长篇小说写的序言,谈及他每天往同龄老作家任溶溶家拨个电话,互问平安,这时孙老的眼里有了昔日的光。

我们还去探望朱彦老师,朱老师永远那么理性、健谈,也能把老年生活安排得特别滋润。这位有学识有情怀的编审,曾在我当文学青年那会儿,给予我文学上的引导。出版界半个世纪的花开花落、雁去雁飞,他都见过。他也是一个领略过各种文学变幻、不断反思的老作家。前些年,因夫人张老师去世,朱老师一度陷入悲怆中,半年后,大孙子出生,朱老师重新活跃起来,征服和打败了那些如影相随的生命和呼吸中的痛。

按常理,人越老,越容易有低落情绪。我身边也有难以安然接受发生衰老的朋友,她们焦虑、憔悴得像风干的菜叶,灰心、抱怨、失去快乐。但我身旁更多聚集了身处暮年的积极者,他们照旧清晨早起读书,夜晚燃烛写作。还有背着包,带几件衬衫,一个人去旅行的年逾古稀的朋友,看花开,听雨来,住看得见海的房子,去开窗见山的地方呼吸。

生而为人,就得有勇气承担生命的变化,何况只要健康、积极,精气神在,无论多大岁数,永远不算老。

五一期间,我终于说服母亲去郊外采樱桃,季节有点迟了,樱桃被鸟啄食了,但母亲很高兴,还吐露真言,说她不愿出门,是不想让外人看到自己被搀扶着走路,更不想让忙碌的子女增添劳累。老人有尊严,她期盼依靠自己的力量找到另一个超然的自己。

大家恍然大悟,母亲心里存满单纯质朴的爱,能为子女减轻一些辛劳,即便窝在家里,她也觉得乐趣、有价值。于是我们和她商定,说是大家想每个月出门玩一次,邀请她陪同,这样,她才欣然答应。

承担,也是生命里最美的东西,好好活着,是一种对生命的执着和尊重,我喜欢那些比我年长者的乐观,他们走在前面,在一片澄光里创建如许五色的坚强,我还喜欢他们偶然流露的不肯长大的老小孩的那部分,美丽的老年人是后天养成的,真可以说是"艺术的杰作"。

外公、我和淮海路

原创 2021-06-18 贾赟

外公的一生都和淮海路分割不开,他年轻的时候,六个孩子都在淮海路以南的石库门旧宅出生。20世纪70年代初,全家搬到了淮海路以北的新式里弄,外公在这里一住就是半个世纪。

从我记事开始,外公几乎每天都会去淮海中路襄阳北路口的襄阳公园,听人唱歌、看人跳舞,和老伙计们谈天说地,如果有儿孙相陪,那他一定会花几毛钱,让我们这些孩子过一把旋转木马的瘾,外公管它叫作"电马"。现在回想起来,小时候的我却更喜欢静安公园里的"电马",因为那些旋转木马有内外两圈,更大更有趣,只不过襄阳公园离外公家更近,所以也就去得更多。

小时候最开心的时光,莫过于跟外公坐上26路无轨电车,去老大昌吃掼奶油。我很喜欢坐电车,尤其是长长的巨龙电车,听着那特有的电机蜂鸣声,看着窗外霓虹璀璨的淮海路街景,吹着风,别提多得意了。我至今都还记得外公给我买掼奶油的情形,那时候老大昌的掼奶油是"散装"的,营业员用勺子盛上一勺掼奶油,软绵绵地放在瓷盘上,然后给一把金属小调羹。那时候,掼奶油里面会掺一些细碎的冰粒,味道十分特别,这么些年来我一直忘不了那个味道,只可惜长大以后,再也没有吃到过那样的掼奶油了。

襄阳公园的对面有一家向阳儿童用品商店(我一直叫它"六一儿童用品商店"),上海小孩想必都不陌生,那爿商店真的是孩子的乐园。不知道多少次,我缠着外公带我去店里过眼瘾,哪怕在橱窗外看上十分钟也是好的。外公不掌握家里的财政大权,所以指望外公买单是不可能的,记得我5岁那年,在橱窗里看到一套精美的山村小火车,外面是两块塑料拼接而成的箱子,箱子表面有很多圆孔,可以根据自己的喜好将一节节小轨道固定在圆孔上,组成铁道线,电动火车头牵引着两节车厢,就能在上面开。我跟着外公看到了它,缠着妈妈买下了它,那是我童年最喜欢的玩具。

5岁那年,我生病住院,在淮海路北边的邮电医院,外公把我的小火车从家里带来,想减轻我住院的难受和恐惧,我却不小心让火车头从病床上摔了下去,摔坏了电池仓的盖子,虽然经过修复不影响小火车的运行,但我一直很心疼,以后只是放在家里的玻璃橱里,很少拿出来玩。这套山村小火车一直伴随我到上大学,后来因为搬家而不见了,这几年在网络平台的怀旧玩具商店里,我也从没再见过它。

有很长一段时间,我没有和外公生活在一起,再和外公朝夕相处的时候,外公已经年迈,很多事情都已不同往昔,只有襄阳公园依然是他晚年经常会去的地方。那时候,旋转木马拆除了,向阳儿童用品商店不在了,那碟攒奶油也只是留在记忆里。因为长期的分离,我和外公之间的情感算不上浓烈深厚,但那些在淮海路上有关外公和我的点滴回忆,成了我跟外公进行情感交流的独特方式。

从前年开始,外公的身体每况愈下,经常要去襄阳公园边上的医院报到。去年10月中秋节那天,90岁的外公走完了一生,在淮海医院里离开了这个世界,当天我在远方,没能和外公告别。妈妈说,外公走得安详,可能是因为身边都是他熟悉的街景,让他安心、坦然,特别是淮海路上的梧桐树,绿叶落了几十回,外公没有失约任何一次,就在去年秋天那次落叶的时候,外公最后一次陪伴它们,一起凋零。后来,每次路过这里,我都会想念外公,在淮海路的人群中,仿佛总能见到一个满头银发、背脊挺拔的身影。

此致盖浇饭

[原创] 2021-06-19 梅子涵

我10岁左右的时候,妈妈会带我们去矽钢片厂旁边那个简陋的饮食店吃晚饭。

先在门口排队,轮到了,欢喜地在桌前坐下,等着那一盘饭被端来。

下面是饭,一点儿菜盖在饭上,汤汁渗下,味道也渗下,饭里有着菜的味道。

饮食店门口挂着一块黑板,上面写着:盖浇饭。

其实在家里吃饭,也是常常会夹一些菜放在饭上的,但是没有人会说是盖浇饭。

那时候,粮食很少,买米买面粉都要粮票,总是吃不饱,但是排队吃这个盖浇饭不收粮票,钱贵些。

盘子里的饭很少,大概二两吧。铺在上面的菜也很少,一点儿卷心菜,几小块切得薄薄的豆干,没有肉,没有油水,但是有些汤汁!

汤汁渗到饭里,饭里有鲜味,嘴巴里鲜。妹妹眨着眼睛往嘴里划饭,眼睛眨得有鲜味。她总是很快就吃完,然后看着外祖母的盘子和妈妈的盘子,她不看我的盘子,因为我也很快吃完了。

外祖母和妈妈就会拨一些饭给妹妹,也给我,可是我不会要,我比妹妹大5岁。

妹妹眼睛眨着鲜味又把饭划进嘴巴。妹妹小时候,眼睛里还有滑稽。

那个艰苦的年代,缺粮、缺菜、缺油,所以肚子里总是咕咕地叫,唱着盼望的歌。

弟弟刚刚一岁多。他嘴巴上沾着饭粒,伸手蹬腿"哦哦哦"唱歌。

盖浇不盖浇和他没有关系。他在妈妈的怀里。

妹妹应该也不懂这个盖浇饭和平时家里饭在饭碗里菜在菜碗里有什么区别,她也不会懂收粮票和不收粮票的区别。

弟弟甚至可能连什么是饭也搞不清楚。

但是我都已经懂了。因为我中午一个人在对面院子里的食堂吃饭,一个月的饭菜票,我没有忍住咕咕叫,半个月就吃完了。无可奈何地骗妈妈,说把饭菜票丢了。外祖母给我一毛钱,一张饼票,在对面的商店买了一个饼,站在路边吃了一口,心里刚刚开始唱歌,被一个飞奔而来的小孩抢了。我举着空空的手,看着那个小孩飞奔而去,眼泪流出来。

盖浇饭和粮票、饼票、肚子咕咕叫……是连在一起的。

我不知道盖浇饭是什么时候发明的,但是把盖浇饭写在饮食店的黑板上,不收粮票,钱贵些,排着队让咕咕叫的肚子记住它的汤汁,是一个聪明的发明和"推出"!

只不过那时的任何"推出"都不夸张,不被说得很庄重,很灿亮,很耀眼。写在黑板上的意思只是说:"我们开始卖盖浇饭了。"是一种老老实实的朴素,憨憨的简单。汤汁的鲜味也憨憨地吃进嘴里,轻声细语留在记忆中。现在的很多"推出"都太哇啦哇啦,没过几天已经记不住,有的甚至当时也听不清。

吃完了饭,跟着妈妈、外祖母回家,走进院子,会遇到人,他们问:"从哪儿回来啊?"我就抢着回答:"吃盖浇饭!"妹妹也跟着说盖浇饭,问的人就长长地"噢"一声,那"噢"里是有和我们一样开心的味道的。

那时候,爸爸在远方劳动。

我给在远方的爸爸写信的时候,总是会告诉他,妈妈又带我们去吃盖浇饭了!那时候写信,大人小孩,在结尾的地方都要写上:"此致敬礼"。那是一个严肃的时代,不随便开玩笑,如果是现在,我也许会写:"致以鲜美的盖浇饭敬礼!"

没有油水也鲜美,鲜美也要看年月。

爸爸也一定能从"盖浇饭"这几个字里看得见我的开心。他没有去远方的时候,星期天经常带我到饭店去吃饭,先看电影再吃饭,但是从来没有吃过盖浇饭。爸爸带我吃过的饭店都比矽钢片厂的这个饮食店高级。

后来那么多的日子,那么多的汤汁和味道,记住盖浇饭干什么?不是要记住,是因为就是总记住,怎么办呢?没有办法。

后来上中学,在学校食堂吃饭,下乡,在农场砖瓦厂吃饭,都是捧着一个大搪瓷碗,饭打在下面,菜铺在上面,有卷心菜,有素鸡,有油豆腐塞肉,有时还有红烧肉,汤汁渗下,味道浓许多,可是我们从来不会说,这是吃盖浇饭。对我来说,盖浇饭就是矽钢片厂旁边的饮食店里的。

现在的很多小餐厅,黑板上也是写了盖浇饭的。饭上铺的是糟溜鱼片、宫保鸡丁、炒素、鱼香肉丝、蚝油牛肉……很多的油,汤汁渗透,但是吃的人大概都不会有我妹妹那样的眼神,不会像我那样大声告诉别人,听见的人说一声长长的"噢"!年月不一样了,现在美好了许多许多,有许多别的"噢"了。

现在,当我一个人在家的时候,我会把饭盛在盘子里,菜铺在上面,拍张照片,发给问我午饭晚饭吃什么的人,对他说:"盖浇饭!"还问一句:"迷死人吗?"然后把它吃完。能够迷住自己的味道,便是可靠的味道。

那次,我撒谎说饭菜票丢了,第二天一早,妹妹拿着一沓饭菜票跑到我面前,说,哥哥,这是你的,妈妈捡到了!妈妈也撒了一个谎,没有骂我,把她自己的饭菜票给了我。我亲爱的妈妈,她现在已经很老了!

初中二年级,我参加区中学生田径运动会,六十米决赛,我跑在第一,冲刺时,我看看左右,神奇的是心里在想,那个抢我饼的小孩在吗?因为他跑得好快哦!

这两个真细节,也算是盖浇饭吗?不必哪个铺在下面,哪个盖在上面,各自的汤汁和味道,既是生活本身,也格外像文学。

朱逢博：接受，随后努力

原创 2021-06-26 朱光

挽起的长发在头顶以一个花式发夹固定，身披大红色花朵图纹的宽袍，十指缀以鲜红的指甲油，84岁的朱逢博在东艺化妆间里打开一杯咖啡："噢哟，美式啊，苦的……糖在哪里？"她的爱徒钱慧萍听闻赶快起身去找糖包。命运为她"规划"的道路多少是苦的，但她总是能为自己找到些糖——"我接受，随后，就努力。"

"原本的打算是去当建筑师"

若要谈论朱逢博的歌技是毫无必要的，她是公认的流行音乐开拓者。若要列举她的代表作，似乎也是要占满整版的——她也是新中国第一位出版个人演唱歌曲集的歌唱家，那可是整整一本书！20世纪七八十年代就有"北李南朱"之说——北有李谷一，南有朱逢博。而以央视春晚收尾曲《难忘今宵》"声震大江南北"的李谷一则一直说:"我最崇拜朱逢博,我还给她拉过大幕。"

出生在山东济南的朱逢博,父亲是水利工程师。"所以我从小并没有立志要去唱歌",她虽然不擅长说上海话,但依然有着上海大家闺秀的糯与嗲:"我是在同济大学学建筑的,读了整整六年哦!"她一边搅拌咖啡一边回忆,自己原本的打算是去当建筑师:"设计图要画得很精准的哦!"1960年她去工地实习时,正好遇上了上海歌剧院前往慰问演出。她原本在大学里唱歌就颇受同学欢迎,于是现场也亮了嗓。歌剧院的舞蹈演员立刻邀约她去听歌剧、参观歌剧院。歌剧院决策层也爱才心切,以特殊人才引进的方式留下了她。她当初的想法也很单纯:"哪里需要我就去哪里。"

时至今日,朱逢博的关门弟子、轻音乐团80后女高音丁一凡也觉得:"朱逢博老师就像是我奶奶,就连我当初的男友也是让奶奶把关后,才成为我丈夫的。"但要学会奶奶的独特发声方法很难,"我们如果按她的声带位置发声,嗓子是吃不消的。但是奶奶一唱出来,就是感动人!"问朱逢博觉得"怎样算唱得好",她的回答也是:"感动人!"

20世纪七八十年代,朱逢博有两年始终在北京,因为涉外任务不断。西哈努克亲王来访了,周恩来总理就给朱逢博打电话,让她准备准备去唱几首。1977年,她随团访问加拿大时,在当时的加拿大领导人面前用法语演唱了一首《流浪的加拿大人》——这首曲目是1842年时根据1837至1838年的加拿大魁北克反抗殖民运动而写,后来流传开来成为多部电影的配乐。朱逢博现学了法语歌词,当场唱哭了很多加拿大听众。大家以为朱逢博会说多国语言,她谦虚道:"都是因为唱歌而学的。我也是因为周恩来总理坚持鼓励我唱,我才唱下去的。"

"要请我一个,就要请整个团"

1986年6月,在朱逢博和屠巴海的呼吁下,上海轻音乐团成立,成为全国第一个,如今也是全国唯一的轻音乐团,朱逢博则是当年的创团团长。钱慧萍说:"当时其实人家都是来请朱老师一个人去演唱,但她总是跟人家说,'要请我一个,就要请一个团',于是我们呼啦啦都一起跟去了。"

当然,当时的上海轻音乐团也群星荟萃——沈小岑、张庆、朱枫、肖霞、杭晨、孙美娜……钱慧萍回忆起当年:"啊呀,请朱逢博老师的地方都会拉一条红色的横幅,朱老师的名字写在上面的。"那时,外地请轻音乐团去演出,一天要演三场,还供不应求。"我们简直像是'铁路文工团'——每次出行都要包一节车厢,和列车员一起在车厢里唱唱跳跳,可欢乐啦!"朱逢博也表示:"当时大家都一条心,特别团结!赚了钱积极交给国家。"钱慧萍还说起一件轶事:"当时,有辆公交车,到终点站前是路过万体馆的,但是只要我们在万体馆演出,这辆车的乘客就都在万体馆下车,几乎没人乘到终点站……"

时至今日,朱逢博依然是上海轻音乐团的艺术总监,钱慧萍也已经退休了:"当年一起进团的只剩下唐峰,当年他年纪小,也就十七八岁。"此时,唐峰刚好路过化妆间,来与朱逢博老师打招呼。他的身形甚至发型，与当年也没什么两样，但他已是演员队队长。

现在，朱逢博依然与她的三代学生"团进团出"。每逢各种节假日，教师节、母亲节、端午节等，徒弟就会搜师父出门去唱卡拉OK——肯定是先把朱逢博老师的代表作唱上一轮，再各自发挥……他们几十年来都称呼朱逢博老师"老娘"！"老娘"这个词，蕴含了对朱逢博老师的敬畏与大爱。当年，朱逢博作为老师还是"蛮严格的，对徒弟唱歌的要求，是精益求精的"。现在回想起来，朱逢博也对这个称呼蛮骄傲的："这是他们对我的爱称！"

"轻音乐团引领潮流，我一定撑他们"

上海轻音乐团当年不仅引领流行音乐的潮流，还站在流行文化的尖端。当时团里的歌手、乐手不仅歌艺、演技了得，也个个是帅哥美女。钱慧萍蛮自豪的："我们穿的裙子也会立刻流行开来哦！"她是从部队复员后报考的上海轻音乐团，在朱逢博老师和施鸿鄂老师面前演唱了《我爱你，塞北的雪》，就有戏了："我从小听朱逢博老师的歌长大，对她崇拜得不得了，从来不敢想象自己有一天也会成为她的学生。"

当年，朱逢博作为轻音乐团团长不仅引领全国流行歌曲风尚，也带领所有女歌手在演出后自己拆舞台上的灯泡或者绕电线——当时的舞台布景就是一个个灯泡装上去亮起来的。赚来的钱都用来添置乐器，以至于轻音乐团当时的乐器可谓是全国院团里最好的。因为，朱逢博的口头禅就是："要么不干，要干就要干到最好!"时至今日,朱逢博还自己用电脑上网购物:"我去买最好的化妆品送给她们"——她指了指钱慧萍。

此次,上海轻音乐团来了新团长——单田芳关门弟子董德平。在庆祝建党百年之际,大家一起守正创新,以叙事性音乐会《追寻》探索"新轻音乐之路"。"轻音乐团引领潮流,我一定撑他们!"朱逢博与她的第二代学生钱慧萍、关门弟子丁一凡一同登台演唱了《我的祖国》。首演前一晚,朱逢博排练到晚上12点,到家都凌晨1点了:"乐团就是我的儿女,我只有一个心思,我们一家都要一起上台的。"

虽然朱逢博早就在家享受退休生活——天天看报了解国家大事、有空上网买买衣服、化妆品,"儿子、媳妇从来不干预我的生活,我很自由……有时怀念学生时代,还是有点想做建筑师啊!但是,做了一行就要爱一行,还是要认真啊!"

上海每个人都接触过他的设计

原创 2021-07-07 言尔

只要你生活在上海或者经过上海,几乎都会和冯导的设计"发生关系"。

冯导,不是冯小刚——姓冯名导,公共标识系统设计师。在他看来,好的公共标识系统不是封闭而是开放的,是永远可以迭代更新的,和城市的发展一起更新,和身在其中的人们一起前行。

这种"日常"曾是奢望

上海这座城市里,有许多"空中飞人"。杨先生即是其中之一,他的日常:从国外某个机场或国内某个城市机场飞往上海浦东的机场,落地、安检、入关、行李提取、乘磁悬浮、转地铁……凭借一系列清晰、明确的公共标识和好看、易懂的导向符号,沿途不用问路,也不用打开手机里的交通应用,他都能流畅地到达目的地。"很简单,就是跟着导向标识走!"

上海的地铁里,每天工作日高峰时段有近千万人在匆匆赶路;更有无数来自天南地北的人通过地铁探寻这座城市。这里,没有频繁的问路、换乘的困扰与迷路的担心……每个人依照导向标识,各行其道,如期抵达。

但这种日常,在 20 多年前的上海,是一种奢望。在机场等交通枢纽,人们习惯的是不断问路。问询台前往往挤满了人。公共标识系统设计专家冯导及其团队努力了 20 多年,终于改变了这种状况。谈及投身此项工作的初心,冯导说:"1995 年当我留学归来回到上海,感到我们的公共标识系统太落后了。欧美有些地铁或机场虽然很老旧,但它们的导向标识却大多会更新最新的设计。而我们出行或者到某些公共场所活动,常常要找人问路,耽误时间、体验差。既然看到了差距,就要设法改变。"这份责任,担起来就是 26 年。

不是画个箭头那么简单

冯导毕业于美术学院中国画专业,后赴日留学,侧重于研究视觉艺术和视觉设计,对公共建设、公共交通领域做了很多前瞻性的思考和研究。实践开始于 1997 年,上海最重要的地铁干线 2 号线开始建设,冯导受邀参与其中,他提出:上海正在建设国际大都市,未来必然要建设庞大复杂的快速交通系统,也必然要应对庞大复杂的人流、物流、信息流,人们对城市服务体系也会有越来越高的期望,非但需要最科学有效的公共标识系统来保障其最合理顺畅的运行，并且这些标识的设计在审美上、文化上，要与城市的文脉和发展定位相呼应，为城市形象增色。"标识"不是贴个图标、画个箭头那么简单粗暴。"标识"是个整体解决方案，是个导向系统，要以系统化设计为导向，综合解决信息传递、识别、形象传递等功能，以帮助陌生访客能够在最短的时间获得所需要的信息。

冯导团队设计的标识系统与导向系统两大部分，在2号线、3号线"试水"，建成后用户体验良好，出行运转顺畅。冯导参与了此后绝大部分地铁线公共标识设计或改造。通过不断完善和创新，上海地铁逐步建立了自己的公共标识系统标准。现在乘坐上海地铁之便捷，有口皆碑。天南海北来的人们，只要边走边看导向标识，就能很便捷地抵达站内各个目的地，而且不同的出站口所涉及的站外地标信息也非常丰富，方便乘客选择最合理的出站口。

随着上海的建设步伐，冯导的设计逐渐遍及这座城市：2006年起，对原来水泥浇筑的上海道路路牌进行重新设计改造，采用铝板＋金属结构组合，增加了门牌号码指示、反射材料、双语。字体大小、高度等兼顾行人、自驾车、公交车驾驶员视觉的判断；2007—2010年，参与配合世博会的虹桥综合交通枢纽（机场、高铁、地铁、磁悬浮）公共标识系统设计，以及外滩导向标识系统设计；2013—2016年，上海虹桥国际机场一号航站楼改扩建工程公共标识系统设计；2014—2019年，上海浦东国际机场卫星厅和捷运系统公共标识系统设计……冯导还承担了港珠澳大桥旅检、交通、商业综合体公共标识系统设计，中国—亚欧博览会主会场新疆迎宾馆形象识别系统、公共标识系统设计等。

公共标识是竞争力

谈到做过的最复杂的项目,冯导认为非虹桥综合交通枢纽莫属。这个项目总面积150万平方米,涵盖航空港、高速与城际铁路、磁悬浮、城市轨道交通、公交车、出租车和自驾车等多种交通方式,是日吞吐量110万人次的超级交通枢纽。其特性体现为不同交通方式之间存在56种换乘模式,要求将"零换乘"的便捷带给每一位旅客。面对这样庞大复杂的公共标识系统设计,没有范本可以效仿,怎么做?

冯导说:"这不是单纯的标识系统,是世界级、国际化城市竞争的一个要素,我们要从这个高度出发来做标识设计,才能做得好。"在这个理念的指引下,冯导团队在具体设计中,处处考虑用户需求、处处体现城市形象、处处实现管理有序:仅机场空间的导向标识设计,就有分层图、平面图、立体与平面结合图形,以及旅客服务、餐饮或卫生间等设施图标,一整套完整的"客流管理,信息图形"标识系统,也是一整套细致、直观的管理细节,帮助乘客不费口舌、少花时间,顺利找到自己的方向和路径,拥有舒心、高效的出行体验。

桃李不言,下自成蹊

简洁、准确、有美感的公共标识,是一座城市素质的最直观可感的证明。

从地铁公共导向标识系统设计开始,冯导就提出了海派和国际的"辩证统一":一方面,我们要尊重我们的地域文化、思维习惯、行为方式上的独特性,考虑上海城市发展的定位和体量的独一无二;另一方面,公共标识要跨越地域、语言、文化的障碍,直观地向人们传递信息,要兼顾来自世界各国旅客的理解力。

从小学习美术的冯导,对设计的视觉完美性非常苛求。他追求设计与环境、建筑的整体气质相吻合,要求体现中华传统审美的高度,海派文化的温度,国际化大都市的包容度和当代感,对哪怕任何一个小的标识都绝不随意安置。比如:考虑到中国文字"方块字"的结构特点,笔画多的远看容易模糊,就不做过多的色彩加工,尽量简洁大气,避免误解;考虑到车主找车不易,就不用难记易忘的数字编号,而改成用不同的水果、动物、建筑等直观的符号来标识车库楼层和区域……正是这种人性化的贴心考虑,成就了设计上的巧思,让每一位用户、每一位出行者感受到了关怀和便利——这很"海派",也很"国际化"。

国内外项目团队来上海考察,对上海的公共标识设计系统大为赞赏,到处打听设计者。但冯导是个极低调的设计师,连百度都很少搜得到他的资料。他笑道:"做公共标识系统设计,不就是要达到'桃李不言,下自成蹊'的效果嘛。"

有位日本朋友来上海,冯导本想去机场接,对方却婉谢道:"上海的路很好找。"果然她从浦东国际机场出来后,先乘磁悬浮,再乘10号线,顺利到达南京东路冯导的办公地点。这句"上海的路很好找",冯导觉得是对他最好的奖赏。

好的系统会迭代更新

冯导觉得自己很幸运,他热爱的公共标识设计事业正好碰上了上海大发展的历史机遇。他回忆道,有一年,他的日本老师来到上海,看到上海的发展及他做的项目,感慨万分:"我70多岁了,一辈子没有机会参与如此重大的工程!你的工作做下去,一定会让上海老百姓生活的便捷程度超过其他地方!"

冯导特别珍惜这样的时代机遇,在自己承担的繁重设计项目之外,还积极参与了公共标识系统标准的研究和编制:上海轨道交通网导向标识系统设计、企业、行业、上海市地方标准、上海虹桥综合交通枢纽公共标识系统设计、标准化手册、上海西极—虹桥商务区核心区公共标识系统(步行)设计导则、标准化手册等。由此,上海已经建立了自己的公共标识标准,让这个相对"冷门"的领域有规可循,并不断创新。

冯导谈到国内的公共标识工作,仍有很多期许。他设想,交通管理的规范、公共安全的要求、城市运营的思想,能够通过公共标识得到系统、综合的表达。它同时是美的、有文化的、带着人性关爱的。好的公共标识系统不是封闭而是开放的,是永远可以迭代更新的,和城市的发展一起更新,和身在其中的人们一起前行。"我们能不能再继续创新,不断满足城市宜居宜行的需求,创造出更好的公共标识系统?"

瞿独伊、孙维世合影

原创 2021-07-13 刘心武

建党百年之际,百岁老人瞿独伊荣膺"七一勋章"。报章上刊登出瞿独伊近年照片,精神矍铄,真个是眼里有光,心中有信仰。

我少年时代,家里除了照相簿,还有一个硬木匣子,里面保存着一批老照片,多是我家前辈亲属的留影,但在那些照片里,有十数张却是血亲以外的人士,其中就有瞿独伊的影像,不是独照,是合影,跟谁合的影?孙维世。那些照片里,不但有孙维世与她的合影,还有与张梅的合影。都是在莫斯科拍的。构图,都似乎是一人坐着、一人站着,依偎在一起,孙维世则总是站在右侧高出半头。

瞿独伊、孙维世那张合影背面,有孙维世的亲笔题记:"亲爱的妈妈:在我旁边的这个姑娘叫独夷,是烈士瞿秋白同志的女儿,她会唱歌会跳舞,比我小一岁,现在可以同我们讲中国话。妈妈:把我们的快乐带给你!你的兰儿。二月二十一日。"孙维世把瞿的名字写成"独夷",显然是笔误。题记有月日,却无纪年,经推敲,孙维世是1939年随周恩来从延安飞苏联,先到莫斯科东方大学,后到莫斯科戏剧学院学导演的,这张照片,应该是拍摄于1940年或1941年年初。瞿独伊则早在7岁时就在苏联生活,俄语已经成为其日常用语,所以孙维世去了以后,欣慰地告诉母亲,独伊现在可以同她讲母语了。

孙维世的照片,分明是寄给她母亲的呀,怎么会跑到我们家照片匣里了?长话短说:孙维世的父亲孙炳文、母亲任锐,1913年在北京什刹海前海北岸东侧的会贤堂举行婚礼,我祖父刘云门是证婚人。1922年孙炳文和朱德赴德国前,曾在北京什刹海前海北岸东侧我祖父的房子小住。他们到达柏林后,由周恩来介绍加入共产党。1925年孙炳文回北京后,在繁忙的革命活动中,发现一位20岁的女性王永桃遭遇不幸,就和任锐伸出援手,将其接到家中,因他们很快又前往广州参加孙中山领导的革命,就又把王永桃妥善安置到任锐妹妹任载坤家暂住。

任载坤是哲学家冯友兰的夫人,后来王永桃转往山西太原其叔父处,她的恋人奔到那里迎娶了她,那就是我的父亲和母亲。

1925年年底孙炳文到广州任国民革命军总政治部上校秘书兼中山大学教授,此前我祖父已在中山大学任教授,他们仍是忘年交(孙比我祖父小10岁)。1927年孙炳文在上海被蒋介石杀害。1936年任锐加入共产党,1938年和三子孙名世到达延安,母子同在延安抗日军政大学学习,1939年任锐被组织分配到四川璧山第五儿童保育院工作,后到重庆八路军办事处图书馆工作。1938年孙炳文和任锐的长子孙泱及大女儿孙维世也到达延安。孙维世在苏联期间，当然会给母亲寄信寄照片，1939年起任锐即在璧山第五儿童保育院和重庆八路军办事处工作，那时候我父亲是重庆海关职员，家住南岸狮子山，想必就在那个时间段，任锐把一些她的私人相片，包括我祖父证婚的结婚照、孙炳文和她婚前婚后的一些照片，以及孙维世从苏联寄给她留念的一些照片，都交给了我父母保存，1941年她回到延安，任陕甘宁边区政府监印。

孙炳文、任锐一家，满门共产党员，满门忠烈。三子孙名世1948年牺牲在辽沈战役。任锐1949年4月到达天津，本应进京参与开国大典，却积劳成疾溘然逝世。1966年长子孙泱、1968年孙维世相继被迫害致死。次子孙继世为党工作至2008年去世。小女儿孙新世近年来还同我保持联系，世交相称，已经95岁。

这张瞿独伊与孙维世的合影，我在1987年，就在《收获》杂志开辟《私人照相簿》专栏时加以披露，1988年香港南粤出版社、1997年上海远东出版社出了单行本，1993年华艺出版社出版的《刘心武文集》、2012年江苏人民出版社出版的《刘心武文存》都有收入。这张照片上的两位女子，当时正是花样年华，如今一位已经仙去，一位依然健在，她们的生命，都已融进了百年党史。

只此一家王世襄

原创 2021-07-24 黄永玉

初 到 北 京

王世襄是一本又厚又老的大书,还没翻完你就老了。我根本谈不上了解他。他是座富矿,我的锄头太小了,加上时间短促,一切都来不及。

那时候大家都在同一性质的生活里行色匆匆。

我初来北京,近三十的人还那么天真烂漫。上完课没事的时候,常到人民日报社、文艺报社、文联、中宣部、外交部、人民文学出版社、外文局、世界文学杂志社,去找以前的熟人:抗战十四年、福建、江西、广东及抗战胜利后的上海、香港的老熟人。那些人也高兴,不嫌我突然的到来给他们带来纷扰。

熟人说:"人家上班,你去聊天,让他对公家不好交代。"我说"有这番讲究的老熟人,我怎么会去自讨无趣?"(以后的日子,这类熟人倒是真没碰到过。)

或许好多老朋友都知道我在北京,想见我还找不到门牌咧!

起码大家都了解我是个专心刻木刻的人,使用"时间"比较专一。家庭玩意儿也多,总想着平平安安过日子。

有朝一日告别世界的时候我会说两个满意:一是我有很多好心肠的朋友;二是自己是个勤奋的人。

50年代初,苗子、郁风原住在西观音寺栖凤楼,跟盛家伦、吴祖光、戴浩他们一起,好大一块上上下下的地方。后来搬了,搬到跟我们住的大雅宝胡同不远的芳嘉园。张光宇先生原是中央美术学院工艺美术系的教授,住在煤渣胡同美院的教职员宿舍里,也跟着苗子、郁风兄嫂一齐搬到芳嘉园去。

从此以后我常去芳嘉园拜见光宇先生。光宇先生住西厢房,北屋是一位在故宫工作的王世襄居住。这三边屋都有走廊连着,北和西的拐角又加盖了一栋带瓦的玻璃房,是王世襄买了一座古代大菩萨进不了屋,安排大菩萨在这里。这动作不是很容易学的。

张光宇先生买来本新画册,法国、英国或美国出版的,非洲人的实况记录,很大很厚印刷精美之极的名贵东西。那天我上先生家,张先生特地从柜子里取出来给我看,我慎重地进洗手间洗了手,用毛巾仔细擦干。画册放在桌子上,我端正了位置,屏住呼吸,一页一页地欣赏起来。

全部黑白单色,摄影家技术讲究,皮肤上的毛孔都看得见。我一辈子难以以这种方式,以一本摄影集的方式认识伟大的非洲,非洲的老百姓,非洲的希望。看最后一页的心情,像是从教堂出来,忍不住站了起来致谢。

"你看看人家的脑子,人家的手,人家的角度……"张先生说。

"太了不起了。先生哪个书店买的?我也想去买一本。"我问。

"外文书店给我送来的。就这么一本。你犯不上再买一本。让张三李四不懂事的人随便乱翻,糟蹋啦。也贵,近两百块钱(1954、1955年的行情),想看,到我这里来看就是。"

我笑起来:"价钱真是把我吓一跳。从文化价值讲,区区两百块钱算什么?我要有钱,买十本送好朋友,让大家开阔眼光。我带的这包家乡野山茶,泡出来一杯绿,满口春天味道。先生和师母不妨一试。"

先生说:"她上朝阳市场买菜去了,回来我就叫她泡。"

"那边茶具电炉的桌子上什么都有,我来吧!不用等师母回来!"过去一下就安顿好了,只等水开。

这时候西屋走廊进来一个大个子,土头土脑不说话,把手里捏着的一本蓝色封面线装书交给光宇先生:"刚弄好的,你看看!"

张先生瞄瞄封面,顺手放在桌上。

"好,下午我找时间看。谢谢!"

书就这样放在桌上,就在我眼前,我顺手取过来看看:《髹饰录》,还没看清,那人从我手上一把抽了过去,抽过去你猜怎么样?从容地放回桌上昂然而去。

嘻嘻!那意思照我们凤凰人揣摩:"你狗日的不配看我的书!"

趁他回走转身的时候，顺手拿一样硬东西照他后脑来一下是讲得过去的。又想这是在光宇先生清雅的客厅里，又是共产党领导的新社会。我傻了一阵，醒过来开水开了，想到泡茶，我什么动作也没做，想也不再想。泡好两杯绿悠悠的茶喝将起来。

"这茶真像你讲的，她买菜回来会喜欢死了。"张先生说。张先生好像没注意到刚才发生的事。

"要是明年弄得到，再给你送来。"我说。

（写到这里想起个问题，苗子、郁风兄嫂那时候可能还没有搬来芳嘉园，要不然出了这一档子事，我怎么会不转身马上告诉他们两个人呢？）

过了相当长的一段时候，记不清楚和谁去拜望光宇先生，屋里已坐了一些人，还有那位上次失礼的人也在；看见我，马上起身转走廊走了。怎么回事啊？我们以前认识吗？结过怨吗？

请欣赏《髹饰录》

转来了。手里捏着本那天同样的书：

"失礼之至！对不住！我王世襄，你黄永玉！请欣赏《髹饰录》，请欣赏。"

没有想到阴云闪电过后的晴天来得这么快。他就是王世襄！好家伙！从此之后我们就经常来往了。

我在好多文章里都提到，我的朋友——"厮辈均介于兄叔之间，凡此均以兄呼之可矣"的一种特殊状态。他兴趣广泛，身体健硕，不少同龄老朋友不大跟得上了。身怀多般绝技的他，显得有点像杰克·伦敦笔下那只孤狼"巴克",只好在原野做一种长长的孤嚎了。

对我,他一定听错了点什么,真以为我是个什么玩家。我其实只是个画画、刻木刻的,平日工作注意一点小结构,小特性,养些小东西而已;我是碰到什么养什么,蛇呀,蜥蜴呀,猫头鹰呀,小鹿呀!没什么体统。

他不同,他研究什么就有一定的专注,一定的深度。务必梳理出根芽才松手。生活跟学问方面,既有深度也有广度,并带着一副清醒严肃人格的头脑。

他说:你打猎。我读燕京的时候,好多洋教授也牵洋狗打猎,在河上搭铁桥打野鸭,行事认真,局面单调,十分局限不好玩。我养狗,闷獾子,不打猎,不玩枪。先讲养狗。北京城不少人家都养狗。到春天生小狗的时候,我便骑辆单车四城瞎逛。一星期逛一次。逛这么个把月。全城哪户哪家出生小狗大致都摸清楚了。便挑选有好小狗人家,派家里几个杂工,分别在有好小狗的人家隔壁租间小屋住定,天天坐在门口跟小狗套近乎,喂点好吃东西乘其主人不注意时一把撸了过来,装进口袋骑车回家。

这就等于是全北京千家万户为你培养优生小狗。这三四只小狗再一次精选,选剩的送朋友,不会有一个不多谢的。

养这种大壮狗只有三个用处:一是看门;二是逛庙会;三是闷獾子。北京家里有狗人家,都牵来庙会"显摆"。到那时候,谁还有多余的眼神看别的狗?驴般大的黄狗脖子上套的是当年王爷宝石带滚珠的狗链。我们要的就是这么一番精彩光景。正所谓:"图一时之快"。玩,就是玩的全套过程,探、偷、养、逛的快乐。唉!那时候年轻,有的是时间,你看耗费了多少宝贵光阴。

我完全同意他这个看法:人但凡玩东西,往往只注意结果而忘记过程。人间的快乐往往跟过程一起计算的,甚至是主要部分。比如打高尔夫,花这么多钱入会,难道是仅仅为了把一粒小圆球打进老远的那个小洞去?太阳之下来来回回自软草上下小小走动实际上比那粒破小球进洞重要得多。

一个人喝闷酒没意思,怎么也不如一桌子朋友猜拳闹酒好玩。好玩在哪里?在那个可贵的胡闹胡说的过程中。跟别的玩意不同的一种特殊老小不分的场合。第二天醒来,各奔东西,什么也不曾发生。

他说,他听说我常到近郊打猎。他说他不搞这洋玩意,只"闷獾"。

闷 獾 子

很花时间。往往是凑巧碰见坡上的獾子洞,那就好了!乡下有人报信,某处某处有獾子洞,那就更好。于是约上七八个朋友,带上足够的网子和干辣椒闷獾子去。

獾子窝,一般说来曲曲折折起码有四五个出入口,留一个洞点火扇扇子燃辣椒之外,其余洞口都要有人把守,留神用网子罩住洞口逮住獾子。

獾子公母或是鳏寡孤独的獾老汉獾老娘。

辣椒一熏就窜出来。

这类活动自己也忙,满身臭汗,累得像个孙子,还让辣椒熏得自己气都喘不过来。捕得了固然高兴,往往是空手而回。这特别练人的耐心。

獾子肉可口,獾油治烫伤,特别一提的是那张獾毯子。

野物窝最讲究的是獾子窝。它们每天都要坐在地面,后腿跷起,前腿往前拖动,让屁股来回摩擦地面,老老小小一家都这么干,让居庭之处清洁无瑕。所以说,獾的屁股都光溜溜的,全家的屁股毛都粘在獾的居室里,年深日久,变成一张毯子。当年东四牌楼隆福寺门外街上,常见农村大车上顺便卖这个的。买回家用城里眼光手脚增彩,好好打扮,是种相当稀罕有意思的手工艺品。

他说:年轻的时候我也"架鹰",上山追兔子、野鸽子,我不敢动洋东西。

(写到这里我心里也不好过!我不懂"闷獾子"。我打过山羊、兔子、大雁,它们都有家,有伴侣。把残忍行为不当一回事。世界是大家的,人老了才明白这道理,唉!)

(这里要说清个事。世襄兄事后补送的书是《髹饰录》,不是以后多少年正式出版的《髹饰录解说》。记得我当时拿回家后翻了又翻看不懂,只觉得里里外外全部手工装订令人尊敬感动,"文化大革命"中被抄没了。)

让你玩儿个三天

芳嘉园离大雅宝胡同近,他有时候拿一个明代竹根癞蛤蟆给我看,生动精彩之处是伸得很长的那只后脚!

"明朝的,让你玩三天!"

又一次拿来半片发黄的竹节:

"玩三天!明朝的。"

上头什么都没有,半点儿好玩之处都没有,看都不想看,赶紧收起来,以便三天后妥妥当当还给他。

阿姨见了,和我开玩笑说:"你不看好,我真不小心把它劈了当柴烧。"

我在隆福寺近东四那条小街地摊上买了只"腊嘴"回来,卖鸟的还奉送一粒小骨头珠子。你只要松开腊嘴颈圈,手指头把珠子往上一弹,腊嘴马上腾空而起衔回来,放回你手掌心。

我叫来院子里所有的孩子看我的表演。

我手捏横杆,腊嘴站在横杆上,我松开颈圈,让腊嘴看着我手指上的小圆珠子,就那么一弹,腊嘴果然腾空而起,咬住小圆珠子飞走了。

我问孩子们:"你们看见它飞到哪里去了?"

孩子们齐声回答:

"不知道!"

遇到世襄兄告诉他这件事。

"当然,要不然这么便宜八角钱卖给你?这辈子他吃什么?养这类飞的,不管大小,它只听一个人的话。它含着小珠子飞回家去了。过几天你再上隆福寺小街买腊嘴,说不定还是你买过的原来那只……"

我偶然兴趣来这么一两下,谈不上有资格跟他促膝论道,更不想提鹰鹘和鸽子见识。这方面既无知且无能耐,勉强算一个边缘趣味者而已。

我跟他相识之后,总是会少离多。长时间的分别,心里的挂念仰慕是难免的。他为人磊落精密,在命运过程总能化险为夷。在故宫漫长的工作时期,三反五反运动中,他是个被看准的运动目标。他怎么摆脱掉这个可怕的干系呢?在故宫管的是文物,家中收藏的也是文物,令我想起四川往日民间老头玩笑屙尿诗:

年老力气衰,屙尿打湿鞋。
心想屙远点,越屙越近来。

运动一天紧逼一天,好心同事为他心跳,也有幸灾乐祸的人等着看抓人热闹。他也慌,也乱。眼前正像那个屙尿老头越屙越近来的紧逼阵势。他想起柜子里锁着的那一沓贴有印花的发票。拿出来一张发票对一件实物看看能不能救得出自己。想不到百分百准确,最后得到个"无罪"的判决结果。

我没想到住西观音寺栖凤楼的苗子老兄们成右派的同时,芳嘉园的王世襄也一齐应了卯。苗子兄做右派之后有声有色热闹得很;世襄兄只静悄悄地浸泡其中,无声无息。就这样多少年过去了。

倒霉和开心也是身外之物

以后的日子各家各人的变化都很大。苗子去东北几年,我有的时候去看看郁风。记得第一次收到苗子寄来的明信片,苗子在上面写着:"大家背着包袱,登高一望,啊!好一片北国风光……"郁风捏着明信片大笑说:"你看他还有这种心情:好一片北国风光!哈哈哈……"这老大姐忘了自己捏着的断肠明信片,自己还笑得出……唉!她一生的宽坦,世间少有!

这时期,我没遇到过世襄兄,也没见到过荃猷大嫂。

又过了多少多少年,苗子从东北回来了。一身褴褛,我们高兴,相拥痛哭。

这日子里,我常在芳嘉园走动,给一把宜兴大茶壶做一个扭结的葡萄提梁;做一对铜镇尺,硫酸腐蚀成凸字长联,用的是昆明滇池孙冉翁的大作。我每一动作他都欣赏。这让我工作得很起劲。

人说黄裳,叶灵凤,黄苗子三位书多人,人向他们借书最难。我说不然,三位对我恰是非常大方。感谢他们长年累月的信任。借书给人是一种豪爽的鼓舞。

我开始对苗子宣讲今后的工作计划,重新刻一套精细的《水浒传》人物,包括武大郎、潘金莲、西门庆、王婆、蔡京……不是写意,是绣像,比陈老莲的水浒叶子还细。

苗子说:"好。宋朝方面我做过不少笔记卡片,你拿去抄一抄,可能有用,你来不及的时候,我还能帮你看书,找材料,你这番工程很重,对历史文化会有点用处,要我的时候你尽管说……"

借来的卡片认真抄了,也恭敬地奉还了,多谢了,木刻板两百块也备齐了,自己也学着读一些宋人史料。后来木板给人搬光,卡片也散落在造反派办公室地上,问案的时候我亲眼看见被人踩来踩去。

以后老了,木刻刻不动了,只好画一本简笔的水浒人物。

我这种在江湖长大的人不容气馁,怄气的事从不过夜!人常说财物和名气是身外之物;他不明白,倒霉和开心也是身外之物,都得看开点才好。

世襄兄身边玩的很多东西我都不懂,觉得很费力气。比如养鸽子,玩葫芦,玩鸽哨,玩那些会叫的小虫,甚至出数本专著,精道十分。我只是佩服,却是没有勇气相随。

有天他带我参观满房子的老家具,这个那个,那个这个,他耐心介绍,我混沌地跟着,直到他说到地震的时候,他指着那张黑色大柜子:"我晚上就睡在里头!"这才让我重新振奋起精神来。家具方面,我是个绝对不可教的孺子。

仿佛他还给我欣赏过真的可以杀人的薄刃大关刀,还有闪寒光的铁盔甲……

过后我们又是多少年没有相见。大局面已经开始,我顽劣天分一直改不过来,蹿空子出来到东单菜市场买了条大鱼公然提着上芳嘉园找苗子夫妇,没想到人都不在,只见到光宇先生的太太张师母紧张:

"嗯呀!侬还敢提条鱼来,伊拉让人捉去了,侬快走快走!"

我问:"那冬冬呢?"

"在我屋里厢,侬弗要管,侬快走!"张师母说。

我明白,苗子夫妇吃官司去了。

我有病,叫作传染性肝炎,单独住一间小屋,有时候要上协和挂号看病。太平年月,白白一本医疗证没什么大用处,到这时候,三本都不够用。

又是多少年过去了,想起那时候用说谎来对付荒诞,是需要点勇气的。

一大盘油焖葱

朋友们又团圆了。

王世襄对朋友们发了个通知,他有许多发还给他的文物,不要了,摆在芳嘉园院子里,每三天换一次,共九天,朋友们有兴趣随便来拿。那几天热闹得很,取走的大多是陶瓷器,还有些拉杂小玩物,我想不起来。

我那时住在火车站苏州胡同一个小拐弯胡同叫作罐儿胡同,离许麟庐兄的住处很近,几家人见面商议春节一家拿一个菜,在许家聚一聚。

到时候,每家都拿来一两个菜,只见王世襄进门提了一捆约莫十斤大葱,也不跟大家招呼,直奔厨房,我轻步跟随看个究竟。

只见他把大葱洗干净之后,甩干,只留葱白,每根葱白切成三段,好大一盆。热了锅子,下油。他穿的是唐装,左上衣荷包掏出包东西撒向锅里,不一会儿又从右口袋荷包掏出东西放进锅,浓烟香味冒起,左裤袋里看得清楚掏出的是一包红糖放进去,上衣大荷包里掏出的是小手指大小一整包虾仁干。于是急忙地倒进全部大葱,大翻炒一阵之后下料酒、酱油,歇手坐在灶门口一声不响。一下子猛然起身从灶眼里抽出几根热炭,揭开锅盖,轻轻用锅铲翻动几下又盖上锅盖,这神气真像个佛门弟子做他的法事。再揭开锅盖时,锅底就那么不厚的一层在冒着泡。

他对我说:"你走吧! 告诉大家别等我,我马上就来!"

这一大盘油焖葱上席之后,大家都不说话了,专注地像读着诗,一字一字地品尝它的滋味。

"没什么诀窍。挑好葱,注意火候,一点肉桂,几颗生花椒、胡椒、红糖。不要动不动就讲冰糖,这油焖葱一下冰糖就俗了。最后滴几滴不着痕迹的山西醋。特别要看准火候,千万不能弄焦。"汤不是汤,是汁! 是托着油葱的慈祥的手。

从此,我家请客,有时候露两手,其中就有油焖葱。

听说世襄兄年轻时请客吃饭,自行车上绑了张 12 人的桌面。问他有没有这回事,他说:"这哪里是我! 听说是京剧小生×××当年的事,我也是听说,不太相信! 桌面是兜风的,那还不让风刮倒!"

黄霑猛然扑过去

有好几年我在香港住,香港大学曾经请世襄兄来港大开讲明式家具学。我家住在香港大学上头一点,我请他来家吃晚饭,他来了。没想到黄霑不请自来。这伙计是我的好朋友,也是香港著名的"嘴炮"。王世襄那天的打扮非常土:扎裤脚,老棉鞋,上身是对襟一串布扣的唐装。我故意不介绍,黄霑也不把他放在眼里,就那么东聊西聊。黄霑告诉我:"港大最近有个关于明式家具的演讲,是请内地的王世襄来主讲,你知道不知道? 你和他熟不熟？我还真想去听听，我在英国听一个牛津教授说：'I have never seen the real Ming style furniture!（我从来没见过真的明式家具!）'"

王世襄笑眯眯地用英语回答："I'm here this time，is to talk about my collection：Ming style furniture.（我这回来，就是谈我家藏的明式家具。）"

黄霑左手掌指着王世襄，回头看着我，不知怎么回事。

我介绍："这位是黄霑，那位是王世襄。"

黄霑猛然扑过去，跪在王世襄跟前："阿爷阿爷，我失礼至极！罪该万死！我有眼不识泰山！请原谅！啊呵呵！今天我算荣幸见到大驾，做梦也想不到！"

大家笑成一团。

"我以为您是黄公家乡凤凰来的爷叔，不把你当回事，万万没想到我挨了一记五雷轰顶。我运气真好，这一顿饭我混定了。"

我有几年回到香港住。有次约苗子、郁风兄嫂和世襄兄到巴黎去玩玩，住在丽思酒店。世襄兄迟到，黑妮上机场去迎接，没想到他在服务台办手续的时候，双腿夹着的手提包让扒手一把抢跑了，追赶不上。里头有护照和其他证明文件和有限的钱。这真是旅游者碰上的绝顶麻烦。幸好酒店还让入住。住定之后黑妮一次又一次地陪他上大使馆。王世襄在巴黎让扒手扒了，这绝不是一件小事。王世襄被绊在巴黎回不了中国绝不是一件小事。当年大使馆并不清楚王世襄是何许人，有何重要。万一法国人知道了，来了一位重要的古家具专家，事情可能是一个麻烦,不小的麻烦。

黑妮当时年轻,气足,好不容易跟大使馆沟通清楚,给王伯伯弄来一份可靠的来回身份证明。世襄兄一直很喜欢这个女儿,佩服得不得了。

王世襄兄跟朱家溍兄在下放劳动的时候,有一天经过一片油菜花地,见一株不知原因被践踏在地上,哀哀欲绝之际,还挣扎着在开花结子,说了一句:已经倒了,还能扭着脖子开花。写下来一首诗:

"风雨摧园蔬,根出茎半死,昂首犹作花,誓结丰硕子。"

我回北京盖了万荷堂,有一次他来,见到堂里几张鸡翅木的大椅子,顺口说了一句:

"刘松年!"

刘松年是南宋有学问的画家,当然不是刘松年设计过椅子;大概在刘松年的画作里,他记住的有这式椅样。

最后见世襄兄一面是在他们新搬的家里。他跟荃猷大嫂请我喝茶,欣赏荃猷大嫂精妙的剪纸艺术。

仍然是满屋拥塞着古家具,气氛和老住屋难分轩轾。一切都行将过去或早已过去。我坐在桌子边写这篇回忆,心里头没感觉话语已经说透。多少老友的影子从眼前走过,走在最后的一个是我。

(本文小标题为编者所加)

巫慧敏,这位上海歌手的"歌声与微笑"仍在

(原创) 2021-07-30 沈琦华

20世纪80年代,当时上海有一档电视选秀节目"卡西欧家庭演唱大赛",极为轰动。巫慧敏一家便是首届大奖赛的冠军。上海世博会期间,有次采访巫慧敏,问起那次比赛,巫慧敏说那都是自己爱音乐的爸爸在鼓励全家去参加比赛,自己反而因为要上电视,觉得很难为情而一直在打退堂鼓。不过也正是那次比赛,让巫慧敏获得了音乐圈的关注,很大程度上影响了她之后的人生走向。

1973年1月15日,巫慧敏出生于上海,童年时参加小荧星合唱团。1985年,巫慧敏一家获得了首届"卡西欧家庭演唱大赛"的冠军。年少成名的巫慧敏频繁活跃于上海大小文艺活动中,并录制发行了大量磁带、唱片,《卖汤圆》《歌声与微笑》等歌曲深入人心。1992年,巫慧敏放下上海的一切,以留学生身份赴日。

巫慧敏一直在日本发展,出唱片,开演唱会。2005年,巫慧敏受邀参加日本红白歌会。在我印象中,她是继邓丽君、欧阳菲菲之后获邀参加日本红白歌会的中国歌手。巫慧敏私下和我说,她觉得自己和邓丽君很有缘分,在自己的唱片里,演唱会上都唱过不少邓丽君的作品,她甚至一度签了邓丽君所在的唱片公司"TAURUS金牛宫"。不过,巫慧敏并不愿意成为邓丽君第二,她要做自己的音乐。

上海世博会后,巫慧敏来上海的频次有所增加,她自己说想把工作中心移到上海来。几次采访巫慧敏,我觉得她对上海有种很强烈的归属感。

巫慧敏有一首歌曾被选为日本某品牌乌龙茶的广告歌,她就借机出了一本书,里面收录了很多她创作的中文歌曲,叫《从乌龙茶的歌开始学中文吧》。巫慧敏很想多做一些促进中日文化交流的事情。

其实,当时很多音乐圈的人为巫慧敏惋惜,因为去日本客观上是失去了在国内发展的最好时机。不过巫慧敏倒没有显出后悔之意,她在接受采访的时候说,在日本,她学到了很多音乐上的东西,人有时候不能光看眼前的利益。她还开玩笑地说,去日本是因为太迷恋日剧了。

之后,再听到巫慧敏的消息是,她与一位旅日华侨结婚了,生活幸福。

今天中午,我看到朋友圈的消息,得知巫慧敏才48岁就因病去世,一阵唏嘘和惋惜。愿天堂没有病痛,仍有音乐相伴,巫慧敏,一路走好。

三小姐的闺房

(原创) 2021-07-30 骆玉明

贾府有四个小姐,贾探春排行第三。她跟贾环姐弟俩是贾政和小老婆赵姨娘所生,旧时代称为"庶出"。

《红楼梦》有一段故事写贾母带着刘姥姥逛大观园,一路上看了几位小姐的住处。房间的布置和摆设,和主人的性格、趣味有关,所以这也是在写人。

这群人先是到了林黛玉的住处潇湘馆,老太太感觉这个地方色彩幽暗,让凤姐把原来绿色的窗纱换成银红色的,这样就显得鲜亮一些。

后来她们去了薛宝钗住的蘅芜苑,"及进了房屋,雪洞一般"。白色的房间空空荡荡,没有任何玩器摆设。案上只有一个土定瓶,质地比较粗的宋代花瓶,瓶中插着数枝菊花。床上只吊着青纱帐幔,被褥也十分朴素。贾母对此也不赞成,年轻女孩住的地方,不应该这么素净,叫人把她自己的几件珍贵器物拿来给宝钗摆放,让人把帐子也换了。

这是从侧面写林黛玉的容易伤感的性情和薛宝钗朴素淡雅的格调。这两人在前面的故事里已经反复出场，所以上面的情节只是起一点烘托作用。接着写贾探春就不一样了。探春在前面活动少，写她的住处，是让读者从这里真正地了解她，这是探春正式出场的方式。

探春住的地方叫"秋爽斋"，名字就带着辽旷的意味。小说写贾母等人来到这里，首先用了一句话来概括探春的趣味："探春素喜阔朗"。她喜欢开阔明朗。

这趣味体现在住房，是"三间屋子并不曾隔断"。三开间不加隔断，连成一个厅堂，那就会非常开阔。进入厅堂迎面放着一张大书案，花梨木的架子，那是名贵木材，配上大理石的桌面，不仅是大，而且有分量。大厅堂，大桌子，沉重的大理石，气派就出来了。

书案上垒着各种名人法帖，数十方贵重的砚台，各色笔筒，还有"笔海"就是超大的笔筒，插的笔如树林一般。那一边放着斗大的一个汝窑花囊。汝窑是宋代瓷器的著名品种，花囊是扁形大口的花瓶，那么斗大有多大呢？一个小脸盆样子吧。在这样的花囊里，插着满满的一囊水晶球儿的白菊。所有的东西，都是同样特点：大，贵重，气派。

跟书案相呼应，西墙上当中挂着字画。中间是一大幅米芾的《烟雨图》。这米芾是北宋的大书画家，他的山水画不求工细，喜欢画烟雨苍茫的江南景色。《烟雨图》左右挂着一副对联，乃是唐代书法大家颜真卿的墨迹，对联上写的是："烟霞闲骨格，泉石野生涯。"意思是：在云霞之中，山水之中，过着朴素而悠闲的生活。这是古代士大夫所向往的人生境界。

米芾的画配上颜真卿的书法，那就是书画的最高配置了。放在现在，哪一件都是上亿的价格。就算是《红楼梦》写作的年代，这也是珍贵的文物。这当然是荣国府所收藏的东西，不是一个小女孩可以置办的。但一定是探春特别喜欢，她也比别人懂，才会放置在她的房间内。

案上还放着一个大鼎，古代的青铜器。左边紫檀架上放着一个大瓷盘，盘内盛着数十个娇黄玲珑大佛手。总之还是贵重和大。

这么一路说下来，你是不是觉得，这实在不像一个小姐的闺房，而像一个文人士大夫的书室？并且，这也不是什么冒着寒酸气的小文人，而是一个很有自信的文豪。

我们再回到开头那句话："探春素喜阔朗。"这个"阔朗"既是她的爱好，也是她的个性。至少，成为一个大气和高贵的人，是她的人生追求。

在探春出场之前，《红楼梦》先写了她的同胞弟弟贾环。贾环的性格特点，是小气、猥琐、阴暗。一个典型的故事，是他和宝钗的小丫鬟莺儿赌钱游戏，输了发急耍赖，把莺儿气哭了。你就说他是个坏小子，他也干不成什么了不起的坏事，就是偷偷摸摸、鬼鬼祟祟。

这姐弟俩完全是相反的模式，成为鲜明的对照。《红楼梦》试图通过一对亲姐弟，写出贵族大家庭中庶出子女不同的发展可能。

探春和贾环不同的性格是怎样形成的呢？

首先当然与生长环境有关。贾环是跟随赵姨娘长大的,而赵姨娘本身是一个鄙琐、阴暗、恶毒的女人,她的生命的色彩,会一一传染给她的宝贝儿子,而几乎没有人能够矫正。

贾探春则是跟随贾母长大的。贾母经历过贾府的全盛时代,她见多识广,在根底上有一种高贵的气息。而且她很有趣味,大度善良,这些都会给探春以强烈的熏陶。

但这种熏陶并不是唯一的因素。事实上贾府除贾元春很早就进了皇宫,其他三姐妹都是在老祖母身边长大,迎春、惜春的性格都要比探春弱很多。那么另外的因素是什么呢?那就是探春对命运的自觉和挣脱这种命运的努力。

在中国古代的多妻制婚姻中,有一种在现代人看来很奇怪的家庭关系:妾虽然被称为"半个主子",但严格说来她的身份仍然是奴婢;而妾和主人所生的儿女,身份却是主子。所谓"庶出"的公子、小姐,必须认父亲的正夫人为"嫡母",就是礼法意义上正式的母亲,而生母的地位并不重要,甚至可以忽略不顾。

可是庶出的身份仍然在那里,血缘关系上的母亲也仍然在那里。

因此像探春这样聪慧、敏感而好强的女孩,常常会处在矛盾和痛苦的境地。

第五十四回写到赵姨娘的弟弟赵国基死了,当时贾探春代王熙凤管理荣国府的内部事务,她决定按常规赏二十两银子。赵姨娘认为给得少了,一把眼泪一把鼻涕地找探春哭闹:"如今你舅舅死了,你多给二三十两银子,难道太太就不依你?"

这刺到了探春的痛处。她气得脸色发白噎住了气,问道:

"谁是我舅舅？我舅舅年下才升了九省检点，哪里又跑出一个舅舅来？"探春所认得的舅舅，是"嫡母"王夫人的哥哥，身任九省都检点、显赫无比的王子腾，赵姨娘所说的舅舅，是荣国府的下等奴才赵国基。这两个人，岂止是天上地下！

探春的心思，就算母亲是无法否认的，也不要牵扯出什么舅舅来。如果由此带出一大堆"亲戚"来，岂不是要把这位三小姐拖进奴才窝子里去吗？

你能够理解探春吗？她是贵族豪门里一个小老婆生的大家闺秀。这里"小"和"大"是互相矛盾的。她喜欢大的东西，喜欢高贵，喜欢气派；在贾府的小姐中，她比谁都更像一位贵族小姐。可是她心藏着一个"小"，她怕别人因为这个"小"而鄙视她。她把自己撑开来，想要遮没那个"小"。

所以探春很辛苦。

训练局往事

原创 2021-07-31 华以刚

奥运会正酣。多支奥运会参赛队伍的备战,都是在训练局完成的,这里成为令人瞩目的焦点。这些队伍虽然不直接隶属于训练局管辖,但是训练局提供膳食、住宿、训练、交通、文化教育和康复理疗等一整套后勤保障,其重要性仍然不言而喻。

宿 舍 场 馆

1965年12月,我从上海围棋队上调到国家围棋队。当时国家队的单位名字并不是现在的国家体育总局训练局,而叫作北京体育学院运动系,是国家体委的直属单位之一。我的大段青春岁月在这里度过。

中央人民政府体育运动委员会于1952年11月宣告成立,一般称之为国家体育运动委员会,简称国家体委。1998年3月,国家体委正式改组为国家体育总局并于4月6日正式挂牌。北京体育学院曾是国家体委的直属院校,于1993年升格为北京体育大学,隶属关系不变。体院之中原先设有运动系,被用作国家队的单位名称。体院升格为体大后,按照教育界惯例,运动系随之升格为竞技体育学院,这时北京体院运动系早已更名为训练局,也就没有人再关注老名字的升格与否了。

我刚来国家队时,训练局大楼在体育馆路上。门牌号是体育馆路2号。后来搬到了天坛东路,和中国棋院成为邻居。训练局旧址已经变身国家体育总局机关的办公大楼。

老训练局大楼一共六层,五层和六层是女生宿舍,三层和四层是男生宿舍。一层主要是医务处、食堂和行政处,二层主要是局领导办公室、局办公室、局党委和人事处、训练处。运动员宿舍一般是十五六平方米,住两人或三人。特别值得一提的是:20世纪60年代建成的宿舍,地面铺的竟然是实木地板。大家都知道当时国家经济很困难,铺水泥肯定比较节省经费。据上级正式传达,周总理审批建设方案时说,运动员多有伤病,水泥地面湿冷,不利于关节,所以特批了实木地板。不起眼的史实却温暖人心。为方便洗漱,每个房间里都配备了洗脸池。暖气是北京常见的热水汀。大楼没有电梯。后来听说,这是因为当时规定楼房七层以上(含)才配备电梯。

当时的场馆配备以北京体育馆为中心,西边连着游泳馆,东边连着练习馆。这三个场馆虽然功能有别,却是互相连通,一气呵成,颇为敦实,气势傲人。这样的大建筑诞生于20世纪50年代,不是一件容易的事。它们与我的缘分说来话长。

1962年陈毅副总理亲自倡导的六城市少年儿童围棋比赛,

就在体育馆三楼的东、西会议厅进行。我和师兄王汝南、师弟聂卫平等棋友和同仁就此相识结缘。陈老总专注地观看王汝南和我比赛的照片,由中国体育报记者拍摄,成为训练局、中国棋院、中国体育报、中国棋院杭州分院、上海棋院等单位的展品。新民晚报近年也有大篇报道。

1985年11月20日,首届中日围棋擂台赛,聂卫平与日方主将藤泽秀行之间的主将决战就安排在体育馆一层的西会议室进行。时任中央电视台体育部主任朱继峰先生顺应时势,果断担当,决定进行现场直播,由此开创了央视直播围棋比赛的先河。数千名观众观看了王汝南和我的联合讲解。从此之后,中央电视台及被带动的地方电视台直播、录播围棋节目成为常态,讲棋也成为职业棋手的一项经常性工作。

我记得很清楚,国家围棋队的日常训练,基本安排在体育馆五层会议室。会议室另有任务或者需要维修时,也曾使用过游泳馆的房间。

在没有比赛任务时,练习馆是各运动队日常训练的主要场馆。内部最为宽阔的是篮球、排球场。球场的两边用落地式的大格网,辟出两大条很宽的长廊,这不是用来通行的,而是乒乓球、跳水等项目的训练场。练习馆的北端设置成举重馆,为避免干扰,保证安全,练习馆北门永久锁闭,所有人员出入均使用南门。

除了体育馆主建筑之外,还有网球馆、室外田径场、室外足球场等场馆。后来乒乓球馆、体操馆、羽毛球馆、举重馆、室内田径场和运动员新宿舍相继建成,训练局日益扩大。

生活节奏

国家队的伙食标准是每天1.80元,在60年代可谓超高标准。当时住校学生的伙食标准一般是每月12元,也就是每天0.4元。很可能是参照了这个标准,国家队运动员每月要从工资里扣除12元伙食费。遇到节假日或探亲假有人不吃运动灶时,可以提前办理"退伙",也就是退回自交的每天0.4元。

当时国家队统一规定各队必须出早操,大致是清早6点,起床铃响彻全楼,持续时间还挺长,不醒都难。15分钟后,铃声又起,这叫集合铃,各队排好队,清点人数后,早操就开始了,具体形式由各队教练员自行决定。60年代的北京,冬天零下十好几度司空见惯。国家体委老领导荣高棠经常在大冬天清早视察队员出操,习惯骑着摩托车来到室外田径场。他叫得出许多运动员的名字,并亲切招呼。其中围棋队员简直是"鸡立鹤群",荣老一眼就会识别出来:"你们是围棋队的吧。"

大家很快发现,走出训练局的边门不远处,就有一个不收门票的龙潭西湖公园,大小适中,周长约800米,相当于田径场两圈。很多队员很喜欢清早跑上一圈。既然有龙潭西湖,就一定有龙潭东湖。这龙潭东湖可就大得多了,周长足有好几千米,还有一大一小两个湖心岛,小湖心岛上没有任何建筑,离岸边最近处也就100米左右。在不能进行正常专业训练的特殊年代,小湖心岛及其附近水域,竟成为曹志林、邱鑫、黄德勋和我等年轻队员的私家乐园。在大夏天,我们跑到龙潭湖边,单手托举着运动短裤之类轻装,侧泳到小湖心岛,将衣装放在岛上之后,就开始尽情玩耍。

训练局还有统一午休的习惯。跟早操一样,下午也有起床铃和集合铃。晚上10点则有熄灯铃。要说训练局的生活节奏具有半军事化色彩绝不为过。在国家队待久了,很容易对铃声产生某种依赖性,铃声就是命令。国家队运动员的日常生活可谓既辛苦又单纯。再细化一下,就是胸怀理想,把宿舍、训练场、食堂这三点连成一线,奋力拼搏。有一个在教练员之间广为流传的观点:给运动员歇探亲假,路途计算在内(那时候没有飞机和高铁,全程绿皮火车就算最方便的了),半个月算是快的了。但是竞技状态要恢复到行前的水平,平均需要花费两个月左右。所以国家队运动员几乎不可能正常享受国家规定的一年一次探亲假。

当年国家体委对训练工作有一个响亮的口号叫"三从一大",就是从难、从严、从实战需要出发,进行大运动量训练。并且进一步细化为"每周训练50小时",意味着每周工作6天休息1天的制度之下,平均每天至少训练8小时。即使星期日完全不休息,也要训练7小时。在所有的运动队中,也许只有围棋队对此不感到特别苛刻。至于我这个新开豆腐店,更是累并快乐着。

篮球伙伴

训练局各队虽然同吃一锅饭,但是各归各训练,不相往来。1966年之后,不正常的训练状态,却打开了兄弟队相互交流之门。吴淞笙、曹志林、邱鑫和我,成为国家田径女队的篮球伙伴。

她们是贺祖芬(短跑)、沈素英(短跑)、肖洁萍(跳远)、杨淑仙(铁饼)。我们互相成为球友,大概是因为围棋队的体能、球技太差,在男队中根本"找不到对手",而她们几个都是本项目中的领军人物,在女队中也难以找到适当的对手。既然双方各自项目的训练都进入自流状态,于是一拍即合。她们的平均年龄比我们稍大,姐弟相处十分融洽。

训练局食堂早饭时,经常在运动员的餐桌上堆放一些刀豆让大家帮忙撕筋,花费时间较多,却成为约定几点钟打篮球的绝好时机:"还是下午3点吧?"都不知道是谁先提出来的。对方回答"好!"就算约好了。4对4如果打篮球全场,我们跑不动,占用场地也太大,所以打半场。每局10分,每次打3到5局,总之都是单数。当时还要争口气,分出个输赢。但是打完就忘了,根本没有人去记双方的总分。印象中双方旗鼓相当。想想也对,如果比分太悬殊,兴致就没那么高了。我们打球的目的完全为锻炼身体,乐在其中。哪怕输球一方受罚买个冷饮之类都未曾有过——双方的生活节奏不一样,除了打球,平时并不容易随时见面。

说到球风,围棋队还算绅士,基本上不会主动随意冲撞姐姐。反倒是姐姐们比较泼辣,听见"啪"的清脆响声,那准是一个大巴掌拍在我们光膀子的汗背上了,于是大家哄笑一下,没有人计较,继续打球。

地 震 惊 魂

1976年唐山大地震,国家围棋队住集体宿舍的只有王汝南和我。睡梦中,屋子的纱窗划破窗帘,重重地掉落在地上,我被吵醒,顿时清醒地感觉到:地震了,挺强的地震。1966年邢台地震时我恰好在北京,地震发生在白天的训练时间,亲历之后,自然对地震就有些感性认识。但是这一次比邢台明显厉害得多了。我坐在床上一看表:4点52分。只听到走廊里人声鼎沸。我却没有一点点要仓皇逃命的感觉,甚至于想过要不要干脆起床出个早操呢。我躺下去,想等天亮一点再说。没想到我这一躺,竟成了训练局宿舍几百号运动员之中的唯一。

过了一会儿,王汝南敲门进来了:"你倒好,还睡着呢?快跟我走!"

"这么早?离吃早饭还早着呢!"

"吃什么早饭,各队正在清点人数,看看有没有意外情况,我满处找不到你,特意上楼的,有余震的!"

汝南战友是遵照组织安排,冒着余震风险来接我的,感谢都来不及,更别说不听劝了。一下楼才看到,大门口人头攒动,三人一堆,五人一群。众人多有一种躲过一劫,喜不自胜的表情。听说有些女队员,别看住在最高的5层、6层,逃跑速度可不慢,一个翻身就往下冲,冲到楼下才发现彼此衣冠不整一副狼狈相。有人逃跑时还本能地顺手抄一把东西,到楼下却发现抄了个餐巾纸盒之类,不由得相视一笑。在那天早餐的饭桌上,恍惚听到邻桌有人议论围棋队谁谁谁怎么怎么样。另类总会成为话题。

从当天上午开始,各队就接到通知,为躲避余震,尽可能不进大楼,大家都到练习馆临时安身。想不到刚去一两天,新体育杂志社社长郝克强就来找我。郝社长就是后来推出中日围棋擂台赛的风云人物。这个铁杆棋迷想利用这个难得的机会下下指导棋。我哪有这个心思？顺口就编："有余震哪，我可不敢进大楼拿棋子！""没关系，你把宿舍钥匙给我，我进去拿！"我顿时无语，覆水难收，只有陪着下棋了。

当天晚饭，运动员餐厅还按照惯例发饭后水果。那天发的是西瓜。我嫌吃西瓜弄得满嘴满手汁水，总喜欢带上楼吃，即使那天也不例外。正巧在4楼的洗脸池吃西瓜时，大楼明显摇晃——又地震了！说时迟那时快，就在这一刹那，一楼餐厅传出"啪"的一声巨响。这是几百人整齐划一地将筷子、勺子拍在桌子上产生的巨响。几百名运动员反应都极快，极其一致，无需排练，就非常成功地完成了这一场戏。我在4楼听得真真切切。极其震撼之余，连自己都很难解释自己：不仅西瓜照吃不误，还有倾听逃跑巨响的雅兴！

食 堂 故 事

训练局高标准的伙食，容易造成浪费。曹志林、邱鑫和我调入国家队乘火车来北京途中经过德州，买了一只扒鸡，吃不了就带到北京。训练局的伙食好，想不到吃它，孩子又不懂得在第一时间送给需要的人，扒鸡没几天就发霉了，只能扔掉。最后我们三个在训练局内部刊物上受到点名批评。

1986年我先后担任国家围棋队副领队、领队。我们从全国各省市直接调来一批好苗子，常昊、罗洗河、邵炜刚、周鹤洋为代表的一批人就是那时候调进来的。小队员们来后，我发现他们浪费比较严重,而且有愈演愈烈的趋势。他们不考虑是不是吃得下,打进餐盘再说,吃不下就随手倒掉,包括整块的猪排、整条的鸡腿等,显然到了必须管的地步。我又想,自己比这些孩子大好几岁时尚且不懂事,管理一定要注意方式方法,以达到效果为目标,不能让他们产生抵触情绪。

不久,好机会来了。《人民日报》登载了何钰铮短期访问联邦德国的游记《学学他们的吃》,里面提到德国人吃饭的最后一口一定是面包——用来把餐盘里的汁水都擦干净,然后吃掉。我就把这篇文章分发给大家,让小队员们写读后感。大家兴致勃勃,写得很认真。罗洗河的读后感尤其令我惊喜。当时我的点评是:"主题明确,文笔流畅,具有一定的写作技巧,词汇也丰富。"我表扬大家写文章很认真,接着强调要落实到行动中去。在食堂里我仔细观察,浪费食物的恶习有所扭转,但是没有根除。我又抓了几个典型。后来这批队员到哪里吃自助餐都是模范,而且这个好传统代代相传。

以上这些往事在我的日常谈话中或有涉及,但是很少公开成文,话题难免琐碎,但都是亲历的真人真事。还有些故事,留待以后分说。

爱夜光杯
爱上海
2021

第
二
辑

王文娟：演戏复杂一点，做人简单一点

原创 2021-08-06 王悦阳

王文娟，这一光辉熠熠的名字几乎与百年越剧史密不可分，少年刻苦学艺，青年海上成名，晚年则硕果累累，蔚然大成，终成越剧一代宗师，被赞誉为泰斗级表演艺术大师。

在她的演绎之下，林黛玉、鲤鱼精、孟丽君、武则天、春香、王玉贞、慧梅、杨开慧……古今中外，才女名媛，一个个鲜活地展现在越剧的舞台上，也耀眼夺目地留在了越剧"王派"艺术的辉煌殿堂里，流芳百世。

从浙江嵊县的青山绿水，到上海舞台上的崭露头角，从枪林弹雨的抗美援朝战场，到晚年的桃李满门……王文娟一生，无愧于时代，无愧于人民，堪称德艺双馨。无论是被授予"中国文联终身成就艺术家"，还是"上海文学艺术终身成就奖"，面对荣誉，她只有一句话——"台上演戏复杂一点，台下做人简单一点"，这句话也一直是王老师的座右铭。

的确，对待人物、角色，哪怕一句唱腔，一个表演，她总是精益求精，而生活中的她，大大咧咧，质朴可爱，谦逊低调，待人真诚。尽管已是耄耋之年，但她想得最多，做得最多的，永远是如何传承好越剧艺术。就在一个多月前，她亲自谱曲的《蝶恋花答李淑一》由上海越剧院六位"王派"传人唱响舞台，为中国共产党的百年华诞，献上了一位拥有64年党龄的老党员最真挚的祝福。如今，余音绕梁，绵绵不绝，而王文娟老师，却永远地告别了我们。

笔者有幸在老师的晚年常伴左右，并为老师撰写了谈艺录。在我的印象里，尽管已是耄耋之年，可王老师依旧保持着旺盛的精力，在越剧艺术如何传承、发展的问题上，思考尤多。哪怕已年逾九旬，但只要身体允许，她依旧坚持口传心授弟子们越剧"王派"艺术的点点滴滴，从一句唱腔、一个念白，到一组身段，哪怕是一个小动作，都详细分析，亲身示范，毫无保留，令人感动不已。

除了教戏，王老师的晚年生活丰富而充实，每天与女儿、外孙相聚的时刻，无疑是她最开心的欢乐时光，期颐之年，享受儿孙满堂的天伦之乐，分享着年轻人的喜怒哀乐，甚至还为他们贡献智慧，出谋划策。

更何况，还有众多老友、弟子、粉丝甚至忘年交前来探望，每每相聚，谈论最多的，还是"王派"艺术的点点滴滴。

不少年轻人甚至还为王老师在网上开设了专门的论坛与网站，取名为"千里共婵娟"，在这个网站中，访问者可以找到王文娟近80年漫漫艺术生涯中任何时期的珍贵资料、录音与照片，蔚为大观。想着当下80、90乃至00后的年轻人，竟然也能对自己一生所创造的越剧旦角艺术如此执着与热爱，王文娟不禁深为感动。尽管越剧发展的历史至今才一百多年，可是王文娟所塑造的经典人物形象与大气唯美的"王派"唱腔，已然不知感染了多少观众的心！

在越剧之外，传统书画艺术也是王老师的一大爱好。她每周雷打不动地去老师处学国画，日积月累，王老师笔下的牡丹、荷花、梅花等，也如同"王派"艺术一样，清丽悠远，淡泊雅致，散发着一派雍容大气。笔墨之余，王老师也很爱阅读，从中外名著到小说传记，还有厚厚的几大本《大秦帝国》《明朝那些事儿》，她都饶有兴趣地读完了，阅读后不时还会摘录文章中的金句，真是"活到老、学到老"啊！

岁月荏苒，沧海桑田。尽管已走入人生的夕阳，但王文娟从来不曾忘怀自己所从事的越剧事业，近十年来，从成功举办"王派"专场演出，到写作出版自传《天上掉下个林妹妹》，再到为了纪念越剧改革八十周年，再度登台献唱《舞台姐妹情》而引起轰动，以及九十高龄举办的"千里共婵娟"专场……王老师还有许多艺术上的构想要去实现。

2006年4月25日至27日，为纪念越剧艺术百年华诞，也为了庆祝自己的八十大寿，为期三天的"天上掉下个林妹妹——王文娟舞台艺术回顾展"在上海逸夫舞台隆重上演。八旬"林妹妹"携来自全国各地的十余名王派弟子集体亮相，以现代多媒体手段展示百年越剧的珍贵历史瞬间。回顾展共分为"天上掉下个林妹妹""一声春雷万木生""最是'红楼'未了情"和"战鼓激越催征人"四个乐章,从一个侧面生动展示了百年越剧的奋斗历程及王派艺术的精湛技艺。

谈到此次专场举办的目的和意义,王文娟表示:越剧王派艺术是"越剧百年长河中的一朵浪花飞",并表示自己被观众熟悉认可已经是一个"幸运儿"。此番专场演出的形式是对自己的舞台生涯的回顾与总结。在艺术回顾展的排练期间,王文娟一再告诫学生:青年演员要用百分之一百的努力学习传统,要用百分之一百二十的勇气去突破传统。

她认为,上海越剧之所以历久不衰,最重要的是不断创新、不断进步,使观众觉得有看头。如果停滞不前,没有新意,观众就很容易流失。因此,她希望自己的学生一定要超过老师十倍、百倍。

辉煌还在继续,传奇不曾停歇。转眼到了2016年3月11日,为了庆祝王文娟老师九十诞辰,一台全新的"千里共婵娟——全明星版王派越剧专场"又在逸夫舞台亮相,引起轰动。

与十年前的专场不同,此次专场演出的剧目,大都是王文娟在20世纪50年代演出过,但如今已经很少在舞台上见到的,像《晴雯之死》《则天皇帝》等。有的甚至连唱段也基本失传了,比如《红娘叫门》《哭塔》等,都是这次特意整理出来的。

这也是耄耋之年的王文娟多年来的一个心愿:专场不仅是我的个人艺术总结,也是越剧传统节目整理,每出时长都在半小时左右。希望借此挖掘失传多年的剧目,丰富越剧舞台。2006年我做过艺术回顾展,当时由于时间问题,对老腔老调没有太多关注,这次终于补上了。

虽然徐(玉兰)王(文娟)流派是很多观众心目中的"黄金搭档",但当年王文娟也和多位不同小生流派的创始人合作过。像《晴雯之死》是王文娟和"陆派"创始人陆锦花合作的,这也是王文娟在扮演"林妹妹"之前饰演的另一位《红楼梦》中的女性,巧的是在书中晴雯也是个眉眼间有些像林黛玉的角色,甚至不少红学家认为晴雯有黛玉之风。

《楼台会》是越剧《梁祝》中的著名段落,常见的有范(瑞娟)傅(全香)版、范(瑞娟)袁(雪芬)版,有些观众甚至不太清楚还有一个徐王版。此次,由"王派"弟子李敏和"徐派"小生钱惠丽演出这一片段前,王文娟还登台给观众讲述了关于徐王派《梁祝》的一段趣闻——早在20世纪五六十年代,徐王版的《梁祝》是很有影响力的剧目,这部戏还被两位流派创始人带上了战火纷飞的朝鲜战场,去慰问志愿军战士。1953年入朝后,王文娟和徐玉兰为志愿军演出的第一台戏便是《梁祝》。那夜在山洞里,演到"山伯临终"时,台下一位战士突然高声喊道:"梁山伯,不要死!你带着祝英台开小差!"而演到"英台哭灵"时,敌机把电线炸断了,山洞里一片漆黑,战士们一起用随身的手电筒照亮了舞台,才让演出顺利进行。一段段难忘的故事听得观众津津有味、笑声不断。

在整个排练过程中,王文娟则尽己所能地亲力亲为——演出策划的会议室、越剧院的排练厅,还有自己家中的排练讨论,处处可见她忙碌的身影。对此,王文娟认为:

戏曲是传承的艺术,是一代代人经过传承积累下来的。像《梁祝》《盘夫索夫》《碧玉簪》等这些经典越剧剧目,都是经过我们的先辈、师长不断磨炼才保存下来的。我一直在想,我年纪大了,趁身体还能折腾,把艺术记录下来,让后辈借鉴。

如果说这些充满着历史感的老腔老调老剧目是本次王派艺术专场的一大特色,那么整场演出最大的亮点,无疑是九十高龄的王文娟亲自登台,演唱自己全新谱曲创作的《水调歌头》。只见舞台上的王文娟,身穿绣花旗袍,眼波流转、顾盼生辉,风度翩翩。一曲歌罢,当主持人李旭丹问起老师为什么这么大年纪还心存越剧、矢志不渝时,王文娟意味深长地说道:"我是个戏曲演员,是舞台和观众造就了我。岁数大了,更加想念我的观众朋友,更加难忘我演过的角色,所以我就借用宋朝大诗人苏东坡的《水调歌头》,谱出我的心声,倾吐我的心愿:但愿人长久,千里共婵娟!"

此时此刻,掌声久久不息,喝彩源源不断,为了辉煌典雅的王派艺术,更为了中国越剧艺术的灿烂明天。

上海的那些老师傅

原创 2021-08-15 章慧敏

电话这头,我一声"曹老师好"刚出口,突然愣了下,叫了几十年的曹师傅,怎么脱口而出"老师"了?

细想起来,"师傅"这个名词被淡化已经有些年头了,而"老师"却是越叫越顺口。我叫别人老师,别人也叫我老师,"老师"的称呼天下飞。

我离开国棉五厂近40年了,曹师傅算不上是我的师父,却又是我的师父。当年他是厂工会副主席,我在细纱车间做了7年后被调到工会任干事。"干事"自然是要干事的,没点基本功怎么行?我在曹师傅的手里学会了出黑板报、刻蜡纸和手工油印等本事。

背着曹师傅,工会里的几位年轻干事叫他"曹皮匠"。你想啊,什么样的旧鞋到了皮匠手里,出来时必然面目一新,而工会要管理的事情纷繁复杂,曹师傅的"十八般武艺"都能派上用场。再以后,我们中谁的活儿完成得出色,一律冠以"皮匠"称呼。什么王皮匠、林皮匠、刘皮匠,相互赞赏,气氛融洽得很。

曹师傅念旧,耄耋之年了还不忘我这个部下,隔个把月会打我家座机关心几句。几十年的"师徒"关系还在延续,我珍惜,也感恩当年在他手上学到的"皮匠活",换个场合同样用得上。

当年,我踏进"五棉"后就分在了细纱车间的皮辊间,属于保养工,不需要吃三年萝卜干饭。虽然没有正式拜过师,但师徒之间辈分分明,师父的威望,徒弟的尊重,让我体会到"一日为师,终身为父"的深意。我进厂那阵,细纱车间出了位全国劳动模范朱桂芳,她在纺机前接纱头,让人明白什么叫稳准快!她的师父也是位劳模,也姓朱,待人温厚谦虚。一个悉心传授,一个潜心学习,这样的传帮带才带出了高徒,为厂里争了光。

那个年代的师傅们不一定受过正规教育,但只要你是技艺的佼佼者,大家就服帖。我们皮辊间也有一位威信颇高的沈师傅,他的威望是综合性的,能解决别人无法应对的技术难题,再就是大家公认的"娘舅":工友们有不敢或不方便向领导开口的诉求,他会代他们向车间主任提出。在工友们的心里,能仗义执言的人最有分量。沈师傅人长得帅,他的位子就像有块吸铁石似的,完成了手头活计的女工都愿意坐在他附近休息,顺带东家长西家短地说家常。我那时正在读业余大学,担心上班看课本会有人说闲话。每当这时,我会靠近沈师傅的工作台,他的一个微笑令我很安心……

20世纪90年代纺织行业进行了全面的调整,我曾经天天骑着自行车上下班的工厂被夷为平地,随后建起了一幢幢高档的商品房。岂止是纺织行业,原来占国家生产主导地位的一线企业也在逐步萎缩。"师傅"这个称号风光不再了。

"师傅"真的不吃香了吗？我记得媒体曾报道培罗蒙的一位老师傅凭着一张照片便为主人公做出了一身合体的西服，这技艺不是绝活又是什么？远的不说，在前不久结束的世界技能大赛上，上海那些不足 20 岁的厨师、药师、美容美发师、园艺师在各自的舞台上大放光芒。他们收获的是金银牌的成绩，也是社会对"师傅"们的尊重和认可。

这些年轻的师傅是我们身边的匠人，只因为他们在各自的领域里多了一分专注、一分坚守、一分人文情怀，这才成就"大国工匠"的时代精神。我想，在这个多彩多元的时代，人们对师傅的敬畏是不会淡漠的。

上海爷叔哪里聚聚

原创 2021-08-16 孔明珠

近期频繁去一家海派西餐馆,那家店好吃不贵,装修老上海欧式风,颜色多用暖色调,墙壁上的画与照片,吊灯与台灯似曾相识,长条餐桌靠背椅,坐下来用餐一点没有压迫感。

餐厅日间连续营业,午餐时间过后常常也有人进来点餐点饮料吃。那天延宕晚了,发现餐厅外露天座上好多上海爷叔,玻璃面小圆桌上放一壶茶两只杯子,有的是自带的高腰玻璃瓶,泡着枸杞菊花黄芪之类的养生茶,三三两两抽烟聊天。原来就是刚才点了套餐吃完的老客人,移坐室外继续。

西餐馆隔壁是同一个老板开的面店,日本居酒屋风格,砖墙,樱花加纸灯笼,扎染的青白布幔,整块木头定做的长餐桌,高脚椅,面有十几个种类,中西合璧,日式风味都有,应季变更菜单,随时调整口味。这家店同样夜以继日营业,有固定的回头客。上海爷叔坐着坐着立起来动动,看见面馆新菜单,盘算明天中午过来这里尝味吧。

最近经常听见一句"上海文化就是咖啡文化"的话,家附近的大小马路像约好了一样,都夹着花开出了咖啡馆,意式咖啡机器现磨的,巴西豆子手冲的。窗口向外翻面向街道,客人镜框式展示的。门口扔着草垫子随便坐坐波希米亚式的,以手工冰激凌为主打兼营咖啡的,应有尽有,煞是好看。

要问上海爷叔们喜欢喝咖啡吗,有喜欢的,老克勒式深度爱好者说起来头头是道,但有一半对咖啡是摇头的,喝养生茶年龄之前他们是喝绿茶的,对每年的新茶趋之若鹜,碧螺春、龙井、毛峰,普洱茶也追过几年,到爷叔前面加了"老"字后,夜里翻来覆去困不着,像吃菜一样,渐渐趋于追求清淡,原来喝咖啡喝浓茶的改保暖杯泡养生茶了。

喝茶喝咖啡不光是解渴,茶馆、咖啡馆还有社交功能,男女约会、同学相聚,网友第一面,海外来客递东西,等等。请人晚上喝一杯是去酒吧,白天喝一杯大致是指茶馆相见。旧时文人爱孵茶馆,听过陆澹安先生当年在几家上海报纸上开专栏连载,头晚没完成,一早去茶馆中赶稿子,写完差茶房当即送去报馆排版的故事。小说《繁花》等文艺作品里都有男女主人公在茶馆、咖啡馆演绎的情节。我小时候上海还有过很多专门烧水供应的老虎灶,家对马路四川里弄堂口有家老虎灶,店堂里摆了一两张方桌,有附近老熟客一开门去孵老虎灶歇脚、茄山河。广东爷叔香港爷叔有去餐馆饮早茶的文化,一盅两件适适意意消磨时辰,上海人好像少有这种习惯,上海爷叔退休以后也会被分配到家务,一早去买小菜或者接送第三代上学,当然双手荡着,福气好的爷叔也不少。

当年上海市区一些老街被拆迁时，上海爷叔老大不情愿的一点就是失去日常聚会场所，弄口、街边，附近小酒馆，价格实惠的面店馄饨店，到了新地方大家进了公房、大楼"格子""笼子"里，交关恹气。人是群居动物，正常人都不愿幽闭。上海爷叔毕竟是拎得清的一代人，他们从年轻时就锻炼出了极强的适应能力，搬到再远，也会从坐大商场定时接送大巴到坐上四通八达的地铁线路，再到微信拉群约着市内聚餐、长三角旅游，活得越来越滋润。

我望着露天座这些穿着清爽，眼神淡定，说话音量控制得很好，握着养生茶的上海爷叔们，仰在圈椅内，时不时向老友发表高见，不知怎么的，一层薄泪盈睫，我想说，我们城市里给他们留的公共休闲空间是不是还应该更多一些，咖啡馆固然应该开，其他消费水平不高，能坐下来休息的地方还能多一点吗？我家附近有几个绿化角，原本每天集聚着下棋、打牌的老爷叔，近期改造后干净漂亮了很多，五星级卫生间也有了，但是石凳少了，树荫稀了，上海爷叔只能走过路过，轻叹一声，掉头回转屋里去。还有以前上海爷叔们喜欢的花鸟市场、鲜花集市、旧货电器街很多不知所终……

很显然，上海人素质提高，城市文明现象比比皆是。也是散步所见，一些新开的咖啡馆、面包店设计成开放式，门口有不少吸烟座，漂漂亮亮的，不吸烟的坐一会儿透透气，没有服务员一定上来让你点单。店外放条凳、坐垫、鲜花绿草的小店主善良之心可见。一家窗洞中伸出"熊爪"卖咖啡的店，因为有残障服务员，吸引了众多年轻人争相排队，这些感人的故事天天在上演。

一个具有多元化文化的城市,还应该考虑更多群体的需要。

上海爷叔,没有人会忘记你们年轻时对国家对城市的付出,市民生活越来越好,等疫情过去,有空哪里聚聚。

宁波咸贤闲

原创 2021-08-20 马尚龙

咸这么一种口味,是宁波人的招牌了。咸蟹、咸黄鱼、咸鲞鱼、虾酱、黄泥螺……所有的海鲜皆有咸款。菜蔬里,更是有咸菜咸当家的。咸菜遍布江南,不过雪里蕻咸菜,在宁波人的饭桌上最懂人情世故,荤腥素杂,都配得上。幽默一点说,雪里蕻可以竞争宁波"市菜"的。

吃口咸,算是重口味的,不过大凡重口味重镇,多是内地山区,非咸即辣,宁波排不上的。

要是说宁波的咸货不咸,那是无知;我是宁波人,当知宁波咸。比如小时候吃虾酱,大人关照,只好筷节头笃笃,一是虾酱贵,二是虾酱咸。

但是宁波也真算不得咸的。宁波人的饭桌上,是咸的,也是鲜的,且还是淡的,堪称咸淡错落有致,均衡有方。比如咸菜大汤黄鱼,咸菜之咸,只是衬托了黄鱼的鲜。同样是咸菜开道,咸菜烤毛笋,在宁波人的清淡序列中,一定名列前茅。

因有宁波亲戚，家里时有咸蟹。每一次亲戚送来，总是提醒一句：咸蟹淡火火的，趁早吃。"淡火火"是宁波话的一种美食标准，用火来修饰淡，有意思吧。至于咸鲞鱼，也叫作咸雷鱼，是真正的咸，通常只是切一小段，和肉饼子一道蒸，还是咸，多吃也吃不了："压饭榔头"是也。

这就是宁波之咸之淡，主旋律却还是在咸。

宁波人好咸，或许还可以说，宁波人也好贤，好的是知书达理社会贤达之贤。某次去宁波状元楼。作为一个宁波人，在宁波人开的宁波饭店里吃宁波菜，交关写意（宁波话：惬意，不过写意很有意思）。吃饭是一种立体享受，菜与乡音是奇妙的组合。曾经去过东北人开的宁波饭店，吃出来是二人转的尴尬。

比起寻常宁波饭店，状元楼分明多了一点神圣，一踏进去像煞自己也要去考状元一样。大堂里，宁波历史上十三位状元的画像高挂在墙，是励志，也是"海威"。宁波最后一位状元章鋆，是宁波府鄞县人。在上海的宁波人中，鄞县人很多。在此，请宁波鄞县人鼓鼓掌和点点赞了。

除了咸与淡的调和，宁波还善用甜来穿插，那就是宁波汤团了。宁波人在汤团上的功夫和聪明，只有宁波人可以超过宁波人的。上海城隍庙有"宁波汤团店"，许多超市和小店有卖汤团，都必须打出宁波旗号的。

我不知道十三位宁波状元是不是喜欢吃咸货，应该都喜好家乡口味的。以前称吃口咸的是"咸骆驼"，那么十三位状元就是十三匹咸骆驼了。盐分是骆驼的能量，驼峰里是否也储存着贤？我没有探究过咸与贤之间的科学关系和逻辑关系。

咸和贤，或许还应该再加上一个同音字：闲。"闲"不是偷懒游手好闲的意思，江南沿海一带，多勤劳致富之人，他们在解决了温饱之后，用闲工夫闲心思去提高生活质量。咸、贤和闲，看似风马牛，却是曲径通幽，还构成了保障生活富足的三角稳定关系。在咸足以咸淡错落之后，不仅仅是利于保存和省吃，也是生活的考究和富足。富足而人闲，人闲而嘴刁，嘴刁而食美。富足也多了读书人，读书人恰是状元最底层的基础。

更多的宁波读书人没有成为状元，但是在中国历史社会中叱咤风云，在上海乃至在海外，举足轻重。一口"石刮铁硬"宁波话的老宁波，很有可能，便是贤达之人。他们大多是有闲工夫的老吃客，最喜欢的，是宁波的咸。

近闻东京奥运会中国夺金者中，有四人出自宁波，宁波人大为振奋。奥运冠军是世界级的贤达，是世界级的状元。我很想听他们说说什么时候想要压饭榔头，什么时候欢喜淡火火。

林妹妹宝哥哥隔代相遇

(原创) 2021-09-03 林青霞

贾宝玉和林黛玉在曹雪芹的《红楼梦》里相遇,在《红楼梦》的电影里相遇,脱下了戏服的林妹妹和宝哥哥在台下也相遇了。

1977年在香港李翰祥导演家的阁楼上,小小的电视荧幕放映着1962年大陆拍摄的越剧《红楼梦》,徐玉兰演贾宝玉,王文娟演林黛玉,导演不停地赞赏两位演员,说他们唱得好演得好,观众入了戏,感觉他们就是宝黛的化身。当时我和张艾嘉即将演出《红楼梦》,他拿这两位杰出的越剧演员给我们做示范,告诉我们,只要把戏演好观众就会接受,以此为我们打气。

看了王文娟演的林黛玉,有一个镜头深深地印在我的脑海里,那是她听到傻大姐说贾宝玉要娶薛宝钗了,在回廊上茫然无力地来回乱跑,不知道要往哪里去。王文娟步履轻盈得像柔弱的柳条在风中飘过来飘过去,衣裙随着她的脚步和身段翩翩扬起。林黛玉体弱多病,性情孤傲,在王文娟的演绎下,绛珠仙子"质本洁来还洁去"的刚烈,活了!那是王文娟台下数十年功练就出来的。

李导演非常珍惜和欣赏他手上这部大陆拍摄的《红楼梦》，他频频摇头说："这部片子没有了！给烧掉了！"相信他是太惋惜和太喜欢这部戏了，竟然舍弃了他拿手的黄梅调，让我们唱起越剧来，他是想保留并流传他心目中最倾慕的画面。后来才知道，原来这部片子拍摄完成后未在内地上映，却在香港上映了，因此李导演会有拷贝。大陆首映此片是 1977 年，听说有 12 亿人次看过，轰动得不得了，可以说是那一整代人的记忆，问起生长在那个年代的人，忆起《红楼梦》都赞誉有加深受感动。王文娟和徐玉兰是绝配，如鱼得水，空前绝后！

谁又会想到，隔代的林黛玉和贾宝玉会在上海相遇。2018 年，李导演阁楼上的林黛玉，在我面前出现了。1962 年的林黛玉和 1977 年的贾宝玉相会，两人一见如故，我称她老师，她坚持要我直呼她的名字文娟。

92 岁的文娟，身材修长匀称，腰杆笔直，灰底粉红花的中国式上衣配一条白长裤，脚踩白球鞋，童颜鹤发，即使是眼镜镜片也挡不住她炯炯有神的眼睛闪着的艳光，我端详她就像宝哥哥见了林妹妹那样稀奇，竟然脱口而出："你有没有画眼线？"她微笑着说："画了。"一切是那么自然。

我和文娟刚一坐下话匣子打开就不断，我谈她当年的林妹妹，告诉她我多么欣赏回廊那段戏，她谈我当年的宝哥哥，说我演绎得青春，并且欣赏李导演设计的服装、布景、道具和美丽的画面。我问她有没有似曾相识的感觉，她说看得出学习借鉴越剧电影的地方。我问她平常做些什么，年过九十的她依然上进，不只喜爱琴棋书画还研究历史地理,她有一颗赤子之心,对世界充满了好奇。说了好一会儿才想起晾在旁边的才子王悦阳,安排我们见面的好友贾安宜,还有文娟的女弟子李旭丹。突然警觉文娟是上了年纪的人,腰杆笔直地坐了很久,赶快拿个椅垫让她靠着。

在静安香格里拉酒店行政酒廊里,旭丹为我们清唱了一段"天上掉下个林妹妹"和"黛玉葬花"助兴,文娟面带笑容满意地欣赏她得意门生的表演,不知不觉已消磨了三个小时,文娟始终一派优雅娴静地端坐着,我那递过去的大红椅垫毫无用武之地,窗外夕阳的金光斜斜地照进窗里,文娟起身告别,虽然意犹未尽,我也不好让她久留。临走她送我一本她写的《天上掉下个林妹妹》,我送她我写的《窗里窗外》和《云去云来》。

2021年8月6日凌晨,王文娟先生仙逝,她95岁的生命,有83年是花在钻研、演绎和传承越剧上,难怪她会说,"我的命根子是戏"。

王文娟先生的戏梦人生,从她12岁由家乡浙江省嵊县到上海投奔表姐竺素娥开始,她跟表姐学唱小生和花旦。19岁就独挑大梁。21岁以一出《礼拜六》在上海滩一炮而红。22岁时就和徐玉兰搭档,后来成立红楼剧团,两人并肩合作超过了半个世纪,演出了许多脍炙人口的舞台作品。90岁高龄依然继续指导提携后辈、传承越剧艺术。

很欣赏她的人生哲学"台上演戏复杂一点,台下做人简单一点",可不是,戏台上她把"质本洁来还洁去"的诗魂林黛玉演得丝丝入扣、动人心魄。戏台下越剧院领导曾担心地问:"你演得好林黛玉吗?"她回答得简单:"演不好,头砍下来!"

王文娟先生一生得奖无数,光是终身成就奖就拿了几个,我认为最值得一提和最有意义的一项是"国家级非物质文化遗产代表作'越剧'传承人"。

如今天上掉下的林妹妹又回到天上去了,在云去云来间。或许哪天我们不经意地仰望天际,林妹妹会在云里出现呢!

丁字型皮鞋

原创 2021-09-03 李宁

我们这一代女孩，年少时大多是穿布鞋长大的。不少人到了豆蔻年华还穿着家里老人手做的布鞋，有小碎花的，有格子的，多是裁衣剩下的边角料。

那时商店有卖一种搭襻布鞋，方方的黑布鞋面衬得鞋底那条白边儿特别耀眼。在那时能穿上这么一双挺括的布鞋，几乎成了衡量一个女孩够不够飒爽英姿的标准。我自己肯定不在英武之列，不过搭襻黑布鞋还是有的。很小心地穿，很傲娇地穿。

后来，下乡劳动多了，开始有人穿起解放胶鞋。绿色的鞋子扁扁的像只船，虽然毫无美感，防雨防潮却非常实用。更别说到后来，有人专门用它配着旧军装和军帽成一个系列，打扮了可以去做一个标准的"革命小将"。

我参加劳动时好像没穿过解放鞋，后来却穿起了另一种劳动鞋叫"棉胶鞋"。那是去北大荒之前凭"上山下乡供应票"买的，黑色高帮带着厚棉花里子和胶鞋底子，又笨又蠢。不过，这种硬邦邦的棉胶鞋在黑土地上特别管用,冬天穿着它在厚厚的雪地里前行,不透湿不打滑,到了融雪时节,更是靠它踩着半黑半白的脏雪,"咔嚓咔嚓"地一步步走向春天。

20世纪70年代初,终于从北大荒穿越千山万水回家探亲了。回到熟悉的上海,脱下棉胶鞋换上搭襻黑布鞋的我,眼尖地发现,好友的脚上,还有淮海路的橱窗里,出现了一种新式的鞋——漆黑的面子发着亮闪闪的光泽,横跨鞋面的搭襻中间连着一根细细的带儿,那带儿又笔直地搭在方方的鞋头上,这简直就是搭襻黑布鞋的闪亮升级版。当然,它是漂亮的皮鞋,还有一个指向明确的名字:丁字型皮鞋。

70年代初的丁字型皮鞋,那是许多有些爱美又有些矜持的女孩的心头之好。它既负责着那个统一蓝衣裤年代里女学生的脚下端庄,又承载了豆蔻少女那一丝丝踩在柏油马路上的小得意。

对于这个丁字型,我也就是在心里头暗暗喜爱一下,并没有拥有它的念头和实力。探亲结束,重返北大荒,我就穿上越来越合脚的棉胶鞋下地干活去了。

转折发生在下一次探亲的日子里。回到家,我发现妹妹的脚下穿着一双丁字型。她告诉我,妈妈替她买的,牛皮的,蛮贵的,要5.45元呢。年幼的妹妹跟我同一年下乡,去的是江西农村。一年四季需要光脚插秧挑担的她,值得拥有一双可以难得穿穿的丁字型。不想,她又说,妈妈买了两双。不长心眼的她补充道,那双是送给X的。

体弱多病的妹妹在山区插队,山高水远,诸多麻烦,多亏那个女伴X时时陪伴,多有照拂。想来,在那时,送一双时兴的丁字型皮鞋给X,应该是一位母亲,一位上海妈妈能表达的最得体的谢意了。

在我印象中,我后来好像也没拥有过丁字型皮鞋。只是关于妈妈买两双丁字型的旧事,会时常提起。我耿耿于怀的好像并不是妈妈的偏心,更是一双皮鞋在那个年代里高于穿着本身的非凡意义。

丁字型皮鞋被我屡屡提起,不想竟也会勾起不少朋友的各种感叹。她们有的把它比作自己的"水晶鞋";有的记起了牛皮和猪皮丁字型的不同价格;有一位男生还回忆起自己攒钱给女朋友买丁字型皮鞋的曲折故事。而我一位大学同学的丁字型经历,恰恰跟我家完全相反。她的上海妈妈在给她姐姐买了丁字型后就不再给她买了。所以,她的丁字型回忆是"我有一双我姐姐穿剩的,一穿就跌跤"。

那些穿过花布鞋、解放鞋、搭襻布鞋和棉胶鞋的再也不年轻了的女朋友,你们还记得自己的那双永远年轻的丁字型皮鞋吗?

白露,繁华季节的谢幕

原创 2021-09-06 韩可胜

白露,二十四节气的第十五个节气。陈白露,曹禺名剧《日出》中的女主人公。两者的共同点都是美丽的凋零、繁华的谢幕。当舞台上出现陈白露的名字时,我就想,这个名字真美,但曹禺先生的暗示,真的是无所不在啊!

立春、立夏、立秋、立冬,节气中每一个"立"都是一个转折点。立秋之后,到了白露这个节气,繁花似锦的春天、烈火烹油的夏天,就开始让位于秋天的萧瑟和冬天的冷酷。所谓"岁月不居",所谓"天若有情天亦老",四季的循环,不会因为人的意志而放缓哪怕一点点的步伐。

白,解释为"白色",大体是不错的,只是意义可能比一般人所想到的更丰富一些。《月令七十二候集解》说:"白露,八月节。秋属金,金色白,阴气渐重,露凝而白也。"中国文化用"五行"(木、火、金、水、土)来解释世界。"五行"的"金"对应"五方"的"西"、"五色"的"白"、"四季"的"秋"。所以白露的"白",确实是白色,但同时含有金、西、秋等多种含义。

露,《说文解字》解释为"润泽也",未免有些大而化之。《说文解字注》说:"和气津凝为露……露者,阴之液也",一下子就把"露"的阴冷性质揭示出来了。四季阴阳轮回,从夏至开始,阳气开始减弱,到了当下节令,昼夜温差大,草木上已经有"露"水,原本潜藏的阴气也占了上风,已经"露"了出来。阴气外露,所以依靠阳气支撑的人就不能赤身裸体,"白露身不露",就是这个道理。这时候不穿衣服,就会着凉。

一年三百六十五天,分二十四节气,每个节气大约十五天。一个节气分三候,每候约五天。白露节气的第一候"鸿雁来",鸿雁南迁,鸿、雁是两种鸟,鸿大而雁小;第二候"玄鸟归",意思是燕子南归。鸿雁和燕子都从北往南飞,但鸿雁的故乡在北方,所以只是"来"。而燕子的故乡在南方,所以它是"归"。这两个字是有讲究的。第三候"群鸟养羞",羞,通"馐",食物的意思。"金樽清酒斗十千,玉盘珍羞直万钱",李白写吃吃喝喝的诗,都如此有气势,让人佩服。"民以食为天",动物何尝不是如此?到了白露节气,鸟也要储存过冬的食物了,这就是"养羞"。

写白露的诗,都透着一股凉意。杜甫"露从今夜白,月是故乡明",是写白露最动人的诗篇,动人之处是把白露的凉意与故乡的暖意写到一起。月亮其实哪里都是一样明的,只要没有空气污染,但每一个人都觉得自己故乡的月亮更明亮、更好看,这显然是感情的因素在起作用。有人说《诗经》"蒹葭苍苍,白露为霜。所谓伊人,在水一方",也写得很美啊!是的,很美,比杜甫的诗还要美。但是,白露为霜,白露已经变成了霜,应该更适合于霜降节气,那是一个半月之后的事情,中间还隔着秋分、寒露两个节气。从白露到霜降,一天天冷下去。繁华从白露开始谢幕,到霜降就彻底结束。

《日出》有一段经典的台词,陈白露对旧时恋人方达生说:"(兴高采烈地)我顶喜欢霜啦!你记得我小的时候就喜欢霜。你看霜多美,多好看!(孩子似的,忽然指着窗)你看,你看,这个像我么?"傻孩子,你看到过什么比霜更不坚实、更不耐久的事物么?有名言云:悲剧就是把美好的东西撕碎给人看,活生生地让美丽的陈白露毁灭在亿万观众的眼前,曹禺先生是多么忠实地践行了前辈的教诲啊!"譬如朝露,去日苦多",一年已经过了大半。岁月如此不能挽留,能挽留的只有我们自己的心境和快乐。

公公丰子恺与父亲丰华瞻

原创 2021-09-11 丰南颖 丰意青

一

我们的公公(浙江石门方言称祖父为公公,祖母为婆婆)丰子恺先生爱孩子是众所周知的,他不但对自己的孩子倍加关心爱护,而且早年的漫画与文章经常取材于他的孩子们,他那很多脍炙人口的著名画作童真无邪,童趣盎然,洋溢着天伦之乐。1926年他在《给我的孩子们》一文中表示了对孩子的崇拜:"我在世间,永没有逢到像你们这样出肺肝相示的人。世间的人群结合,永没有像你们样的彻底地真实而纯洁。"

与此同时,公公以敏锐的洞察力预料到孩子成年以后他们的关系会发生变化。1928年公公在《儿女》中写道:"他们成人以后我对他们怎样?现在自己也不能晓得,但可推知其一定与现在不同。""世人以膝下有儿女为幸福,希望以儿女永续其自我,我实在不解他们的心理。我以为世间人与人的关系,最自然最合理的莫如朋友。"这是个非同寻常的观点,即使在21世纪今天的中国社会里,父母与成年儿女之间如朋友一般平等相处的关系恐怕还是不多见的。可见公公有多么独树一帜的见解啊!

我们小时候常常听公公给我们讲爸爸从前的故事,也目睹了爸爸为公公晚年提供生活上和精神上的慰藉。如今回忆公公与爸爸的父子之情,我们深深体会到公公对爸爸的舐犊之情,他们的关系随着时间推移的变化,以及公公晚年与爸爸之间亲情以外如同朋友似的平等交流关系。

二

爸爸在公公婆婆的子女中排行老四,前面都是女孩,爸爸的外祖父欣喜之下为爸爸取名为"华瞻"。公公告诉我们,爸爸的外祖父特意说明"赡"是丰足的意思,显然是提醒他要用心挣钱养家,这使那时默默无名、生活窘迫的公公感到了很大的压力。然而,公公依然追求对艺术的爱好,淡泊荣华富贵,因此爸爸的出生并没有立刻改善家中的经济情况,公公戏言此归罪于"华赡"经常被人写错,以讹传讹,演变成了"华瞻"的缘故。其实天如人愿,爸爸出生后不久,公公第一次公开发表了他的一幅漫画《人散后,一钩新月天如水》,这是他事业上的一个转折点,一代大师的艺术生涯就此发轫,家境从此渐渐好转起来。公公开玩笑说,毕竟外祖父取名有方,爸爸果然给全家带来了财运。

爸爸幼年跟随公公奔波谋生于上海、嘉兴和桐乡等地,在家庭的温情中养成忠厚老实、与世无争的性格,更为公公所赏识,他的天真烂漫、富有想象力的童年成为公公绘画撰文常用的题材。《瞻瞻底车——脚踏车》《瞻瞻底车——黄包车》《爸爸不在家的时候》等画，与《华瞻的日记》和《给我的孩子们》等散文，都成为公公热爱儿童的代表作品，展现了公公为他的孩子们所提供的以玩耍和游戏为主的成长环境。

公公告诉我们，在他的儿女中爸爸小时候对各种事物的兴趣最浓厚，感受最强烈，求知欲最强，做事也最认真，研读《王云五大辞典》或玩起游戏来都废寝忘食，言谈之间流露出舐犊情深，给我们留下了难忘的印象。据爸爸告诉我们，抗战前在石门湾生活时，公公不但鼓励他从小读书识字，甚至还"贿赂"他识字，爸爸开始学看学生字典时，每查出一个字的部首，公公便给他一角钱，可见爸爸对学习的热情从小受到公公的称赞和勉励。爸爸对他热衷的事情如此致力和投入，后来我们在他对复旦大学的教学和研究工作中还能看到，爸爸这样认真、热情、刻苦的求知态度无疑是公公教育和培养的结果，真可谓"有其父必有其子"啊。

三

爸爸学龄期间正值抗日战火纷飞，一家老小辗转逃难，他无法继续上学完成正规的教育，全靠公公的家庭教育才没有荒废学业。公公不但教爸爸《论语》和《孟子》等经典著作，读唐诗宋词，还教他英文、几何和代数等课程，因此爸爸的启蒙和青少年时期的教育大多来自公公。公公曾得意地告诉我们，爸爸得以考入当时大师云集,不但在亚洲,在全球也名列前茅的中央大学,是由于他教子有方,爸爸可是公公亲自教育出来的"学霸"啊。

爸爸当时虽然主攻英文,国文也非常出色,他曾参加全国大学生学业竞赛得了国文冠军。《中央日报》误报"丰子恺令爱获国文冠军"成为笑柄,公公为这件事专门写过一首诗,字里行间,他由衷的高兴劲儿跃然纸上:

斯文日下逐江潮,拾芥原同夺锦标。万木凋时新竹秀,群山低处小丘高。鸳鸯扑朔随春水,翡翠迷离傍紫巢。宋玉容颜多逸丽,教人错认作班昭。

早在1943年公公便意识到爸爸对文学的热爱和萌芽中的文学才华,预感到爸爸今后在文学上会有所作为,写下《寄长子华瞻》一诗以志勉励如下:

忆汝初龄日,兼承两代怜。昼衔牛奶嬉,夜抱马车眠。渐免流离苦,欣逢弱冠年。童心但勿失,乐土即文坛。

自幼承公公庭训并不断受公公鼓励的爸爸,果然没有辜负慈父的期望,后来在文坛上尤其在翻译和比较文学领域颇有建树。我们可以看到,在公公与青少年时期的爸爸之间,父子之情上又增添了一份师生之情,公公不仅将爸爸培养成为一个"学霸",并为爸爸打开了通往绚丽的文学世界的大门。

四

当年公公逃难到重庆后找不到房子住,在沙坪坝的荒凉之处建造了一幢"抗建式"平房。我们听公公说过那所房子十分简陋,墙壁是便宜的竹片上涂白土,远不及家乡的缘缘堂宽敞舒适,然而那是他们八年逃难流亡生活中最稳定的一段日子,他每天自由自在地读书作画,并以晚酌来慰劳白天的笔耕。在重庆上大学的爸爸每逢周末和节假日都回家,继续向公公学习古典诗词,并一起探讨诗词与学习作诗词。中国古典诗词从来是他们共同的爱好,也是他们父子之间多年来特殊的联结。

在公公多年的熏陶之下,也凭他自己对文学的天赋和爱好,爸爸熟谙诗词韵律,记住了大量的诗词,成为公公家庭猜诗游戏中的好伙伴。据说这类游戏是过去家里的传统,典型的玩法是先让爸爸离开房间,其他人商量出一句诗词,比如"九里山前作战场",然后让爸爸进来猜。由爸爸点人回答问题,第一个问题的答案必须包含"九"字,第二个问题的答案必须包含"里"字,所有的回答都必须顺理成章,不能答非所问。一般三次问答之后,爸爸就能准确地推断出整句诗。这可是个常人望尘莫及的游戏,需要有多少诗词修养啊!正如公公所预料,随着爸爸年龄的增长,他们的关系继续变化,爸爸逐渐成了一个各方面独立而与公公兴趣相投的伙伴。

五

进入中老年后的公公,对于父母与成年儿女关系的看法一如既往。早在1948年公公便与诸子女约法,写明成年子女"并无供养父母之义务,父母亦更无供给子女之义务""子女独立之后，生活有余而供养父母，或父母生活有余而供给子女，皆属友谊性质，绝非义务"。

早在"文化大革命"之前，爸爸凭他自己的辛勤努力，早已在事业上和经济上独立于公公。然而"文化大革命"中在公公婆婆最困难的时期，爸爸来到了他们的身边陪伴他们、提供物质经济上及精神上的大力支持，为他们遮风挡雨。为了保护公公他承受了言论上和体力上的屈辱，好让公公少担惊受怕，尽可能度过平静的晚年生活。爸爸这么做出于他的一颗"连一层纱布都不包"的赤子之心，以及他对父母纯真的爱。

爸爸也成为公公晚年讨论中国古典诗词、文学和外语问题的对象。我们除了看到他们常在一起谈论和欣赏诗词、填词作诗，或者用家乡石门话唱和诗词之外，还常看到他们在一起探讨日语翻译上的问题。爸爸虽以英语为专业，他与公公一样通晓几种外语包括日语，那时公公正在翻译《落洼物语》《竹取物语》和《伊势物语》，因而他们切磋琢磨日文较多。他们在磋商如何精确地翻译某一句话或是某一个词语时，各抒己见，认真斟酌，直到想出最为恰当的表达方式。他们父子俩做事认真，精益求精，对于已译好了的句子或词汇，事后还会不约而同地继续思考："这一句应该怎样翻译才能更好地忠于原著的意思？"有时我们看到数日之后，他们又重新回过来切磋之前的同一个问题。晚上爸爸下班回来，公公总是与爸爸分享他日间想到的日文翻译问题，或是商讨新的日文词汇等。

公公严谨认真的治学态度无疑对爸爸有巨大的影响，爸爸对工作一丝不苟的态度在复旦是众所周知的。复旦大学外文系

1979年出版集体翻译的《1942—1946年的远东》一书，共五十五万字，特别指定爸爸一人为此书做最后的校订定稿工作。共同的爱好和治学态度使公公当年与爸爸如同朋友般地平等交流，他们父子的关系升华到了一个更高的层次。

除了学术探讨之外，爸爸也常将在复旦听到的各种信息讲给公公听，共同分析"文化大革命"新动向，帮助公公准备应付新情况。比如有一次爸爸听了上级报告后回家告诉公公，政策将有所改变，老年知识分子将作为内部问题处理，归还抄家物资，照发工资等。他们两人分析下来感觉到形势在往好的方向转变，公公听了精神振奋，告诉我们他觉得解放之日快到了。爸爸也从复旦给公公带来公公的老朋友的消息，比如赵景深教授、陈望道教授和苏步青教授，有时爸爸下班回到家会告诉公公"今天恰好碰到了某某人……"常年蛰居在家的公公，关心老友近况，也十分渴望听到外面的种种消息，这类交流也成为他们父子俩谈话的一个重要部分。

几十年下来，公公与爸爸的父子之情随着时间发生了演变和升华。爸爸幼年是公公呵护钟爱的对象，青少年时期他承公公庭训，在亲情上加上了师生之情，爸爸成年后他们的亲情上又加上了亲密友谊，反映了公公的"我以为世间人与人的关系，最自然最合理的莫如朋友"这个想法。

公公晚年和爸爸如同朋友一般平等相处，在日月楼共同探讨问题的情景，仍时常浮现在我们的眼前，是我们终生难忘的记忆。如今公公和爸爸都已作古，一起安息在上海福寿园，公公有他心爱的瞻瞻像在有生之年一样陪伴着他，和他同游艺苑，体验诗情词味，继续切磋研讨学业，想必这对公公是个极大的安慰。亲情是生来具有的，可以融洽和谐，也可以成为扔不了、甩不脱的束缚，而友谊是自己选择的，不能强加，也无约束，因而更为难能可贵。公公早年对于父母与成年儿女关系之论具有深刻的洞察力，穿越时空仍在提醒我们深思如何看待和处理家庭和子女的关系。

真有后来人

原创 2021-09-12 李春雷

我们大多读过那首著名的《就义诗》:"砍头不要紧,只要主义真。杀了夏明翰,还有后来人。"这首诗的作者,就是夏明翰。

众所周知,湖南衡阳的夏家,是中国革命史上牺牲最惨烈的家庭之一。夏明翰、夏明衡、夏明震和夏明霹兄妹四人,于1928年3月前后,陆续遇难,大哥刚刚28岁,小弟年仅19岁。

由于他们实在年轻,"后来人"问题,便格外令人关注。

据记载,夏家兄弟均无留下男儿。这样的结果,不免让人感叹唏嘘、遗憾万分。

但是,在烈士去世70年之后,事情有了转机。夏家儿孙,骤然问世。

只是,他们的姓氏,已经蜕变了。

红 巾 丽 人

秀发如云、肌肤似雪、明眸皓齿、亭亭玉立。16岁的她,实在是一位惊鸿翩翩的美少女。可转眼间,就变成了一位风风火火、打打杀杀的女战士,头裹红头巾、手执大片刀,带领一众人马,雷厉风行地抄没浮财、开仓济贫。

1928年2月4日,工农革命军攻战郴县,她身手矫捷,悍然爬上城门,点起一把大火。烈火熊熊中,城楼轰然坍塌。

曾志,女,1911年4月生于湖南省宜章县一个殷实的书香门第。1926年秋,她从衡阳省立第三女子师范学校毕业后,考入衡阳农民运动讲习所,旋即秘密加入中国共产党,先后担任衡阳地委组织部干事、郴县县委秘书长。

在此期间,曾志与夏明震结为夫妻。

夏明震,男,1907年2月生,湖南省衡阳县人,系夏明翰之弟。他于1925年加入中国共产党,曾参与领导湘南起义、组建中国工农革命军独立第七师,先后担任中共湘南区委组织部部长、衡阳农民运动讲习所教务长、郴州特委书记、中共郴县县委书记。

但是,新婚不久,大祸临头。

那一天,曾志永远记得——1928年3月21日上午。由于国共两党关系破裂,一群暴徒突然袭击郴县县委。曾志侥幸逃脱,马上向附近的朱德、陈毅部队搬兵求救。平定暴乱的第二天,曾志找到了丈夫的遗体。夏明震仰面朝天、怒目圆睁、双拳紧攥,身上被刺十余刀。

其实,就在夏明震遇害的前一天,其兄夏明翰已在武汉就义。弟弟夏明霹和姐姐夏明衡的牺牲时间,分别为22天前和3个月后。

葬埋亡夫之后,曾志跟随朱德、陈毅队伍,走向井冈山。

路途漫长,且战且行。曾志与蔡协民相随相知,成为伴侣。

蔡协民,1901年7月生于湖南省华容县,幼年就读私塾;1925年,加入中国共产党;1926年秋,组织3000余人农民义勇队,配合北伐军作战;1928年1月,任工农革命军第一师政治部主任。

赠 娃

井冈山上,蔡协民先后担任红30团、32团和31团党代表,而曾志因为身怀六甲,暂时留在后方,协助建造红军医院。

1928年11月7日,曾志诞下一个儿子。由于难产,丈夫蔡协民日夜守护在身旁。

此时,正值国民党军队疯狂围剿,部队时时转战。曾志奶水不足,孩子每每啼哭。一位石姓副连长,当地人,老婆产子后夭折,很想有个孩子。正好老婆的嫂子刚生了孩子,乳汁正旺,可以一道喂养。曾志只得捧出刚出生26天的孩子,无奈赠送。

产后40天,曾志被任命为红军后方总医院总支部书记。

战争愈加惨烈。1929年3月,红军医院被攻破,130多名伤员来不及转移,全部被枪杀在小溪边。曾志再次侥幸逃脱,成为唯一幸存者。

不久,石副连长和妻子也不幸遇害。孩子,被转送到石妻的娘家。

从井冈山撤离之后,曾志和蔡协民来到福建一带,从事地下工作。

1934年4月,由于叛徒出卖,蔡协民遭逮捕,不久壮烈牺牲。

此后,曾志又与陶铸结为夫妻,并前往延安。1941年,生下女儿陶斯亮。

石 姓 之 子

中华人民共和国建立后,曾志先后担任广州电业局局长、广州市委书记。虽然官居高位,政务忙碌,但此时,寻找儿子成为一个母亲最大的心愿。

1951年,经过多方努力,曾志终于找到已经23岁的儿子石来发。石来发从小跟着外婆,以讨饭为生。外婆的双眼,早已哭瞎。现在,分到土地,生活好转,刚刚娶妻。

母子见面,相视无言。

母亲端庄优雅、风姿绰约、精神干练,是一位高级干部,而儿子呢?土头土脑、黑黑瘦瘦、目不识丁。曾志愧疚如剜,劝他留在广州,白天到工厂做工,晚上去夜校读书。

儿子并不羡慕城市的光鲜。他说外婆瞎眼了,要养老送终,还有妻子和稻田。母亲长长叹息,只得送他返程。

1952年,国家民政部门开始统一登记烈士名录。石来发以蔡协民后代的身份,成为烈士遗属。

蔡 家 之 后

母子再次见面,是 1964 年 11 月。

"四清"运动中,身为生产队记账员的石来发,被查出 5 角钱的经济问题,因而受到严厉审查。万般苦恼中,前往广州,寻找母亲避难。

此时的母亲,已是中共广东省委常委、书记处候补书记,而她的丈夫陶铸,更是中共中央中南局第一书记。

其实,这些年,石来发早已悔恨万分。若是当年听从母亲、留在广州,哪有今天的苦难?这次,他主动恳请,希望落户。

但是,曾志却拒绝了儿子。

什么原因?

难以定论!

1967 年,当地一位驻军政委偶然得知石来发的身世,大为惊喜:"你不姓石,你是革命家蔡协民的后代!"于是,坚持让户籍部门为他改名换姓,取名蔡石红。两个儿子石金龙和石草龙,也分别更名为蔡接班、蔡接光。

这一番操作,居然帮助石来发厘清了身世。很快,蔡家派人前来认亲,他也前往蔡协民的原籍——湖南省华容县三峰乡甫安村,拜见蔡家族长,正式进入蔡家祖谱。而他的大儿子石金龙,也以蔡接班的身份留在蔡家读书。

只是,由于石氏父子俱已成人,社会形象更是根深蒂固,所以对外交往仍是原来姓名。

不久,陶铸倒台、曾志落难,石来发一家受到牵连,被补划为现行反革命。他经常被人揪斗,游街示众、鞭打棍捶,两个儿子也被勒令退学。

一块被遗落的石头,默默地承受着狂风暴雨的鞭笞。

夜 半 重 逢

1985年9月底,石来发父子直接向北京拍发电报。由于不清楚具体地址,收件人信息只写"中组部转曾志"。

"文化大革命"以来,石来发与母亲的联系全部中断。1977年12月,曾志出任中组部副部长,协助胡耀邦平反冤假错案,事务繁巨。而后,她又把精力投入到青年干部培养和中顾委工作。

几天后,曾志复电,约定10月20日见面。

石来发的大儿子石金龙,永远记得双方见面时的情景。

那一年,石金龙已经34岁,是井冈山垦殖场的一名赤脚放映员,农民户口,生活困窘。虽然他知道北京城内有一位奶奶,却从未谋面。

火车到达北京时,已是深夜。

奶奶住在海淀区万寿路的一栋大楼里。

凌晨3点,曾志仍然枯坐客厅,痴痴等待。一盏孤灯,一头白发,一团沉默,一脸沧桑。

石家父子三人,站在中厅,呆呆无语,像几块石头。

石来发怯怯地走上前,拉住曾志的手,颤抖着说:"阿妈,我以为见不到你了。"

曾志慢慢地说:"我们,不是又团圆了吗?"

儿子年近六十,满头白发、满脸皱纹、佝偻身腰,似乎比母亲还要苍老。

也许双方都已衰老,历经磨难、看穿生死,此时竟然都没有流泪,只是默默相顾,恍若梦中。

曾志又把两个孙子唤到身边,细细地看着、摸着。是啊,孙子也已经30多岁了。

房间准备好了,住在家里。床上拥挤,就睡地板。

那些天,曾志特别兴奋,每天陪他们说话、吃饭、逛北京。

这次进京,父子三人还有一个最大的心愿,就是解决商品粮户口。那个年代,农村和城镇户口,实在是天壤之别。虽然困难重重,但县里的实权人物,还是可以办理。自己是革命家兼烈士的后代,从小被迫分离,受尽了世间磨难。而且,母亲又是刚刚卸任的中央组织部副部长。这样的出身、这样的条件,办理城镇户口,不仅合情合理,而且完全合法啊。但是,憨厚的石家父子,居然说不出口。

11月7日,是石来发58岁生日。内疚的母亲,摆设了一桌丰盛的家宴,第一次为儿子庆生。石金龙看着奶奶心情不错,便壮起胆子,说出了父子的心愿和请求。

饭桌气氛,霎时冷清。

曾志愣怔一会儿,没有说话,然后指着桌面说:"金龙啊,你看咱们今天吃的饭菜,不都是农民种的吗?你们在农村有土地,有房子,何必要转商品粮呢?"而后,便走回了自己的房间。

石家父子,面面相觑,欲哭无泪。他们是多么无奈啊。面对古怪的老太太,老天啊,只能怪自己命苦!

我 爱 你 们

但是,古怪的老太太,自有施爱的方式。

曾志经常打电话联系孩子们,希望见面。她规定,儿孙们来到北京,坚决不能去宾馆,必须住在家里。

石金龙的儿子石玉承,在曾志的建议下,改名蔡军。从名字中可见,曾志希望曾孙当兵从戎。果然,蔡军18岁之后,参军入伍,还入选了组建中的驻港部队。

还有石金龙的女儿,本来在当地上学,但曾志执意邀请其到北京读书。学费住宿,她全部负责。毕业之后,在长城饭店工作。

1997年7月1日,香港正式回归祖国。曾志打电话给石金龙:"你看电视了吗?""看了。""看到(蔡)军儿的部队了吗?""没有啊。""那你看什么电视啊?"曾志嗔怪。"怎么啦,奶奶?"石金龙惊问。"你知道这是什么部队吗?""知道啊,驻香港部队。"

"你、你、你真是石头。这支部队的前身,就是井冈山的红31团,你爷爷就是这个团的党代表啊。现在,军儿在里面,我们家又有一个小红军了。好啊、好啊,哈哈哈……"

夏 氏 之 根

其实,这些年,在女儿陶斯亮的心底,始终盘桓着一个谜团。

哥哥石来发的生父到底是谁？

作为一个细腻的知识女性，她从夏明震的忌日和石来发的生日之间，早就读出了疑惑。

1998年6月中旬的一天，陶斯亮终于下定决心、探问究竟："妈妈，您一定要回答我一个问题，这很重要！"

"什么事情？"母亲睁开眼睛，有气无力地说。此时，曾志早已身患绝症，经过12次化疗，体重只有37公斤，枯瘦如柴，奄奄一息。

"您要如实告诉我，哥哥是不是夏明震的儿子？""怎么啦？"曾志一顿，似乎有些意外。

"爸爸有我，蔡协民有春华，可是夏家几乎满门抄斩，都那么年轻，没有来得及留下后代。'杀了夏明翰，自有后来人'只是烈士的豪言壮语，可如果哥哥真是夏家的后代，那对于在中国革命史上牺牲最惨重的家庭来说，该是多大的安慰啊！"

曾志闭上眼睛，沉默良久，而后徐徐地说："石来发长得就跟夏明震一个样子！"

"那您为什么不早说呢？"

……

曾志骨灰下葬百日，陶斯亮再上井冈山。石氏父子聚集后，陶斯亮严肃地对石来发说："哥，我有一件重要事情要告诉你。你要做好思想准备。"石来发惊诧："什么事？""你的血脉问题。"听着陶斯亮的缓缓叙述，石来发一家人逐渐石化，变成一片石林。

整整70年过去了，一切原来如此。

1998年10月1日,石来发父子来到位于郴州市的夏明震墓前,跪拜先人,认祖归宗。

夏家子孙,后继有人!

石 与 夏

2001年2月,夏明震儿子石来发因病去世。

现在,作为夏明震孙子的石金龙,身份实在尴尬啊。

从小生长在井冈山的石家,石家对自己有着天高地厚的养育之恩,而且作为姓名的石金龙三个字,早已写入石氏家谱;1967年,自己重新被认定为蔡家血脉,户籍和身份证名字,均已改为蔡接班,且又进入蔡氏家谱;而现在,最终却是夏家人。自从正式认祖之后,夏氏家谱也要补修,族长屡屡提示自己确定新的名字。

当下的公安户籍身份,严密而精准,每人只允许持有一个合法信息。

怎么办呢?真是一个大难题!这一切,都是历史造成的,也都是历史。

于是,石家两代人经过反复商议,最后形成决议:过往一切,尊重历史,不再更改;新添人口,重起炉灶,另立姓氏。

根据《中华人民共和国户口登记条例》《中华人民共和国民法通则》及公安部《关于执行户口登记条例的初步意见》等相关规定:"公民享有姓名权,有权决定、使用和依照规定改变自己的姓名。"在此,"姓"是指原有的法定姓氏,而新创姓氏,则没有提及。

现在,这个新问题出现了。为此,石金龙,不,蔡接班,不,夏明震孙子户籍所在地——井冈山市罗浮派出所的干警们颇为犯难。他们曾多次开会研究并向上请示,最后,批准了他们的换姓申请。

于是,中国姓氏名录中,诞生了一个最年轻的成员:石夏。

2005年8月,石金龙的孙女出生。这个小女婴,便成为这个创新姓氏的第一个载入户籍的"开山之祖":石夏欣!

的确,石姓,本是一个多源流姓氏,来自姬、子、嬴、李及少数民族;夏姓,原是中国最古老姓氏之一,滥觞于大禹后裔。

石夏,这个由两姓组合的复姓,不仅为中华姓氏名录增添了新成员,更记载了近百年来一段鲜为人知却又感天动地的中国故事。

历史,必将铭记这个中国故事!

历史,必将呵护这个最新姓氏!

吴颐人、吴越:多年父女成朋友

原创 2021-09-16 郭影

很多年前,介绍吴越,人们说,这是书画篆刻名家吴颐人的女儿;后来,介绍吴颐人,人们说,这是演员吴越的爸爸。

最近电视剧《扫黑风暴》热播,吴越出演公安局副局长贺芸,又火了一把。

出身书香门第,吴越并未承袭父亲衣钵,而源自家庭熏陶的书卷气和不与人同的独立冲淡,使她成为纷繁演艺圈中会演戏、零绯闻的一个独特存在。

顾虑·宽慰

吴颐人与吴越父女俩都忙,不常见面,但情感连接紧密。吴颐人古稀之年学会使用微信,时时关注吴越的朋友圈。

2017年,《我的前半生》播出,吴越出色饰演"第三者"凌玲,观众入戏太深,向她发出"正义声讨"。第一次出演非正面角色便被骂上热搜,吴越难堪其扰一度关停微博评论。得知女儿委屈,老父亲正在赴长沙义卖作品的高铁上,顺手拿起清洁袋,在空白面写下相声大师侯宝林的打油诗:"演员生涯自风流,生旦净末刻意求。莫道常为座上客,有时也做阶下囚。"然后拍照微信发给女儿。吴越收到后说:吴老师,谢谢,您老继续忙,这个垃圾袋我保存了。

此番吴越在《扫黑风暴》中演贺芸,她说:这个角色复杂有挑战,演起来过瘾,但是演坏人又要被骂。吴颐人立马拿出齐白石的话送女儿:"作画妙在似与不似之间,太似媚俗,不似欺世。所以,你要演表面上是好人、骨子里是坏人。"吴越回复:"收到,记住。我打心底里佩服你,还要叩首再叩首。"

吴越说:"我相信很多人开始不相信贺芸是吴越的角色,但是五百导演相信并坚持由我来演。我当时很兴奋。贺芸有两个面,白天一张脸,晚上一张脸。"

毫无疑问,贺芸是作了恶的人。她的纵容和参与让人间发生了很多悲剧。这个角色很大篇幅去展现挣扎。在创作过程中,吴越一直问导演:"贺芸哪些是在处理公事?哪些是夹杂私心,徇私枉法?"要让观众看清楚剧情发展,又要保留悬疑,"藏着演还是露着演,表演始终在问号之间辗转腾挪。"

平静的外表,内里是汹涌的深海,是压抑着终有一日要爆发的火山。吴越说:"贺芸这个角色这么丰满,如果观众觉得某场戏不错,其实不是演员一个人的功劳,是集体努力的结果——你想怎么演,导演要同意,对手要配合,再加上摄影的角度等很多效果,好上加好正比才能成。"

争执·落泪

"吴越小时候乖,长大后孝。"这是吴颐人常挂嘴边的。

谈起女儿的孝,吴颐人甚是欣慰:"2016年我中风,吴越白天拍戏,晚上赶回来照顾我。她第一时间给我买了轮椅、拐杖和学步器,趁我住院,不顾我反对,在家里给我装了一部电梯。她说:'你反对也没有用。'后来怕我走楼梯滑,专门给每一级都铺了防滑垫。"护工告诉我,防滑垫换过,现在的是第二批。

电梯事件,似乎是多年来父女之间唯一的争执。日常很多事让老父亲感觉暖心:"我看牙,她联系好北京的医生。给我买好最短最快的上午高铁票,订好车接我到虹桥火车站;到了北京她已经安排好车接;第二天一早车来接我去医院……每一个环节都妥妥当当。人家说你有个贴心小棉袄,我说,是加厚的羽绒大衣!"

"2016年11月14日,我记得非常清楚,正在拍《我的前半生》外景,爸爸的学生打电话说爸爸中风了。这是我第一次面对亲人重病……"戏里明显可见,吴越一度很憔悴,那段时间她拍戏医院两边跑,疲惫,恍惚……她回忆:有场戏当时拍了近景和远景两条,我的状态不一样,我不满意远景,感谢导演在我最困难的时候先拍了近景。

吴颐人说:"吴越拍了五六十部剧,出了名,得了奖,但没红。演了有争议的凌玲,红了;这次演涉黑局长贺芸,又红了。我跟她说,有争议是好事,大家关注。"

心疼有之，遗憾有之，为女儿优秀而一掬老泪更有之。老父亲说："吴越敬业，独立，果断，我很欣赏。朋友们称赞她仗义、善良，我很欣慰。她在上海拍戏，也不同我们多说。今年春节期间，赖声川导演请她演话剧《如梦之梦》，我后来得知她是主演。当时我住院，没能去看演出，很遗憾。听说她化妆2小时，演出8小时，每天泡在剧场至少10个小时。人家说她是话剧一线演员，我听得眼泪流下来。那么长的台词，那么长时间的演出……我很佩服她。"

生病后行动不便，影响书画创作，更是几乎不碰刻刀，这对一辈子浸淫艺术的人是何等重创，然吴颐人照单全收。每天早起，咬牙复健，一寸寸挪步，一点点移笔，寒来暑往，坚韧不辍，终有了今日的状态颇佳。

唯一·乐活

吴颐人师从钱君匋、钱瘦铁、罗福颐等前辈大师，艺擅众长，书法、篆刻、国画皆为人称道；音乐、泥塑等也有涉猎；汉简书法更是别具一格，被誉为"吴家汉简"；出版著作30余本，其中《篆刻五十讲》被评为20世纪最好的入门书。

吴颐人为自己总结了很多金句，比如"不求第一，但求唯一""学习传统，不重复古人"，等等。20世纪80年代，他刻过一枚章：不甘人后畏人前。"这一点，吴越和我不谋而合。"

吴颐人年轻时曾在小学代课，吴越说："爸爸语文教得非常好，很多人都想进他的班。他是毕业班班主任，学生考进重点校的很多。"当年,吴颐人独创一套学习方法,还自己作曲、编曲,请舞蹈老师,带着学生打篮球,踢足球。这样的老师和班级,多香!四年后,不聘请老师的学校,给他转了正。

我问:您自己作曲,专门学过?吴老挥手道:没有。我好学,没人教,自学。我50年前画过马克思,油画,也是自学。6月25日,"唱支山歌给党听——2021年吴颐人同门书画篆刻展"举办,闵行区音乐家协会等还改编了我40年前的音乐作品,现场演出。

吴老风趣幽默。说起女儿像爸爸更是乐不可支:吴越皮肤白,人到中年了皮肤还很好。我80岁了,脸上没有斑,我说自己"白"活了一生。我喜欢开玩笑,医生说我:脊椎弯了。我说:曲线美。

说"淡"·谈美

吴越清秀端丽,为人低调,很多人形容她人淡如菊。吴越说:"其实,我特别不淡,但是我喜欢淡。"

在吴越看来,人不需要过多表达,有些止步,会产生美。"古人说君子之交淡如水。蒋勋说,淡是人生最深的滋味。淡,越品越有味道。人有节制,有礼数,有教养,给人安全感,愿意相处,这种淡,对你没有攻击性。人与人之间的感觉,艺术作品,达到'淡'的境界,都是高级的。人要淡一点,才会美一点。不过,这很难。"

吴越从小就热爱植物,能分清芍药和牡丹,臭椿和香椿……

"小时候,爸爸学校门房间王伯伯种了很多花草、盆景,还养鱼,我常去玩,很喜欢。每一种植物都有自己特别之处,有的有药用,有的口甜,每个都是美的,不需要比较。"

"见多,识广。这很重要,促狭是同自私联系在一起的。"吴越小时候对艺术耳濡目染,不觉多了不起。随着年龄的增长,对艺术,好的美的东西会发自内心叹为观止。5月份在绍兴拍戏,她去看徐渭书画艺术展,感叹:"泼墨大写意,看得眼睛不想离开,岁月真是神奇,现在越发领会艺术的美。"问她:"网上有你的书法,评价蛮好。现在还篆刻吗?"吴越秒回澄清:"谢谢,但那些作品不是我的,对于书法我很遗憾,我的书法很不好,虽然篆刻凑合但也很久没有刻了。"这就是吴越,要活得真实,没有负累。

这些年,吴越不停地学习心灵方面的东西。经历父亲重病,她深刻认识到生老病死是世间法则,无法回避。她说:"这是人生功课,我们要将自己的触角伸到各个地方,可能我从一朵花得到启发,有的人从一段感情有所领悟,所以,要不断学习、思考,否则只是经历而已。"

对年龄与职业发展的问题,吴越有自己的思考:"千年古树也有老去之日,人过40岁就衰老,尤其是女演员。所以,我要学习,找到自己的打开方式。学会让自己面对不舒服,让自己有能量,多看,多听,多想,多做。当然,有时也需要不做。演戏这条路没有尽头,每天都如履薄冰,每一场戏都是难的。"

她说,学习不断装满,放空。满与空,就是完整。

吴越语速不慢,清晰而坚定,看到这些脱口而出的话语,还会觉得她淡吗?

采访手记 独立与尊重

采访吴颐人吴越过程中，感觉最强烈的是：独立与尊重。

吴家氛围自由、宽松。吴越从小就跟着父亲出席大小展览，父亲和朋友聊天，她来去自如。吴颐人选编了6本"启蒙读本"，在家教她，吴越上小学前就能背诵上百首诗。吴越说从小就看见爸爸篆刻，自己拿起刀很自然，刀在图章上从来没冲出去过，不觉得有什么不得了。吴颐人悉心培养，13岁的吴越拿下全国篆刻比赛少年组金奖。

吴越是独生女，为了培养独立性，吴颐人在吴越小学三年级时把她送到北京读书，住在朋友家，一年。当时9岁的吴越跟着陌生人坐绿皮火车去北京，父母没有不舍得。吴越在七宝中学读书6年，一直住校。读大学也是住校。吴越说：我非常独立，从另一个角度来看，父母也独立。大家不互相纠缠，没有必须朝夕相处。数十年来，吴越独立在外，吴颐人没有担心过。他觉得女儿足够独立，坚强。

没有刻意培养，吴越很小就展露表演天赋。在一次日本交流团探望吴颐人的联谊会上，她表演了默剧《听无线电》，灵动流畅的表演赢得一致好评。读中学时，她是学校里的"故事大王"。后来，吴越确定自己喜欢表演，要报考上戏，父母问：你要不要再考虑一下？吴越说我想考。吴越以专业第一的成绩考入上戏。

吴家一楼通往二楼处三面墙上都是吴越不同时期的剧照，从《和平年代》到《如梦之梦》，都是老两口网上找的，事先没告诉吴越。

临别,吴老走到一楼送我,然后舒服地坐在电梯椅子上,笑着说:"吴越选了最好的电梯!"

想起他说吴越小时候,连续几年,他们每周去看外婆,他骑着自行车,吴越坐前面,妈妈坐后面,单程一个多小时的路上,说歌谣,讲故事,背诗……

孝与独立,早在当年就播下种子。尊重,给予彼此更多爱的回馈。

与杨振宁先生面对面

原创 2021-09-25 曹可凡

今年10月1日,杨振宁先生迎来百岁寿辰。

《可凡倾听》在开办之初便曾约访过杨振宁教授。时隔多年,想起当时的采访细节,作为主持人,我仍历历在目。

约访一波三折

杨振宁教授堪称自爱因斯坦之后最有贡献的物理学家之一,并且与李政道教授一起,荣获诺贝尔物理学奖,改变了中国人不如别人的心理,而他与翁帆惊世骇俗的爱情传奇,更令世人感慨不已。故《可凡倾听》筹备之初,杨振宁教授便是锁定采访目标,只是约访杨先生却一波三折。

当时,曾通过杨先生挚友及亲友多次向其转达采访意愿,但最终无功而返。皇天不负有心人,2007年的某日与同济大学老校长吴启迪教授谈及此事,启迪教授古道热肠,主动提出从中斡旋。原本也没抱多大希望，不想，仅仅过了数周，便接到杨振宁先生亲自打来的电话，表示已接获启迪教授信函，并答应采访，且爽快排定采访日期，只是反复声明，采访时间为一小时，不得逾越。

放下杨先生电话，我连忙找出早已搜集好的相关资料进行阅读。大约一个月之后，我们摄制组如约前往清华大学四幢最"古老"建筑之一"科学馆"。预定采访时间为上午9点，但杨振宁教授8:40便出现在办公室。

那日，他老人家身着粉红与浅蓝相间条纹衬衣，头发梳得一丝不乱；脸上略有老年斑，但精神矍铄，思维敏捷，绝不像一位耄耋老者。

落座之后，老先生将采访提纲略微翻了一下，抬起头，说："采访提纲做得不错，显然你仔细查阅了相关资料。但是，曾和你事先有过约定，采访时间为一小时，这些问题显然不可能问完，你自行决断吧！"说话的神情充溢着孩童般的顽皮。听罢此言，我不觉心中一震，但仍故作镇定，迅速在脑海中调整文案，集中关键问题，剔除琐碎内容。

清华园：终点即起点

由于身处"清华园"，谈话便从这美丽校园说起。

杨振宁7岁，父亲杨武之应聘来清华大学任数学系教授，办公室便是这座"科学馆"。振宁教授记得少年时代常来父亲办公室看望父亲；尤其暑假期间，跟随父亲来办公室做功课。虽然那时并无空调设备,但大楼里却异常凉快,一边做功课,一边聆听窗外知了的聒噪,别有一番意趣。振宁先生早慧,尤其对数学几乎无师自通,这令数学家父亲备感欣慰。故此,杨武之教授在儿子相片背后写下"此子似有异禀",言简意赅,表达父亲对儿子的无限期待。

待出国留学时,由于渴望师从费米教授,杨振宁便毅然放弃普林斯顿大学,改去父亲母校芝加哥大学。杨武之教授喜出望外,叮嘱儿子到校后务必拜访自己的老师狄克森教授。杨振宁先生回忆:"那时候,狄克森教授业已退休,但他仍记得父亲。因为,那是他唯一一位中国学生。"

儿行万里之外,父母不免焦虑,杨武之教授也不例外。他深知儿子有异禀,学习固然不成问题,但对其婚恋之事仍操心不已,甚至专门委托胡适先生帮杨振宁寻觅女友。胡适先生倒也开明,专门把杨振宁找去,开宗明义道:"你们这代人要比我们聪明,大概不需要我来帮忙!"待杨振宁与杜聿明将军之女杜致礼谈婚论嫁之时,父亲虽对杜聿明"战犯"身份有所顾忌,但绝对尊重儿子的选择。

兜兜转转半个多世纪,杨振宁先生又重回父亲曾经任教的"清华园",不禁感慨万分,脱口吟出一句英国诗人艾略特的诗句:"我的起点就是我的终点,我的终点就是我的起点。"

误会留待后人评判

综观杨振宁先生百年人生,其生命之河与10月1日冥冥之中有一种不解之缘。

他出生于1922年农历八月十一日,那一天正好是10月1日;他与李政道教授合作的论文《宇称不守恒》以及《规范场》理论,分别发表在1956年和1954年10月1日出版的《物理评论》,而获得诺贝尔奖则是1957年的10月。

获得诺贝尔奖可谓杨振宁教授与李政道教授科学研究与人生辉煌顶点,但其中亦不乏诸多悬而未决的疑问。因此,我们也期待在采访中得到解答。其一是杨振宁和李政道提出"宇称不守恒"理论之后,吴健雄教授用实验最终证明这一理论,但不知为何,被排除在诺贝尔奖获奖名单之外。吴健雄教授从未公开表达过意见,却在给友人的一封信中含蓄提道:"如果我觉得我的努力被人忽略的话,我还是会觉得受到一点伤害。"杨振宁教授坦言,他从未和吴健雄教授就此话题进行过任何交流,但他透露,吴健雄教授是和美国低温物理学家安伯勒共同完成实验。因此,假如要给吴健雄教授荣誉的话,那位低温物理学家也不能忽略,只是同一诺贝尔奖项的获得者一般不超过三人。杨教授推测,这恐怕是吴健雄教授与诺奖失之交臂的重要原因。

当然,最令人诧异的还是杨振宁教授与李政道教授从志同道合,倾心相交,直至最后分道扬镳,断绝往来。他们的老师、原子弹之父奥本海默教授曾不无伤心地感叹道:"平生最想看到的景象就是,杨振宁与李政道并肩走在普林斯顿的草坪上。"但奥本海默的愿望最后还是落空。对于两人争端,李政道先生曾以童话般的语言,比喻他俩好比在沙滩上玩耍的小孩,忽然看到远处古堡亮起了灯,于是,两个小孩开始争论究竟是谁率先发现灯光,互不相让……杨振宁教授虽然并未正面解释彼此疏远的原委,却嘱咐我仔细阅读李政道教授2004年出版的一本专著:"阅读此书之后,一是可以感受李政道心境;二是可以从字里行间了解他的观点与想法。"在杨振宁先生看来,与昔日伙伴渐行渐远,是其人生一大悲剧。当事人虽然不难说清,但还是留待后人评判。

笑谈晚年玫瑰人生

不知不觉,一个小时过去了。想起与杨振宁先生的约定,尽管还有近三分之一问题尚未问完,便也戛然而止。但我也提出可否拍摄些许不同景别的镜头。杨先生不以为忤,欣然应允。于是,我便顺势询问他与翁帆的玫瑰人生。

说起翁帆,杨振宁先生脸上漾出甜美的微笑。他回忆,与翁帆相识、相知、相爱,纯属偶然。1995年杨先生与夫人杜致礼访问汕头大学,翁帆作为学生,前来协助杨氏夫妇工作生活。离开汕头大学后,彼此仅有简单问候。但2004年圣诞节的一张贺卡改变了俩人关系。杨教授根据翁帆圣诞卡上电话,与之联系,并且有了第一次约会。因为,那时候杜致礼已驾鹤西行,于是两人感情迅速升温。他俩结婚后,常坐在仅能容纳两人的沙发"爱之椅"上共诉衷肠。日常生活中,杨教授对翁帆父母礼遇有加,称他们为"翁先生""翁太太"。翁帆父母也尊重女儿决定,称杨先生为"杨教授"。

对于两人悬殊的年纪,杨教授有清醒的认识,曾语带诙谐地与娇妻言道:"如果将来我不在了,我赞同你再婚。当然,这是一个年老的杨振宁所说的话,年轻的杨振宁依然说,不!"正是真诚与良善,将两颗心紧紧拴在了一起,度过生命的分分秒秒。所以,翁帆对她与杨先生的结合,也有如此评价:"与先生在一起十几年,渐渐明白了,一个如此幸运的人,他关心的必然是超越个人的事情。同样,一个如此幸运的人,自然是率直、正直、无私的,因为他从来不需要为自己计较得失。"

于耄耋之年,回到最初的出发地,对杨振宁先生来说人生轨迹或许就是一个封闭的圆。当年有人问晚年的牛顿,一生做过些什么?牛顿说,自己只是在海滩上拾到一些美丽的蚌和螺。杨振宁先生也有同感:"我想自己非常幸运,也能在海滩上捡到那些东西。不过,世界上还有更多美丽的蚌和石头。我还有无数事情需要去做。"

听君一席言,胜读十年书。与杨振宁先生虽只有一面之缘,却所获良多。值此杨教授百岁生辰,聊缀数语,谨祝先生生日快乐,福寿康宁!

乔榛金婚

原创 2021-09-26 华心怡

文字美好,但到底比不上现实的伟岸。明日,是乔榛与唐国妹的金婚纪念日。当时少年,今已白首。是怎样的坚定,哪管得意非议,始终依偎;又是怎样的执着,任凭死生契阔,断不放手。"中国好声音"的金婚,是老式的"父母爱情"。躲在丈夫背后的这个女子说:"不过是寻常中国夫妻的50年。"这大抵已不是年轻人熟悉的爱与情,却或许会让我们有所思,有所感。

金,耀目、敦厚,贵重且牢靠。不用去怀疑,哪怕可作绕指柔,情,比金坚。

无名时　七圈小肥猪的成全

当真是情不知所起,一往而深。国妹22岁,乔榛27岁,她刚入上影乐团,他还在上影厂,两人同去一处开会。他的自行车蹭脏了她新做的毛料裤子。一个使劲道歉,一个连连摆手,两人,算是认识了。并非电光石火,乔榛只觉得,"这个小姑娘脾气老好的"。两人有共同的朋友,加入各自的小分队后,也不时在各个场合打照面。对于乔榛这个大哥哥,国妹是有些不服气的:"他们排的节目,我们都能演,但我们一上乐器,他们都不行了。"

那个年代,有时是需要"开坏"别人来保全自己的。唐国妹不愿意做这样的事,自己倒吃了苦头。她陷入了"人人喊打"的境地。乔榛去乐团看望朋友,遇见心情郁结的唐国妹。他没有躲开,而是主动开导,谈人生,聊未来。"这种时候,有人能和我这样说说知心话,我觉得这个男同志真是不错。"这个不错的男同志,其实与唐国妹"志同道合"。被选为全国人大代表的杨在葆,突然成了问题人物。作为好友,乔榛深知其为人,不愿意在公开场合说他一句坏话。

后来,聊天的次数越来越多,聊天的内容也越来越广,两个年轻人的心,彼此靠近。国妹住在浦东,从黄浦江摆渡过去,走到家才500步。可是,这上船的最后几十米,却怎么也迈不开步。常常,吹着江风,坐在码头的棉花包上,汽笛低沉引吭,两人不知倦,不觉厌,忽见,东方已鱼肚发白。"我也不知道我们怎么能有说不完的话,后来想想,这大概就是情投意合,大家的思想高度契合。"国妹家教谨严,从不肯占便宜。每每在外吃饭,请客也总是有来有往。乔榛的工资高些,请国妹吃小笼馒头。"我的工资少些,就请大哥吃小馄饨。"毛脚女婿上门了,除了水果和自家包的大肉粽,乔榛还带了一件工艺品。国妹的父亲早逝,他将这只镶着鲜花的陶瓷田螺摆件,放在遗像前,恭恭敬敬地三鞠躬。乔榛走后,母亲拉着国妹进厢房,她为女儿感到高兴,"因啊，你眼光真好，哪里找来这么好的男人啊。若是能嫁过去，一定要好好对他"。

说起来，除了两人心意相通，双方家庭各自欢喜，乔榛与国妹的姻缘还要靠七圈小肥猪的成全。乔榛对女孩心有所属，并动了百年好合的念头后，找到了老大哥杨在葆。"我对他说，大哥，你去帮我把把关。"当时，唐国妹正在干校劳动。她与另一个女同事，每人养了七圈猪仔。杨在葆去了一趟，回来拍了拍乔榛的肩膀："乔儿，就她了，过日子的好姑娘。"乔榛回忆："杨大哥说，国妹和同事一起养猪，但猪的情况明显不同。国妹养的猪又肥又壮，还很活泼，猪圈也打扫得清清爽爽。其他人养的猪则无精打采，邋里邋遢。这姑娘，好！"姑娘，果真是好。乔榛的父亲是机械工程师，曾参加筹建吴泾化工厂和高桥化工厂，他因公受伤，一度陷入半昏迷状态。未过门的媳妇，便主动去医院照料未来公公。脏活累活，毫无怨言。乔榛看在眼里，感动非常："我爱她，因为她的朴实，因为她的透明。"

高光时　几袋求爱信的考验

一定是特别的缘分，才可以一路走来变成了一家人。乔榛和国妹在恋爱 2 年后结婚了。那天，国妹下午还有演出，结束后她背着乐器蹬着自行车来到婚礼现场——德大西菜社并起四条长桌。穿着"两用衫"的两个年轻人，就此永结同心。

后来的事情，有些年纪的人都知道。乔榛被选中参加译制片的配音工作。"我根本不知道什么是配音，只是觉得和自己所学的比较接近,我已经开心得不得了。"他研究人物性格,揣摩情绪语调。一个个经典人物,都被他"配"活了。"我彻底着迷了,我就是他们,他们就是我。"他的声音总是与一些英俊正直的角色结合在一起,但不拘泥于固定类型,甚至驾驭喜剧人物也游刃有余。《魂断蓝桥》《叶塞尼娅》《斯巴达克斯》《寅次郎故事》《廊桥遗梦》……乔榛和他的声音,通过一部部电影为国人推开了一扇不一样的窗户。

乔榛红了。

红到什么程度?从上影厂调入译制片厂,四十出头,乔榛便成了厂长。姑娘们的求爱信,一袋又一袋。有影迷直接到厂里找乔榛,毛遂自荐说自己也有配音天赋。乔榛应答:"即使真有天赋,也需要正规的考核和必要的流程。"姑娘无奈,提出了最后的请求:"乔老师,能给我一个拥抱吗?"乔榛不解风情,姑娘出门便号啕大哭。对此,乔夫人如何作想?唐国妹云淡风轻:"说实话,如果我吃醋的话,我们就维持不到今天。在婚姻生活中,信赖与理解同样重要。"唐国妹也在进步,她成了上影乐团的中阮首席。

大家都觉得,这一对,男强女弱。其实,不然。唐国妹是个着实有趣的女子。守护婚姻,保卫爱情,她用大白话总结:"夫妻之间一定要沟通,如果今天我不开心,就会说出来,当天一定要解决掉。"她不好酒,却颇有酒量。有一回,唐国妹要做个小手术。躺在手术台上,麻醉师问她酒量如何。"我也不知道他为什么这样问,我总归要客气一下,连忙说不好不好。"谁晓得医生常规剂量下去,病人这边一点反应也没有,"医生说,你搞得这么客气干吗？结果添了好些剂量，我才昏睡了过去……"此遭拜访，乔榛夫妇已经搬入了养老社区。餐桌上摆着一瓶剩下一半的红酒，乔榛努努嘴，"她喝的呀，晚上看报纸喝一杯"。

共"富贵"，难。不是没有流言，不是没有摇摆，但结局是安然，凭的是一个男人的担当与一个女人的智慧。

危难时 八回鬼门关的徘徊

在外，乔榛是声音雕刻大师，是替外国人说中国话的艺术家。在家，乔榛是顶梁柱。顶梁柱，倒了。其实，比起夫妇俩琴瑟和鸣的故事，人们更多了解的，是乔榛的九死一生。

45岁，乔榛确诊患上泌尿系统的癌症。"我一下子蒙了，但很快就反应过来，在大哥面前千万不能流露负面情绪。这么多年来，我从没在大哥面前掉过一滴眼泪。"手术后，相熟的医生冲着国妹伸出五根手指："五年。"她感觉天都要塌下来了，"我以为医生的意思是大哥还有五年的时间，他还那么年轻。"眼泪，只能偷偷地流。回到家，国妹蒙着被子好好哭了一场，后来却发现医生的意思是指五年为一道关口。从此，她放下心爱的乐器，全心全意地照顾丈夫。但，这只是劫难的开始。13年后，相同的部位癌症复发。2001年，大面积骨转移。2009年先后心梗、脑梗，2015年结肠癌，2017年小肠转移……乔榛徘徊在鬼门关口，一次又一次。"是国妹把我拉了回来，没有她，就没有我的命。"乔榛凝视着身边的妻子，抬手想抚触她的头发，到底却又垂了下来，"可是你看看她，为了我操劳了半辈子，这一头白发……"声音哽咽。老妻打断："你说什么呀大哥，年纪大了，头发总归是要白的呀。"

唐国妹不喜欢抱怨。她不会告诉你中风后，乔榛去杭州康复疗养，每天训练都要湿透五六身衣服。因为不放心护工，她把所有的照料工作都揽上了身。不仅每件衣服都洗干净，还要熨得平平整整，连手绢都是挺括的；她也不会告诉你，这么多年她没有一晚在十二点前睡觉，为乔榛的身体操劳，为乔榛的工作准备；她更不会告诉你，医生一度勒令她静养，只因为她太过劳累，身体状况亮起了红灯。她甚至不认同"顶梁柱倒了"这个说法，"大哥在，这个家就在，我的心就踏实。顶梁柱，一直都在。"面对人们的感佩，唐国妹不以为意："我是受传统教育的中国女性，这是我应该做的，更何况，他也值得我这么做。"直到现在，乔榛有演出，妻子总是相随，为他的麦克风调音，为他收拾仪表，"我要让我的丈夫体体面面"。

乔榛含蓄，面对外人，他的感激，他的欣赏，都只是克制地表达。"有一次我们出去吃饭，刚坐下来没多久，就有人特地跑到国妹跟前说：'你年轻时候肯定老漂亮的，到现在气质都那么好。'"无论多大年纪，伴侣得到恭维，都会是彼此小小的骄傲。

几年前，在央视《朗读者》舞台上，乔榛夫妇一同朗诵了匈牙利诗人裴多菲的诗《我愿意是激流》——我愿意是激流，是山里的小河，在崎岖的路上、岩石上经过，只要我的爱人是一条小鱼，在我的浪花中快乐地游来游去……这分明是他们的爱情诗歌。50年，他是她的夫，她是他的妻，有艳阳就会有风雨，有浪漫就会有愁苦，这是生活的真相，这也是家的真相。

控江路,不响

原创 2021-09-30 张国伟

那天,从黄兴路上钢二厂原址出来,往北走,走到控江路转角,就看到一幢熟悉的老式工房大楼。这大楼,我一直不知它有没有名字(门牌分别为黄兴路601—603号、控江路1434—1444号),姑且称它"转角大楼"吧。它高五层,楼面朝东、东南、南三个方向,呈八字形。猛然觉得,它跟1989年竣工的五角场朝阳百货大楼很像。不,应该是"朝阳"像它。"朝阳"虽然楼高九层,但早已拆除。而转角大楼,要比"朝阳"年长近30岁,今天依然矗立在控江路上。

控江路,横亘在杨浦区中部,筑于1926年。它的路名,不是以地名人名命名,而是出自宋代《云间志》,"负海控江"。与周边马路比,控江路有古韵,也就有点沉雄孤傲,建成后,除了在1935年成为首届"半程马拉松"折返段外,一直冰清水冷。它的突然"红火",始于20世纪50年代末。那时,上海在市郊打造卫星城,新式工人生活社区流行。这种社区,将居民住宅与商店、学校、医院、公园、文化馆等一字排开,统称"一条街",深得各界好评。在"闵行一条街""张庙一条街"等的垂范下,"控江一条街"应运而生。上述转角大楼,就是"一条街"的样板:上层为住宅,底楼是百货商场。那商场,名字叫"凤翔",五金鞋帽文具日用品,应有尽有,顾客盈门。

在我童年记忆里,这幢转角大楼的三个朝向,各有风景。东面,走过控江路1200弄,就到了靖宇南路,那里有一所靖南中学。陈思和老师在《暗淡岁月》一书中回忆,1967年,他曾入读靖南中学,"这所学校实在是没有什么地位和影响,也被人看不大起的"。不过,与靖南中学一墙之隔,倒是有一所"名校",控江二村小学。小学内附设的幼儿园,是我开蒙的地方。依稀记得,每天上午,靖南中学的广播喇叭里,就会响起雄壮、高亢的乐曲。有一次,幼儿园上图画课,老师用沪语说,今朝要画"控江一条街"。此时,我正被隔壁中学里的乐曲声分心,没听明白,以为是"控江一调羹"。待老师展开样画,我才看清,"一调羹"原来是一幢楼!对,就是转角大楼。

东南面,正对着控江文化馆。在"控江一条街"上,它既是圣殿,也是方舟。文化馆内放电影,生意特别好。一到节假日,朝北的售票窗口,就是一扇金拱门,门一开,一只只攥着钞票的手,拼命往里伸。陈思和说,他在那里看过苏联电影《列宁在1918》。而我印象深的,是看朝鲜电影《摘苹果的时候》。里面的男女主人公,碰碰就要流眼泪,涕泗横流,这让我看不懂。到了傍晚,文化馆门前广场,就变身为"民间房屋交换中心",人头攒动,气氛热烈。那时没有房产中介,人们要换房,就自发齐聚这里,碰碰运气。换房者手拿纸片,上写:"两万户",二楼朝南,14平方米,煤卫公用;或是:"石库门",客堂间带天井,25平方米,有煤无卫……

南面,是凤南一村。新村路口,原有一棵银杏树,树龄百年,叶如伞盖,三人合围也抱不过来。这棵树,后来被"搬"进了上海人艺排演的话剧《一家人》中。这部戏,舞台背景是"一条街",故事情节就发生在一棵百年银杏树下。该剧编剧之一的胡万春先生,是从上钢二厂走出来的工人作家,当年就住在"控江一条街"。据他描述,站在他家阳台,就能看到这棵古树……很遗憾,从我记事起,就没见过它。我只记得,路口五层工房底楼,有一家新华书店,店堂很小,我放学后常去。柜台边,常年端坐着一位营业员阿姨。她的样貌,很像《摘苹果的时候》里的人物,眉眼细细的,脸盘大大的。也许是寂寞,每次见到我,她就喊:小胖子,侬来啦?大概当年我跟她很像。记得有一次,我用零花钱2角9分,买了一册京剧连环画《智取威虎山》。几天后再去,她告诉我,上级通知,那连环画价格定得太高了,不利于"普及样板戏",改售价为2角。第二天,我拿着原书去退款,她利索地在封底敲章,退给我9分钱。临出门,她大声喊道:小胖子,侬今朝发财嘞!

这一声喊,穿越时空,音犹在耳。现在,我就站在书店原址旁。抬头四望,内环高架凌空而过,凤翔百货、控江文化馆等,连同小书店,都没了踪影。唯有转角大楼,依然朝向三个方向,默默守候,深情款款。它似乎在告诉我,"控江一条街"嘛,早已成为过往。今日之"大杨浦",北有五角场,南有杨浦滨江……此刻,我心里忽然涌上一句"繁花"式的话:控江路看在眼里,不响。

做一个被老人喜欢的人

原创 2021-10-17 吴四海

都说做人难,难做人。做一个被老人喜欢的人,恐怕是最难了。老人,越老越敏感,越老越固执,都不喜欢看到自己不被喜欢的样子和感觉。孔子说过:"事父母,色难。"不怀心计、没有功利,对老人你能始终保持语气平稳、和颜悦色么?

去年夏日的某个清晨,一位老人来电:"四海,周阿姨走了!"没等我缓过神来,又说:"周阿姨生前说过,'等我死了,后事就找四海办。'你看咋办吧!"不可置疑,无法推卸。天大的事,我被周阿姨任命为"后事操办人"!

这事,与我为父亲操办丧事有关。3年前,父亲去世。20年前母亲过世后,父亲卖掉了复旦的房子,搬来与我们同住了。他是一位自律自强自爱的人,时常把"人生三乐"挂在嘴上——助人为乐、知足常乐、自得其乐。自从同住一个屋檐下,衣食住行吃喝拉撒,任何令人麻烦和不悦的事,没有过。父亲洗澡,我帮着搓背;理发,我操刀剪理;吃药,女儿端来水杯;爱吃肉,太太下厨烧得大碗红烧肉……吃饭看报、散步睡觉，父亲无忧无虑地活到95岁。

所谓"风流不在谈锋胜，袖手无言味最长"的境界，大概不过如此吧。至于生死，父亲通透明白、早有交代。于是我决定将悲痛的追悼会办成不同寻常的喜丧！征得殡仪馆的理解与支持，做了不拘一格的大胆尝试：取代"催人泪下"的哀乐，播放大提琴曲《殇》，取下"沉痛哀悼""永垂不朽"的标语横幅，换上绿草铺满的背景墙，在康乃馨圈成的镜框里镶嵌会心一笑的父亲遗像，灵堂前排放置供年长者就座的座椅，我的主持让追悼会响起了掌声和笑声，女儿长笛一首《勃拉姆斯摇篮曲》送别爷爷……丧事，办得别开生面！

一直与我有微信互动的周阿姨，看到了我的朋友圈动态，半开玩笑地向老公部署了委任。当然周阿姨的"九十丧事"，我也办到老人满意，不像我父亲的那么"喜"，但至少没那么悲。周阿姨"走后"的一年多，我也常去看望老人。切身体会到，对待老人，要像欣赏秋天一样。经过了春天的盛开与绽放，又经过夏天的烂漫与豪华，秋天处于由强变弱盛极而衰之中，却又在残缺衰落中绽放饱经风霜的华彩，这恰是人生的最美风景。

欣赏老人，做一个被老人喜欢的人，不难。如有"三愿"：一是愿花时间，绝不在老人面前电话不断称自己有多忙，或表现得坐立不安心神不定的样子，不让老人感到需要迁就和客套。面带微笑、气定神闲，让人相处不累、相安无事。二是愿花心思，在不经意间悄悄地解决一些老人想不到也做不到的生活困难，不要搞得大张旗鼓郑重其事的样子。一旦做好了，像没事儿一样，不让老人产生歉疚感和答谢感。三是愿陪吃饭。老人多半一生勤俭，大都有"共情"愿望——自认为好吃的也希望你喜欢吃。也许不合胃口不如自家的美味，但不要推脱转身离去，留下陪吃。同桌一碗饭，共情一辈子。亲情，是这个世界上最伟大的情感，也是最不需要理由的。

与父亲同住20多年，又陪老人多次，我发现，受人欢喜的老人，都有"三爱"：一是爱护自己的身体，自律自爱，通晓"管好自己，是佛；好管别人，是魔"，坚信人体自愈能力，不过度依赖体检和吃药。明白只有自己不生病，才是对别人最大关爱的道理。二是爱静也爱闹。爱安静、爱独处，不烦人不黏人。一旦热闹起来，照样唱歌跳舞、动感喜感十足。三是爱好专一。琴棋书画、文旅酒茶，总有一项乐此不疲感情专一的业余爱好。说起话来，声情并茂；讲到生死，轻描淡写。

一转眼，我自己也快六十了，行将步入"老年"行列。对照"三愿三爱"，继续做一个被老人喜欢的人。问题来了，我自己会成为一个被人喜欢的老人吗？

爱夜光杯爱上海 2021

第三辑

从戎不投笔
——父亲吴强创作小说《红日》的前前后后

原创 2021-11-11 吴旭峰 吴小庆 尹彦 尹松

    小说《红日》是在新中国成立八周年时问世的。它描写的是陈毅、粟裕指挥下的华东野战军在1946—1947年解放战争初期的涟水、莱芜、孟良崮三大战役的故事。那时父亲吴强在这支部队的六纵队(军)任宣教部长,亲身经历了小说中呈现的那段辉煌战争史。父亲并不是军人出身,他是苏北涟水人,年轻时从贫苦的家乡出来到上海求学,20世纪30年代开始文学创作,在报纸杂志上发表文艺作品,是一个文艺青年。1938年抗日烽火燃起时,父亲到皖南加入了新四军。从此,战火硝烟把他磨炼成了一个军人。时任六纵队政委江渭清说,父亲是"从戎不投笔"。

创作灵感的萌发

    孟良崮战役胜利的第二天,山上抬下一具尸体,停在了父亲的宣教部门前。抬担架的一位战士,将一封信交给父亲说,这个人是在敌七十四师师部拒不投降而被击毙的,纵队首长命令我们将尸体抬回验明正身,请你们执行。父亲便找来几个国民党俘虏军官,把他们领到尸体前。一揭开包裹尸体的毯子,那些俘虏立刻垂头哭丧,有的大哭道:是张师长,是张师长。有个军官还指着尸体上的伤疤历数张灵甫"战功"。父亲当即厉声喝止,张灵甫为蒋介石卖命,手上沾满了人民的鲜血……你们还为他摆什么功劳?

看着门板上的尸体,想到一年前,他还是骄横不可一世的蒋介石王牌军的将领,父亲顿时萌发了创作灵感。他在回忆写作小说冲动时说:"当时,我有这样的想法:从去年秋末冬初,张灵甫的七十四师进攻涟水城,我军在经过苦战以后撤出了阵地北上山东,经过二月莱芜大捷,到七十四师的被消灭和张灵甫死于孟良崮,正好是一个情节和人物都很贯穿的故事。"

写到动情处声泪俱下

孟良崮战役胜利后,解放战争全面展开,战事繁忙。父亲只能在行军打仗的空隙每天写笔记收集资料。令他心痛的是,在孟良崮战役两个月后,在夜渡朐河的时候,船翻了,写好的几十页笔记和收集来的一点资料,如七十四师的《士兵报》也丢了。

直到1949年冬天,父亲随十兵团南下进驻厦门岛。眼前大海的波澜,激起了他对战争生活的回忆,父亲便着手整理以往断断续续的思绪,动笔构思打张灵甫的故事。他怕写不好,怕自己表现不出这样巨大的战争生活题材,对不起他生死不渝的战友,尤其不愿意让他心爱的人物在他笔下死去。写到动情处,他声泪俱下,惊动了时任十兵团司令员叶飞和政委韦国清,以为父亲遇到了夫妻感情问题,前来安慰,弄得啼笑皆非。

同时父亲又感到,不把这个故事表现出来,心里不安,而且有一种犯了罪的感觉。于是他反复酝酿故事结构,从自己亲身经历过的众多的生活事件中选取精华。

想到涟水战役,那是六纵队与张灵甫七十四师的第一次较量。父亲亲身参战,奔波在前线指挥部和火线之间。然而这次战役终因敌强我弱,被张灵甫占领了涟水城。在涟水失利的那天,父亲正骑着马去火线上传达军首长的战斗指示,迎头碰到从火线撤下来的浑身尘土、扎着绷带的战士,告诉他,"不要去了,敌人进了城"。望着自己的家乡又处在敌人的践踏之下,格外伤痛,父亲与六纵队上上下下一样,要向张灵甫和他的七十四师讨还血债。

小说构思便从涟水战役失利开始入手。用了三年时间,完成了几万字的故事梗概和人物小传,小说最初的轮廓便成形了。暂名为《仇敌》。

十多年构思　废寝忘食写作

1952年,父亲离开了部队,到上海工作,有了创作的时间。

1954年夏天,父亲遇到即将离任上海市市长的陈老总。陈老总鼓励父亲说:"你在上海好好干!"父亲随即说:我正在为一个长篇小说做准备,创作提纲已拟好,希望你支持,对有关的领导说一声,给我一点时间。陈老总爽朗地一口答应:"可以!"

1956年春天,父亲得到了市领导批准的创作假,避开嘈杂世事,在大箕山的疗养院里,一字一句,一节一章,专心致志地写小说。那时他全身心都投入了进去,创作激情犹如开闸的水,倾泻至他的笔尖,以至通宵达旦。写到激动时常为书中的人物掩面而泣泪流满面,常常写上一段,觉得不行,扯掉,再写一段,又不行,又扯掉……然而,更多的感觉是欢乐和幸福。写作间隙还曾请李子云等几位作协同行来大箕山访游。父亲说当创作的意图和人物的内心愿望相一致的时候,他的笔触和心情顺畅如流,脑海里的人物呼之欲出。团长刘胜在攻打孟良崮山头牺牲那段,是父亲的得意之笔。临死的时候,刘胜拿出苏维埃的新票子交党费,托警卫员照顾他老母亲,一个农民战将的形象跃然纸上。

他原来只打算写25万字的小说,到最后写了40万字。

1957年年初小说脱稿了,经过前后十多年时间的酝酿和构思,实际下笔写作,包括修饰加工,总共用的工作日,不过240天。由于废寝忘食地写作,父亲瘦了30多斤,足见工作强度之高。

书名从《仇敌》《最高峰》到《红日》

完稿时,父亲对开始拟定的书名《仇敌》不满意。他想到我军将红旗插上最高峰孟良崮的胜利景象,便将初稿更名为《最高峰》。先打印了几十本给相熟的同志,征求意见。

时任南京军区副司令员王必成,将打印稿交给时任江苏省委第一书记的江渭清,请江渭清决定。看了打印稿后,江渭清喜气交集,先将父亲好好熊了一顿,因为书中番号是真的,六纵队司令员和政委帽子底下有人,成绩怎能只记到六纵队身上?当时的父亲,坐在他跟前,一口一口猛抽烟。其实江渭清、王必成在内心都为小说激动不已,可又担心被读者对号入座。江渭清日后曾为此倾吐衷肠,"我熊他,我矛盾,我解决不了这个事实的真实和艺术的真实的辩证统一关系……我请求战友的宽恕和谅解"。

粟裕将军看了打印稿后,对书名提了意见,认为这个书名容易使人感觉孟良崮战役是解放战争的最高峰。

一天早晨,父亲从梦中醒来,看到从窗外映射进来朝阳的光辉,他忽然感到把小说定名为《红日》是再合适不过了!正是全歼七十四师的时候,太阳的光辉冲破云层,照耀着战士们,屹立在孟良崮峰巅。

父亲说,《红日》这个书名,是遵从粟裕将军的意见,在后来改用的。

人物形象栩栩如生

《红日》中描写了众多栩栩如生的人民解放军高级将领和普通战士的形象。

军长沈振新是父亲最先酝酿的人物。在刚开始的时候模特儿就是当年六纵队的司令员王必成。可是写好以后,则和模特儿不大相同。父亲说,因为年长岁久在军部,我认识和熟悉的像沈振新这类的人物就多了,沈振新式的军一级的指挥员们的精神面貌也就自然地会合、集中到一起来。比如一纵队司令员叶飞,二纵队司令员韦国清,四纵队司令员陶勇,九纵队司令员许世友,他们坚定爽朗而有英雄气魄,也都是父亲熟悉的人。所以许多细节,取自不同的人。

父亲是从心底里佩服这些将军。父亲不止一次对我们说,你不要看他们文化程度不高,但他们有坚强的决心和坚定的信心,能够动员队伍,指挥千军万马冲锋陷阵。

《红日》中的副军长梁波则是与沈振新有不同风度、性格的军首长。在任何时候他都谈笑自若,诙谐儒雅。他的原型主要是六纵队副司令员皮定均。司令员王必成也曾拍案叫绝:"有他个吴强的,那个梁波不就是一个活生生的皮定均嘛。"当年六纵队的政委江渭清则主要是书中军政委丁善元的原型。

连长石东根也是源于生活的军人形象。石东根醉酒纵马的情节也是书中父亲得意的一笔。在莱芜战役中,石东根一个连,俘虏敌军官兵一两千,他被这从来没有过的胜利,一时冲昏头脑,又喝多了,便冲动起来,披起缴获到的国民党军官服装,跨上缴获到的高头大马,在大路上得意扬扬地奔跑起来。被军长批评后,他认错检讨,上交了所有的战利品。当年参战的许多人赞扬这一段写得生动,反映了打胜仗后普遍存在的心态。

可是这段情节从开始就遭到异议,被指责为贬低解放军形象。陈老总则说:我还就认为那个连长写得好!石东根那样的连长没有吗?解放军的连长都是泥塑木雕的死家伙?

写张灵甫,父亲所费的思虑并不比写沈振新、梁波他们少。他找了一些孟良崮战役中被我军俘虏的七十四师的旅、团长及中下级军官、士兵做调查,了解有关张灵甫的历史,指挥作战、人事关系和生活习惯等,作为塑造这个反面人物形象的参考材料。张灵甫刚愎自用,他爬上孟良崮,企图中间开花,与我华野部队决一死战。在我军全歼七十四师时,敌人的增援部队离孟良崮只有三公里。粟裕将军后来见到父亲时说,打七十四师那一仗是费了大力气的,好险啦,我手里是捏着一把汗的,把敌人写成烂豆腐、草包,那还能显出我们的强大来?

几番修改"重来"终于面世

电影剧本《渡江侦察记》的作者沈默君,把父亲写《红日》长篇小说的信息,透露给了中国青年出版社。于是中青社委托沈默君转述了中青社出版的诚意。当时军事题材的作品,都要送到总政文化部文艺处审定后才能出版。

就在文艺处审稿的时候,父亲决定将小说交由中青社出版,并希望在当年的"八一"出书,作为建军30年的献礼作品。当父亲将总政文化部文艺处审定后的定稿,交给中青社时,离"八一"只有三个多月。父亲和编辑部之间就修改问题,通信十几次,互相体谅,密切配合,十分愉快。父亲在给编辑部的信中写道,书稿由于修改又退还给我而耽误你们的工作时日,我是不曾想到的,但对我却仍有益处。

在1957年的建军节前10天,中青社发出《红日》的第一版,并列其为《解放军文艺丛书》。这部四十万字的军事文学长篇小说终于与读者见面了。

出版后父亲感激之情溢于言表,一部作品绝不仅仅是作者个人劳动的成果,没有军民的战争活动,没有领导、组织及许多他人的意见、批评、鼓励,是不会获得如此轰动的。陈老总一直关心和支持《红日》的创作出版,1960年他告诉父亲说,他看过了小说,并用"不要骄傲,继续努力"八个字作为告诫和鼓励。

粉碎"四人帮"后,中国青年出版社又安排《红日》的重印。现在的《红日》是依照1959年庆祝新中国成立十周年的版本重排重印的,人物描写、故事情节则全不改动。

1960年1月父亲吴强同意由天马电影制片厂(上影厂前身)将小说《红日》搬上银幕。汤晓丹听到由他和汤化达为导演和副导演,瞿白音为编剧的消息后,立刻回家读了《红日》。他说"我对小说爱不释手,我对作者无限敬佩……我立誓花大力气拍好《红日》"。父亲向电影创作组提供了几位原型人物,如皮定均、陈亚丁、颜伏、江渭清、彭冲等同志。编剧导演们采访了这些同志,不顾二月严寒,实地走访了从江苏涟水到山东孟良崮各个战地。瞿白音很快拟了一份故事梗概,每晚与父亲讨论剧本,常至夜深。他一连改了五稿,才满意地拿出了《红日》电影剧本。汤晓丹导演精益求精,拍片中一遍遍要求"重来",终于在1962年完成了影片拍摄。

在将小说搬上银幕的两年多里,父亲一直用"与人合作的宽厚态度"尊重三位编导。汤晓丹赞赏他"真是大艺术家的气度"。父亲也从此与瞿白音和汤晓丹结为莫逆之交。

1962年8月样片出来后,石东根酒醉纵马情节在审核中能否通过又引起争议。电影上报经中央文化部审查后,陈毅副总理给予高度评价、拍板通过:"拍一部电影不容易,就这样,放吧!"于是《红日》电影在1963年5月正式上映并当即得到了全国观众特别是部队战士的喜爱。王必成司令员专门带了前线话剧团到上影厂看影片,看完后长时间鼓了掌。值得一提的是插曲《谁不说俺家乡好》也随电影流传,成为人唱人爱的歌曲。作曲之一的杨庶正说,那句"幸福的生活千年万年长"的歌词,是父亲提议的。

这部电影对小说再创作的成功,使得小说走进了更多读者观众的心里。

《红日》第一次印刷就印了四万五千册,至今,中国青年出版社共印刷近200万册。《红日》的生命力如此持久应该归功于创造这段历史和那些为之流血奋战的勇士。在修订本序言结尾,父亲抒情地写道:"看到美好的今天,瞭望更美好的明天,我不禁想起了在风里、雨里、炮火纷飞里苦战恶斗的昨天,更不禁想起了那些勇敢的、忠诚于党和共产主义事业的英雄战士……记住昨天的战斗生活,对我来说,是永远的。"

周梅森:人生就是一次次的"突围"

原创 2021-11-13 王璐

正在热播的电视剧《突围》改编自作家周梅森的长篇小说《人民的财产》。他的作品多因提供了城市发展中面临种种问题的现实图画,而被频频改编为影视剧。

周梅森坦言,对电视剧的名字,自己曾有过犹豫,甚至自问:"这部剧聚焦于'国企改革',重点讲述如何守护人民的财产,怎么就变成了突围?如何突围?向何处突围?"

世间事,有难易,甘瓜苦蒂。大剧行将完美收官之际,周梅森觉得,现在这个剧名,甚为妥帖。

感谢所有的过往

自打踏上文学之路,为给创作夯实基础,周梅森曾于20世纪90年代初,回到家乡徐州挂职。而彼时之中国,正处于大建设时期。周梅森每天跟着领导听报告,大小会议不断,从早到晚忙赶场,平时就住宾馆,出门有专职司机全天候待命。如今回首那些时光,周梅森并不想多言,却慨叹"做官的辛苦"。他讲了昔日生活中的一个片段——某次途中,司机没留心闯了红灯,交警大声呵斥着走过来,一眼瞥见挂的是市政府的车牌,立马和颜悦色起来。周梅森说:"贪官的堕落,有可能就源于一次闯红灯,不但没受到阻止,反而任其为所欲为……"

如此日复一日,过了一年,周梅森离职。其时,不乏有人背后说他为官不成只好回去写作。他笑言:"公路管理局曾想请我当副局长呢,我就是不想干了。"但转念一想,觉得别人所言亦不无道理。周梅森深谙自己个性,素来不愿与人周旋,遇事爱较真,不知道妥协、通融。"我不想做官,更喜欢悠闲自在的生活。"也正是这种"布衣情结",让周梅森觉得,还是"文学"更适合自己,于是一门心思写小说,写剧本,挣钱挣得踏实而愉悦。

天地间,凡事有物则。那段挂职当官的经历,为周梅森开启了另一扇创作的大门。此前,他凭借历史类小说成名,《沉沦的土地》《军歌》等都是当年国内各种文学评奖的热门。而那段挂职经历,让他发现了新的创作兴奋点。20世纪90年代,全国各地受困于水、电、路三件事。各地政府与百姓因修路产生摩擦。周梅森身在政府,目睹了个中艰难,他以修路事件为由头,创作《人间正道》,小说完成后被改编成电视剧,很快引起轰动,且被列入中华人民共和国成立五十周年精品系列。

眼下电视剧《突围》渐入尾声,回首往事,周梅森欣喜之余亦深感欣慰:"感谢诸位演员及同仁,甚至是群众演员也很出彩,无不展露峥嵘,各显其能,影视阐述功力,已大大超出我的预期……"

追求悠闲自在的周梅森,更习惯无拘无缚的日子,他反感以物品贵贱来界定身份,一切讲究"实用、舒适"。他用的电脑和手机均为国产品牌,常常三四年不换。若要问他有什么特别的爱好?那便是平日喜欢喝点。三五知己小聚,或有朋自远方来,不论对方什么身份,总要围聚一处对饮几杯。于是有熟识的朋友说他是一个"非常接地气的作家",此言不虚,而用周梅森自己的话来说,"我本身就是人民的一员,对于各个阶层的人民,我的内心深处有一种非同寻常的了解……"

写作就是追着生活跑

周梅森的很多部文学作品都被改编为影视剧。从《我主沉浮》《我本英雄》,到《人民的财产》等不一而足。而在成为职业作家之前,他所从事过的行业虽不能说三百六十行面面俱到,但也的确涉及甚广。他做过矿工,贫困时期在建筑队做过小工,也曾做过杂志编辑,之后为了文学创作,曾挂职成为一名政府官员。其笔下的人物,从官场到商场,从高管至底层,可谓鱼龙混杂,囊括三六九等。

周梅森说:"我的写作是追着我的生活跑,生活不停下来,我的创作源泉就不会枯竭。"谈及自己笔下的人物,周梅森笑言,物竞天择,适者生存,有患得患失纠结挣扎者,自然会有八面风光左右逢源者,亦不乏锲而不舍不屈不挠者,正可谓"有形者,有形形者,有色者,有色色者……"攘往熙来,喧闹纷杂,方才得以构成芸芸人世。

然而"文学作品"相较于"影视作品",毕竟是完全不同的两种"艺术语言",对于二者的关系,周梅森有着独到的见解。

"对我来说,小说永远是第一位。有了好的人物故事,首先想到以小说的形式表现出来。"擅长写小说的周梅森,在动笔之初,对于故事中哪个人物应该在什么地方出彩,已然胸有成竹,"小说里某个人物可能不太重要,有戏的地方不过寥寥几笔,然而待等将其写成剧本,此人物身上寥寥至简的叙述,则极有可能延伸拓展成为几集的戏。"

他以小说《人民的财产》为基础,改编成《突围》搬上银幕,而后自然而然延伸成一条历史线。"把一个故事先写成小说,获益多多,事半功倍。首先,改编剧本时无需再做大纲,因为完成后的小说,本身就是大纲,甚至比大纲更详尽细微,更生动鲜活。"

周梅森笑称自己从来只对自己的小说作品下手,从来不改编他人的作品,"改自己的小说,对人物故事洞若观火,烂熟于心,改编起来得心应手,关键是知道故事的着力点在哪,根本不用踌躇思忖,一遍遍调整思路"。

如今,已然走过几十载"文学之路"的周梅森,深谙正是因为有了丰富的人生经历与阅历,方才得以成为一名职业作家。周梅森说:"我没上过大学,没接受过正规的文学常识教育,说起我因何与文学结缘,得感谢一本《巴尔扎克传》,正是这本书给了我最初的文学启蒙,也慢慢知道了文学是怎么回事,更立志要成为一个小说家。"

天生喜欢热闹的周梅森,生活中哪里有热闹总会往前凑,因而生活阅历相对常人更广更深。"感恩。身处于这样一个剧变的大时代之中,我曾经历过物资极度匮乏的计划经济年代,亦经历过生机勃勃的改革开放时代。"

一生执着于一事

人常说,"每一位优秀的作家,都有一个苦难的童年或少年",而周梅森的青少年时代,最深刻的记忆,似乎都与死亡息息相关。"小学三年级时,两个同学在煤矿矸石山上淘炭,被砸死了。一个10岁,一个12岁,亲兄弟。在山上砸石子时,有个不知名的孩子为了抢捡易砸的炮口石,被意外爆炸的哑炮炸死了。入职煤矿交结的最初的朋友,也有两个是井下遇难矿工的子弟。这些后来都被我写进了《人民的财产》里……"

时间面前人人平等,对于今日的功成名就,除了勤奋与天赋,周梅森尤其觉得要感谢生活:"我10岁在山上砸石子,14岁在煤矿下井,17岁正式入职煤矿。做梦也想不到,23岁会凭两篇不成样的小说习作,径直给调进《青春文学》杂志社,成为一名编辑。28岁获全国优秀中篇小说奖,就此开始职业创作,这一写就是大半辈子"。

作为中国作家协会七、八、九届全国委员会委员、主席团委员的周梅森,在影视界还只是视协会员,他笑言,"这么说可不是向影视界要名誉啊,事实如此"。如今的周梅森仍笔耕不辍,他的创作仍以小说为主,"只不过我的每一部写当代生活的小说,都由我本人改成了电视剧。眼下我的生活状态就是写作。写小说,改剧本,也或者写与改兼而有之。我这人比较乏味,没多少别的爱好了……"淡然而平静,是知足者常乐的口吻。

　　已是花甲之年的周梅森,接下来新的写作计划已然安排得紧锣密鼓。"《人民的财产》之后,我又写了一部长篇小说《大博弈》,目前正在修定。"周梅森给读者跟观众悄然露了一丝口风,"可以预告的是,《大博弈》将拍成一部40集的电视连续剧。仍由耀客传媒出品。韩小军执导。秦昊、万茜、田雨、张萌、谭凯、柯蓝主演。恰巧赶在《突围》播出之际杀青,不日即将与大家见面。"

　　对于年轻一代的作家,周梅森由衷慨叹道:"多写吧。熟能生巧。我的经验证明,一生执着于一件事,终将是能成功的……"

宋庆龄食蟹

原创 2021-11-15 朱贤皛

长期以来,宋庆龄的起居饮食都十分简朴。有工作人员回忆,1938年到1941年年底,当保卫中国同盟(后改组为中国福利基金会,现中国福利会)总部还设在香港时,宋庆龄每天的菜金就只有两角钱,而当时一瓶汽水也要这个数目。1949年后,她更是厉行节俭,早餐只吃两片面包,一杯咖啡或红茶,一只煎饼;午餐吃米饭,菜肴只有两荤一素一汤;晚餐只要一碗小米粥或泡饭就可以了。只有在家中来客人时,才会添上一些适合宴请的菜肴。

虽然在饮食方面奉行节俭,宋庆龄却仍对美食情有独钟,尤其喜爱烹饪。据她的秘书张珏回忆,宋庆龄的书房里有不少烹饪书籍。工余时,她会系上围裙,撸起袖子,到厨房里做些拿手菜,分送给友人和工作人员品尝。她烧的"鲫鱼塞肉"是公认的美味佳肴。宋庆龄的保姆李燕娥回忆,宋庆龄曾亲自教她烤羊腿,烧制咖喱鸡和西式什锦炒饭等。

宋庆龄将李燕娥学烧的咖喱鸡分送给亲友和来访的少年儿童品尝后,大受欢迎。这道咖喱鸡的做法如下:取适量大蒜、辣椒、洋葱,切成片,放两大勺红酒,半碗咖喱粉混合,下锅煎,加两茶匙盐,一茶匙糖,待颜色变棕后,将鸡块放入,并加上椰汁。鸡块焖软后,再加入土豆,煮一小时半。宋庆龄在家中宴请国内外友人时,最常出现的甜点是杏仁豆腐和杏仁茶。她从不用外面买的杏仁粉,而是自己将杏仁研磨成粉备用,使得这两道甜点的口感浓郁顺滑。宴请时,遇到感兴趣的外国女客人,她就即席用英语传授制作杏仁豆腐和杏仁茶的"秘方"。

宋庆龄喜食蟹,尤其爱吃家乡上海的清水大闸蟹。然而,由于患有遗传性的荨麻疹,她每次吃完蟹就会过敏。大闸蟹每年金秋在国庆节之后、西北风起时,正是肥美时节。为了这一年只有一季的美食,宋庆龄每次吃蟹前,都先服过敏药,然后才细细品味这人间至味。宋庆龄的生活管理员周和康每年此时都会去淀山湖选购一些大闸蟹,规格每只在十两以上(当时是十六两制,约当现在的六两多),洗净加工、细绳扎牢,然后放在竹制蒸笼里,配上紫苏清蒸吃。这时候,宋庆龄总会精挑细选,留出一部分最鲜活、最肥腴的蟹,悉心包装后,给远在北京的同事、好友捎去一些,一同分享这收获的味道,有时,她甚至亲自坐火车将蟹带到北京分送。

她的朋友和工作伙伴经济学家陈翰笙,原保盟秘书、廖仲恺之女廖梦醒等,也都收到过这份从上海专程而来的心意。宋庆龄后来在北京生活、工作期间,李燕娥和周和康还从上海给她寄"酒蟹",宋庆龄非常高兴,上海人喜欢的醉蟹,也是她的"心头好"。

宋庆龄吃蟹有一套专门的工具,现在上海孙中山故居纪念馆里保存着。这是宋庆龄赠送给周和康作为纪念的一套三件食蟹工具,原先是周从锦江饭店为她订购的：木制的小榔头,圆形的小砧板和一把银质的钳子。

1980年,宋庆龄自己还曾写信给德国友人王安娜,请她托即将来华的斯诺夫人洛易斯·斯诺带至少四把小的胡桃钳,用以钳蟹脚。北京宋庆龄故居至今保存着一套八件吃蟹的工具,据说,那是宋庆龄收藏的、孙中山先生用过的蟹具。

1976年,"四人帮"轰然倒台后,全国人民奔走相告,纷纷买酒庆祝。当时正是吃蟹的好时节,人们在买蟹吃蟹时,必然要求"一母三公",以泄怨气。宋庆龄喜欢吃蟹黄满满的母蟹,但她却毫不犹豫地说："先吃'一母三公'再吃母的！"不久,她特地写信提醒挚友、国际著名记者、作家爱泼斯坦,告诉他"现在是(吃)那些'横行夫人'的最好时节。如果你和邱茉莉(爱泼斯坦夫人)这个时候能来,你们一定要尝尝我们南方的特别风味。"宋庆龄甚至给原保盟中央委员邓文钊之子邓广殷抄了一首名叫《卖螃蟹》的民间歌谣："西单卖蟹众称奇,一母三公搭配齐。道似一锅烹四害,横行看彼到何时。"

宋庆龄被誉为"20世纪的伟大女性""力图冲破一切罗网的狮子"。她在平凡的生活中,喜爱烹饪,尤其爱吃上海的清水大闸蟹。作为"阿拉上海女儿",宋庆龄的巧思也许不止在斗争岁月的轰轰烈烈之中,也在一只蟹的五味杂陈和温存细腻之间。

《沙家浜》一个没出场的主角

原创 2021-11-21 何建明

一

一位新四军老战士,在新中国成立之后为了纪念他的那些与他一起战斗而牺牲了的战友,并激励自己和孩子们继续革命到底的意志,他竟然用平时工作中常说的一句话,来为自己儿女们起名,这话叫:"为人民立功勋"。后来他和妻子真的生了六个孩子,分别叫:仲力为、仲学人、仲昊民、仲立、仲卫功、仲丹勋。六个孩子名字中的最后一个字,组成了这位老战士的一个崇高心愿。

这位老战士的名字叫仲国鋆,是新中国成立后常熟市委书记和第一任市长。这位传奇人物,我从小就听其大名,一是因为他在新中国成立前的战斗故事在我故乡的土地上早已传扬,二是他是我故乡常熟与苏州的大领导。但过去有一点并不知道,原来他还是位作家,写过很多优秀的诗文与纪实类作品,还有小说等，散发于《星火燎原》《上海文学》《萌芽》《雨花》《少年文艺》等，并在江苏人民出版社等出过多本著作，应当算是我们的文学前辈。

最近他长子送来厚厚的一本《仲国鋆诗文集》让我写序。在查阅其作品及革命经历时，意外地了解到：这位老英雄原来竟然是《沙家浜》里一位没有出现的"主角"啊！

是的，可以肯定的一点是：如果没有仲国鋆先生在新中国成立后写下的一系列关于苏（州）常（熟）太（仓）地区的革命斗争故事，比如他在20世纪50年代末、60年代初根据自己参与抗日革命斗争经历所创作的《特派员》《脱险》（均刊于《上海文学》）、《江南红》（长篇评剧）、《水上英雄》《林司令的兵》《游击小组》《战斗在敌人心脏》《一个侦察员的生命》《新家浜战斗》等（刊于《星火燎原》等）作品……就不可能有后来的上海人民沪剧团的《芦荡火种》，以及之后的京剧《沙家浜》。

二

现在我知道，仲国鋆与浙江南浔的大作家徐迟是老朋友。新中国成立后，徐迟经常跨过界河，跑到苏州去找老朋友仲国鋆聊"跟小鬼子打仗"的故事。而后来排演《芦荡火种》的上海人民沪剧团的严励（张瑞芳丈夫）、陈荣兰，还有演员张瑞芳、白杨等经常到人在常熟和苏州的仲国鋆家。仲国鋆的大儿子仲力为对我说："父亲与严励、陈荣兰他们在新四军时就一起战斗和工作过，父亲是苏州、常熟地区的民抗特派员，也常去上海同从事地下工作的文化界朋友接头……"仲力为给我讲了一件事：在困难时期，上海几位朋友经常到仲国鋆家来聚会聊天，一来就肯定要吃顿饭再走。可那时都困难，我们家里的粮食也不够吃。于是我表哥就贴了一张字条：吃饭要付粮票。这事被我父亲看到了，狠狠地把我骂了几句，然后一把撕掉了！

仲国鋆的大儿子说，他家保留了很多父亲与这些友人的书信往来和留念照片，可惜"文化大革命"时怕牵连，全给烧掉了。他拿出一份保存完好的仲国鋆与冯定（美国记者斯诺在延安采访毛泽东时的英文翻译）的书信原件给我看。"像这样的资料很少了。"仲力为遗憾道。

"关于'沙家浜'的原始资料一点也没有了，'文化大革命'一开始我父亲就把相关的资料全部烧掉了。我记得特别清楚，东西烧了整整一个晚上，我是负责倒灰，用水浇灭了，把烟烬端到很远的地方倒掉。《芦荡火种》在'文革'一开始就被批判了，父亲从上海的朋友那里知道情况后，立即把相关的资料和与作家、艺术家朋友们的通信基本全都烧掉了……"仲国鋆的大儿子这样说。

然而没有想到的是：当年的造反派并不知道已经当了常熟和苏州"大官"的仲国鋆，在他老家常熟吴市金桥村的老房子里还藏着许多他在20世纪五六十年代写的诗文与纪实类作品，以及个人的一些重要的回忆文章及各种证件。在今天的南京雨花台烈士纪念馆里，还收藏了仲国鋆从敌人手中缴获的一支手枪（复制件），因为这把手枪后来仲国鋆给了他的上级、民抗司令任天石（《沙家浜》里的县委书记原型），任天石后来又将手枪赠还给了仲国鋆。

三

关于《沙家浜》的产生后来引出不少有趣的事,其实故事最初的来源和创作应该是仲国鋆先生。这一点在我看完常熟和苏州及南京雨花台烈士纪念馆的诸多实物后,更加坚信。

仲国鋆生于1922年,从小聪明好学,记忆力超强,有"小秀才"之称。他从小学医,后在家中开设"半半诊所",挂着"国医仲国鋆内外科大方脉"牌匾。因他热心为乡人服务,故有"济世小郎中"之尊称。日本侵华之后的第二年,年方16岁的仲国鋆就怀着一股爱国热情,参加了常熟人民抗日自卫队(简称"民抗"),并奉司令任天石之命,以"半半诊所"为掩护,在日军鼻子底下建立了"民抗"司令部的第一个情报联络站。1940年,仲国鋆就在自己的诊所内所挂的一面党旗下,庄严地吟读着写在处方上的"入党誓词",光荣地参加了中国共产党。

此后的仲国鋆,凭借着自己"郎中"身份和"半半诊所"做掩护,常坐着一条小船,明为出诊和接送病人,实则为组织和地下抗日队伍传送秘密情报。在1940年到1945年期间,这条交通线始终是苏常太一带新四军、地下抗日队伍最为重要的秘密情报渠道,而此时的仲国鋆也在革命队伍中不断成长,先后任苏常太游击队伍的特派员,在苏州城区以"刘寿华诊所"、苏州郊区唯亭的"悬珠诊所"、昆山新镇的"阿兆喻内外科诊所"等名号,从事地下工作。1941年,身为抗日队伍的警卫连指导员的仲国鋆带领31名游击队员在徐州一带与日军展开血战,七天中有六位战友牺牲,最后仲国銮带着队伍突围了敌人的"清乡"。而他的母亲,则在家中被敌人残酷毒打,12岁的胞弟也被敌人扔进粪坑,用假枪毙恐吓。仲氏家人不畏敌人的强暴,表现出大义凛然之气。1945年3月,仲国銮奉命赶回常熟吴市,向正在养病的苏常太工委书记薛惠民汇报工作,谁知在半途被日伪便衣密探发现。仲国銮乘敌人不备之际,将密藏在火柴盒背后的昆山地下党名单吞入肚中。落入日军魔掌后,鬼子对仲国銮用尽毒刑,企图让他交代秘密交通线,可他们根本无法从他身上得到一个有用的字。无奈,日本鬼子将其投入死牢……三个月后,抗战胜利,奄奄一息的仲国銮才被组织从死牢中营救出来。

两个月后,身体仍在伤残之中的仲国銮,被任命为苏常太地区北撤第一大队大队长,率领部队北渡长江,到达苏北。解放战争爆发后,仲国銮又受组织指派,潜回江南,担任沙洲县委特派员,再次从事秘密工作,一直到新中国成立。之后他担任常熟市委书记兼市长。后调到苏州地区任公署办公室主任和苏州医学专科学校校长等职。"文化大革命"中饱受打击,其妻——新四军女战士、为仲家生下六个孩子的徐增,也在"文化大革命"中被迫害致死。这是后话。

四

让人意外的是,仲国銮这位身居要职的革命老战士,还是位文学创作者。新中国成立后他在工作之余写下了一批革命斗争回忆作品。他是苏州地区加入中国作家协会江苏省分会中的六名作家之一，其中有陆文夫，而仲国鎏的革命老战士身份，让他在苏州作家中独具优势，所以他在20世纪五六十年代发表了一系列文学作品，其中在《上海文学》和《萌芽》上就发表了多篇。值得特别关注的是他根据自己在常熟、昆山湖区抗战的游击战革命经历，写成的《虞山长青》，发表在1958年的《雨花》杂志上。这部作品一经发表，在江南地区的文艺界引起很大反响，苏州评弹团根据仲国鎏以行医为掩护、在敌人心脏展开斗争的传奇经历，改编成了长篇评弹《江南红》，并由著名评弹艺术家金声伯等五位演员演出。后来苏州沪剧团团长王又琴和编剧沈华找到仲国鎏，请求同意改编沪剧，即后来有了苏州沪剧团演出的名剧《特派员》。实际上仲国鎏在《上海文学》上发表的纪实小说就叫《特派员》。1962年苏州沪剧《特派员》公演后，市民争相观看，常常爆满。

这场戏引起了上海人民沪剧团的领导和编剧们的关注，于是也有了前面提到的上海文艺界的朋友经常到常熟、苏州找仲国鎏的往事。而他们中间有好几位本来就与仲国鎏在革命斗争中是战友。

五

关于从《虞山长青》《江南红》《特派员》到《沙家浜》的演变过程，我看到了一份旧报上的一篇重要文章。作者叫施榕，他当时是苏州医专学校的学生会宣传部部长，仲国鎏当时是该校校长。

施文这样说：

当时我们得知仲国鋆校长是个老革命，19岁就在苏常太一带从事地下工作，我们就请他讲述革命斗争历史，以激励新一代大学生的成长。当时仲国鋆校长由于在残酷的斗争中被敌人用汽油灌肺而得了肺病，喘气很厉害，说上一两句话就喘上几次。他每周六晚上给我们讲，第一次他就足足讲了两个小时，我们感到很过意不去，商量一个办法，由我到家（就住在学校内），由他讲述一段，我记录一段……以后仲校长就经常约我由他口述我做记录，有时我就把录音机搬到他家，等他在不喘时讲些内容，然后我再回去整理。但校长将我整理成文的东西，亲自修改、校正后，邀请常熟市（当时是县制）京剧团排练，于1959年10月1日在苏州市公演。当时京剧名叫《虞山长青》（常熟市界内有一座山叫虞山）。

1959年后，上海电影制片厂、上海沪剧团及一些作家都来访问仲校长。他有时会把我叫去，说明天有某某某要来，你整理一下，一起接待他们，所以我出面接待过好几次。

上海沪剧团演出的《芦荡火种》、苏州评弹团演出的《江南红》等都是根据仲国鋆的资料而编排的。有一次仲校长来看我，我说上海演出为什么叫《芦荡火种》，我认为叫《虞山长青》为好。校长说，为什么？我说，毛主席的《星星之火，可以燎原》那是20年代大革命时代，现在已到40年代抗日战争时期，我们有党的坚强领导，有广大人民群众拥护的抗日统一战线,革命斗争已是如火如荼,不再是火种问题了。仲校长笑笑说,可能是剧名能够吸引观众吧!

施榕与仲国鋆的这个"争论"过了多年后的1992年,他和仲国鋆老校长再次在学校参加校庆时相遇,他俩再度说起《沙家浜》起名之事。据施榕说,仲国鋆当时这样跟他说:毛主席在观看京剧时,指出,不要叫《芦荡火种》,还是叫《沙家浜》为好。仲国鋆当时对自己的学生说:毛主席改得好,"沙家浜"反映了抗日游击斗争的辉煌业绩,又反映了群众斗争的力量,沙家浜河水永远潺潺而流……

仲国鋆这段话让他的学生铭记在心。可惜,半年之后,仲国鋆与世长辞。《沙家浜》的创作之源也就成了一个"谜"。

六

事实上,作为同样生活在常熟、苏州这片土地上的一名当代作家,我在很小的时候就早已知道了"仲国鋆""任天石""叶飞""谭震林"和"江抗""民抗"这些英雄与抗日进步组织的名字。只是没有想到的是:其中的仲国鋆老英雄竟然还是一名创作成果丰硕的作家,这一点尤其令我感动和钦佩。20世纪五六十年代他在《上海文学》《萌芽》《雨花》等杂志上发表作品时,我还是个刚出生的小囡囡。由此也特别觉得他的大儿子仲力为先生给我展现他父亲留下的那些算起来都在半个多世纪前的珍贵史料时,我也感到异常珍贵。比如有一张上海人民美术出版社在

1965年6月4日开出的"介绍信",令我十分好奇,介绍信这样说:

苏州市人民委员会:
兹介绍我社创作干部王仲富、丁斌曾同志为创作连环画"沙家浜"进一步修改加工,前来访问仲国銮同志一事。
请予接洽和大力协助为感。

而这封介绍信,也间接地证明了仲国銮与《沙家浜》的特殊关系。

在那段抗日战争的艰难岁月里,包括我奶奶爷爷和大姑妈在内的苏南地区的广大百姓,他们也都是没有写入戏中的"阿庆"和"阿庆嫂",他们和仲国銮这样的新四军与养伤的新四军伤病员们一起,用生命和鲜血谱写了一曲曲动人的军民抗战诗篇,将永远载入伟大民族的抗战史册。

捡漏拼多多

原创 2021-11-24 胡展奋

曾经十分厌恶网购的我竟然和拼多多杠上了,原因居然是一次狗血看屏。

朋友是研究"赌咒心理"的,那天探讨著名的"麦克白诅咒"时顺便给我看一批网购小广告:"酒若掺假,全村逝世""一秒去牙垢,无效死全家""胆敢欺诈,出门被杀""如果说谎,全家逃荒""今日卖假货,明天领盒饭""没有黄油,子孙死光"……

我的笑点比较低,一边看屏一边喷,这都什么呀!特别第一条,也太无良了,就算做了假酒,凭啥拉上全村乡亲陪你死呢。

它们来自拼多多。巧在那些天正好是猪肉堪比龙肉之时,偶尔看了一下拼多多,刹那间爆屏,市面上四五十元一斤的夹心肉,它的拼单60元5斤!看它旁边那行小字:"冷库拆迁,舍命抛肉",便立即下单。我不缺这60元。但强烈的捡漏之心让我手痒不已。事后有点忐忑,僵尸肉?囊虫肉?陈年库存肉?与此同时家人也都用一种异样的眼神打量我,似乎我在跟一个被包的女人玩暧昧。

隔日到货,冰袋护驾,无异味,赶快再次拼单,却已告罄。于是从不下厨的我毅然披挂上阵,拿出必杀技,煨了一道家传的"梅干菜烧肉",香得隔壁邻居垂涎而觍颜敲门,说要"学习学习"。

问题是尝到甜头,就有拳头。一商家说是"茶烟店",晒出了"中华烟"照片,横批:超市倒闭,血本狂抛,如有假烟死一家!

细看,"50元一条"。介便宜?!贪小之心再度爆炸。50元一条"中华"?一口气买五条。你超市倒闭又不是我的错,但见机不买简直有罪!

问题是,货来了,人傻了,那烟居然叫"茶烟""非烟草产品",但包装却与红中华"高度相似",只是"中华"两字旁寄生虫似的多了个米粒小字:"红"——读起来就是"中华红"。

这不忽悠嘛!而且"茶烟"又是什么鬼?原来是一款新型的代烟品。关键是刊头的照片你怎么能放中华牌香烟呢?这下被我抓住了把柄,当即将其"挂羊头"劣迹告上了"拼多多客服",客服看了我上传的照片,二话没说,令其退款。

看来在拼多多上捡漏,还得多个心眼。

有一卖家晒出了"泸州老窖特曲"。500 mL的正常的价格300元左右,如今才100元1瓶?又是"河南水淹舍命货"?贪心勃发,立马下单,结果居然是"小酒版"的,袖珍小瓶,170 mL/瓶,说起来一点便宜都没占到,谁叫你冲动的?芝麻大的字不写着"小酒版"嘛。

这招被它耍得无地自容。反观"中华红"的龃龉,其实都与自己"太贪"有关,那"中华烟"一包就要50元,就算再"超市倒闭",就算再"假烟死一家",怎么可能"50元买整条中华香烟"呢,更何况商家真会咒自己"死"呀,你以为假烟是指"假香烟",他默念的是"假茶烟",这叫,烟则一烟,各表一枝,明白了吧。

由此可见,陷阱随时都有,而且都是巧妙的"擦边球",比如一款"广东肇庆端砚",屏面标价"24元起",你惊喜,端砚啊,点进一看,"24元"只是一块图章边角料而已,都是"端石",大的做砚台,小的做图章。但挑最低价标出,诱你入彀罢了。

当然,如果想"不出门,吃天下",拼多多就是你的大利器了,以前做记者时一向垂涎各地的名特产,如今只消动动手指,快递就到,北京的茯苓饼、西宁的牦牛肉、泉州的沙虫冻、昆山的肥燣鸭、云南腾冲的"大救驾"(炒饵块)……某日想来个茭白炒虾,立即想到青浦练塘嫩茭白,手指一动,翌日就到;忽然又想丹阳封缸酒了,那就来一甏,最多三天也送达。

不过拼多多于我最大的恩惠还是"淘书",虽然最初上过当。一套"全译"的《战争与和平》才7.8元?我简直乐瞎了眼,下单。结果却是简本!说是"全译",没说"全册"呀。好比名著《世说新语》,才7元?你得仔细了,旁有括号"便携本",到手就是护照大小的"口袋本"。

但如有眼光,则常有好书得手。正版的吕思勉《先秦史》原价35元,拍价仅12元,新的;《搜神记》原价75元,拍价10元;《中国历代酷刑史》35万字,原价54元只售11元。而《萧克回忆录》300万字的大部头,仅17元……我后来淘到了完整版1510页的《战争与和平》,原价98元,现价11.85元,簇新。

事实上,拼多多就是我们早年常去的"庙会",有个摊,谁都可吆喝,我只是提醒大家仔细了。前些日子菠菜金贵,我一看上面"大叶菠菜"才5元1斤,写了"2包可出2斤",结果呢,到手怎么是烟盒大小的"2包"?

原来竟是"菠菜籽"!"2斤",说是入土后的美好愿景,可以长出2斤……

朋友圈瘦身

原创 2021-11-26 李大伟

现在手机最大的功能,不仅仅是通话、缴费、买卖,还是潜移默化的传染平台,相当于不用公筷的饭圈,既有优质蛋白,也有幽门螺旋杆菌。朋友圈里众说纷纭,人以群分,从朋友圈分化出来的群,有各种各样的话题讨论,时刻感动你、感染你、传染你。现代世界,物欲高,所以忙,往往无暇读书,朋友圈就是你的殿堂。即便坚持读书,甚至系统而专业,也是你的第二课堂。

互联网时代,行业细化,学校已蜕变为技校,价值观往往由朋友圈压版定型,家庭影响不如朋友圈影响。朋友圈才是灵魂殿堂。

一群羊放屁,不能决定草原的空气质量。但一堆尖头红辣椒,置身其间就可能被熏成辣椒,青椒被染成红椒。朋友圈往往影响置身其中的每一位,不是良师益友,就是诲盗诲淫。朋友圈是口大染缸,决定其中的你的成色。

朋友圈萌芽于亲戚、邻居、同学、同事,相当于近亲繁殖。开放于酒桌上、讲座上、会议上,凡是公众聚会,陌生人互加微信成为常态,却之不恭,但良莠不齐,回家必须过滤。

保险的,删!理财的,删!房产的,删!此三类中介往往将常识歪曲后,装饰成新知强加给你,你出于礼貌接听,他就不厌其烦地强买强卖。怕你挂手机,语速之快,胜过四六级英语听力考试。赚你的钱,还要把你当傻瓜,有辱智商。

除此之外的初识者,先看看她或他的朋友圈,相当于组织科调看档案。

如果总是上传吃喝,删!理由:人,活着必须吃饭,但不是为了吃饭而活着。如果看部话剧、看个画展都要晒,删!理由:怕诱发自己的好胜心,也开始晒短裤。

常常美颜后自拍,而且上传,删!理由:首先,可能会拉低旁观者的美学趣味,兼精神污染。其次"己所不欲勿施于人",并不等于"己所欲,必施于人",有强迫症之嫌。不服老没错,但老黄瓜刷漆——装嫩,那就有点儿自不量力,就此而言,寿者多辱;当然,真美人除外。但也有副作用:饱了眼皮、饿了肚皮,好像徐小凤唱的"我想偷偷望呀望一望他,假装欣赏欣赏一瓶花,只能偷偷看呀看一看他,就好像要浏览一幅画",呵呵一笑。

常常转发"医嘱好药",删!对症下药是服药前提,一个连常识都弃之不顾的人,怎么敢相信?一不小心,无的放矢,过失杀人。

常常转发"女人对自己好点、老人对自己好点"的,删!理由:自私到亲情间、血缘间都不肯奉献,这种"负底线"的"江边样子"(不是日本人的名字,而是上海人嘴里的"药渣"),怎么可以交往?

好转发偏激文章,删!说明情绪有问题,当心诱发羊癫风。

好转发冠以辣眼标题的大呼小叫的文章,删!理由:口味极端辛辣,眼刺舌麻屁眼烫,怕这样的人给你点的菜,伤了脾胃,坏了品位。

好与人抬杠,删!理由:不以是非为准星,而以驳倒为乐趣。只求逻辑自洽,不讲对错。近墨者黑,这样的人相处久了,思维敏锐了,见识模糊了,一不小心,成为杠精。宁愿做缺陷的近视眼,这是宽容的技巧。

好用狠语的,删!理由:爱走极端,锋芒毕露,不容异己。拉入群里,等于埋雷,引爆全体,伤及无辜;戾气重者,删!理由:情绪的喷口如火焰器,一不小心,殃及池鱼,自己也难免成为下一个,何必自讨没趣。

天天早上问好、贴照片者:删!理由:无聊。天天转发人生负面消息的,删,理由:怨妇心态。天天转发,时时转发,内容呢,横跨360行,删!理由:此兄所转,自己未必读,相当于"先赞后读",纯属无脑。这类敢于通吃的朋友,转发的也是没有专业的筛选,永远是外行的滥发。

泡茶就说茶道:删!理由:故弄玄虚。逢人说禅者,删!理由:见人说鬼话。

删,好比大汤池里泡澡,不断地撇去浮沫,保持汤池的纯洁,否则同流合污。

剩下的,老同学不能删,老同事不能删,老邻居不能删,相当于包办婚姻。

善良的种子

原创 2021 - 11 - 30 汪芳

那是很多年之前,福州农村的一对年轻夫妇,怀抱着他们奄奄一息的孩子,辗转到了上海。这孩子因为出生的缺陷,如果不尽早接受器官移植,不久就要夭折。之前在农村,一次又一次无效的治疗已经耗尽了他们微薄的家产。后来,在仁济慈善基金的资助下,孩子接受了他母亲的部分肝脏、做了亲体移植手术。那时候儿童肝脏移植在中国还刚刚起步。

在此领域,无论病患年龄多大,他们都把手术当天作为自己另外一个生日,把手术这一天作为零岁的开始,意思就是此后他们彻底摆脱了病魔,走向新生。

最近,一个十几岁的男孩子找到医院,找到我先生。突然站在面前的这个高大的男孩子,很难和当年的婴儿联系在一起。那男孩子说从小父母就一直告诉他,不能忘记救了他命的医生和医院。这次,他千里迢迢来到上海,就是来亲眼看一眼救了他命的医生,还有一件重要的事就是脸上的青春痘影响了他的心情,为此他一筹莫展。

哦,青春期,青春痘,这是当然的啰。

没有家人陪伴的男孩子是一个人从福建乡下来的,他说,一定要赶晚上的火车回去的,住宿需要花钱,再说上海的旅店一定也是贵的,普通的火车票比高铁要便宜,但是车次并不多,所以要急着赶火车。"那票价差别有多少?"我先生问他。孩子低着头怯怯地说:"300块钱。高铁两小时就到了,普通的火车要近六小时。"

哦,这一天里有十几个小时在火车上的劳顿,也是太辛苦这孩子了。

于是,我先生马上请旁边年轻的同事,给这孩子订一张高铁票。让孩子早一点到家里,会舒服许多。从农村走出来的孩子,并不会说太多感激的话语,他只低着头,微微点头算是称谢了。

这让我想起稻盛和夫的轶事。在一次例行的体检中,发现了胃癌而且还是晚期。之后,他毅然辞去了日本京瓷和KDDI的董事,把上亿的股票分配给员工。

手术后不久,稻盛和夫在日本大和祠庙剃度出家。出家的时候,稻盛和夫已经65岁了,因为是胃癌手术以后不久,身体异常虚弱。按照佛教的规矩,他要在凌晨4点起床打坐、晚上11点就寝。之后他要穿着蓝色的袈裟赤脚穿着草鞋,沿街去化缘。

因为当时身体实在太虚弱了,也还不习惯这样的生活,他脚上的草鞋已经磨破了脚,他只能靠脚后跟着地走路,挨家挨户化缘乞讨。有一次,异常虚弱的他坐在路边,一位扫落叶的妇女走过来,给了他100日元,然后轻轻地说:"累了吧?你去买一块面包吧。"拿着这100元硬币,这是稻盛和夫平生第一次真正感觉到如此单纯的幸福。

无论是极度虚弱中的稻盛和夫接受了扫地阿姨的布施,还是我们这些平凡的人给予这孩子的一点点帮助,这些看似不经意之间的善举,或许就是一滴甘露。这一滴甘露会滋养着绝处逢生的生命。

我想象着那个少年,在飞驰的高铁上,医生的善举不仅仅减少了他旅途的劳顿,他心里也多了一份温暖。这份温暖会是一颗善良的种子,这颗善良的种子在他心里生根发芽开花结果,在他未来的人生道路之中,教会他懂得如何去帮助那些需要帮助的弱小生灵。

梅干菜烧肉

(原创) 2021-12-02 陈世旭

母亲是广东潮州人,会烧菜,能把豆腐和白菜帮子烧出红烧肉的色香味。只要是她做饭,我们就天天是过年。但她很少有时间做饭。全家五口全靠她一个人在一间废品加工厂做工养活。她每天天亮前出门,晚上快半夜才到家。家里做饭只能是姐姐和我,谁先到家谁做。一天两顿,很简单:半锅水,两把米,一堆剁碎的菜帮子,用到处捡来的刨花、锯屑、烂木片烧火煮熟;下饭菜是母亲用定量供应的豆腐做的豆腐乳,一餐饭一小块。

好歹念完了初中,赣北一个农场到省城招工,说是按月发工资,我报了名。出发就在第二天。快半夜回家的母亲措手不及。第二天一早我用一只破旧的网兜装了几件换洗衣服,匆匆跑出家门。半年后我回家过年,母亲做工的废品加工厂不开工,我们又可以吃她做的饭了。她一夜夜熬通宵,实在熬不住就打个盹。

我动身返回农场的那天,母亲送我上火车。我们早早赶到公交车站,却好长时间见不到车来。到了火车站,下了公交车,抬上竹篓,母亲就飞快地跑起来。她在前,我在后,跑了几步,母亲的步子就乱了,一个趔趄接一个趔趄,终于跑不起来。我不由得一个劲埋怨母亲,干吗给我这么多东西?母亲喘气说,你一个人在外面,能带就多带些。就那样挣扎着进了站,发现还要翻过一个高高的天桥。那趟车的汽笛忽然响了,母亲缩成一团往天桥的台阶上爬。

还剩几个台阶就下天桥了,已经看得清正在吹哨子、摇动小红旗的列车员的脸了,母亲忽然腿一软,瘫坐在地上。

我扯起竹篓,拖到车门下边,列车员一面发脾气,一面帮我把竹篓弄上车。我冲进车厢,在第一个车窗的小桌板上俯下去,顾不得背后的叫骂和拍打,猛力掀开车窗。

母亲已经站起,抱着月台上的站牌柱。列车刮起的风,吹散了已经花白的稀疏的头发,失神地站在那里。

当天傍晚到农场,打开竹篓,居然有那么多的瓶瓶罐罐:砂糖、猪油……其中居然有那么大的一罐梅干菜烧肉!

吃年夜饭的时候,姐姐偷偷告诉我,别怪母亲没有给我们烧肉,你去农场之后,母亲把定量肉票都拿去换钱了。原来那是母亲的一个借口。

不幸的是,那些瓶瓶罐罐在母亲跌倒时都已摔碎。好在竹篓包得严严实实,连汤汁都没有漏出来。当夜一帮弟兄大呼小叫,挑出了玻璃碎屑,风卷残云,扫荡了个精光。给母亲去信时,我没有说那些瓶瓶罐罐的破碎,她的心痛是可以想象的。

再次回家过年,我才知道,一年前那次跌倒,母亲胫骨韧带撕裂,在家里只躺了三天就一瘸一拐地去那个废品加工厂上工了——她怕丢了那份工。而在这一年我收到的家信里,有关她受伤的事只字不见。她不许姐姐透半个字给我。我的心痛她也是可以想象的。

难怪母亲当时抱着月台的站牌柱。

我后来知道,母亲最担心的就是我在农场还在想着写作挣稿费,每次来信都叮嘱两件事:一是在外面千万不要跟人争强斗胜。吃亏是福。二是千万不要写作。自古吃文墨饭的没有几个有好下场。日子苦就苦些,平安是福。

第一条是大人对儿女例行的叮嘱。第二条才是母亲真正的担心。外公是码头工,母亲9岁,他就扛大包吐血死了。母亲做童工长大成人,嫁给我父亲后才慢慢识文断字,看过《三国演义》,知道杨修死得很惨。她这一辈子都为此深觉恐惧,无法理解除了生活的需要之外,对写作的痴迷就像恋爱,不是理智可以控制的。我从小听话,对父母百依百顺,只有这一条,我违背了母亲。

写这则短文的时候,我想起了朱自清先生的《背影》,那是散文的范本,我的短文或许情境有一点跟它相似。不过,抱着站牌柱的母亲对我一生的影响要大得多。在那之后,不管是陆地、海上、天空,旅途上都会有一个母亲跌倒的月台;一个母亲抱着的站牌柱;一个抱着站牌柱的母亲满怀忧虑地为我送行。

我心中的爸爸和妈妈
——写在孙道临百年诞辰之际

[原创] 2021-12-12 孙庆原

思念如水,记忆如潮。多么希望时光倒流!

"孙道临是一首舒伯特和林黛玉合写的诗。""月老"宗江伯伯颇为得意的这句话,在坊间传开后,很多人认为这桩婚姻是"不可思议的奇迹","两人家庭和教育背景、生活习惯都不同,怎么能做到情投意合呢"? 其实,世人眼里这些婚姻的必要条件,爸爸孙道临、妈妈王文娟在苦恋四年期间,从来没有想过这是"问题"。妈妈晚年总结道:"婚姻这件事,还是精神上的合拍最要紧。"

"精神上的合拍",源自人生观和价值观的一致。在我心里,爸爸妈妈不仅以作品留世,还把善良纯正、勤奋进取的品性传给了我们。

一样的情怀

爸爸妈妈都是从旧社会的困苦中走来,少年便识愁滋味。

一个叹民生多艰,一个为全家生计。

解放军解放上海的翌晨,蜗居霞飞路的爸爸和借住成都路的妈妈,都看到过带伤的战士们在寒风中露宿街头的情景,惊喜又感动。怀着对新中国的热爱,他们都报名去朝鲜战场参加慰问演出。

爸妈第一次约会就谈起当年在前线经历枪林弹雨的感受。"说到这些,我和她一下子都被对方深深打动了!"那天,爸爸还赞扬妈妈在舞台上演绎的林黛玉"独见风骨"。深夜回家后,他辗转难眠,起身写了一首小诗:"请给我一缕阳光……"抒发对妈妈的爱慕。写这首诗的纸片他珍藏了几十年。

一样的家国情怀,使两人内心的距离感顿时消失了。仿佛早有灵犀,中华人民共和国刚成立时,当爸爸知道自己的薪水比毛主席还高,主动向上级申请减薪;而妈妈参军回来,也把组织上为她保留的高工资全部上交了。他们更把这浓重的家国情怀投入到一生的艺术创作,塑造了许多勇敢坚毅、美丽纯情的艺术形象。他们说:"是时代造就了我们的作品,是观众的挚爱滋养了我们的艺术生命。"

爸爸妈妈的故乡都在浙江,两人的桑梓之情越到晚年越如浓酒般醇厚。爸爸为嘉善的经济发展积极引进外资,嘉善的"孙道临电影艺术馆"落成后,爸爸说:这个馆不只是纪念我,希望能为家乡的文化旅游事业做点贡献。所以爸爸去世后,我就把他生前的藏书、用品和家具全部捐给了嘉善。妈妈在20多年前,为解决村民灌溉用水的困难,自己捐了几万元,又积极奔走争取政府拨款,替家乡建了一座水库。

一世的悲悯

爸爸妈妈都有一颗善良包容之心。婚后不久,他们就把奶奶和外婆接过来一起住,对两位老人孝顺至极。有一年妈妈在外地演出时外婆生病了,爸爸像孝子般一勺一勺给外婆喂饭。他70多岁时还骑着自行车上街,替外婆抓药或是找哪里有她爱吃的金橘饼。那时双方常有外地亲戚住到我家来,他们把卧室让出来给大姑的女儿坐月子,浙江大舅的儿女每年寒暑假都来我家住;即使"文化大革命"时期家里一半房子被"造反派"强占了,他们还是挤出一间房给小舅舅做婚房,至于后来常上门向爸妈请教或学艺的朋友、学生,对之留饭留宿更是寻常小事。

妈妈把带她出道的老师、表姐竺素娥奉作自己的"命中贵人",总是说"没有老师就没有我的今天"。老师健在时,妈妈经常去看望她,关心她的生活起居;老师去世后,妈妈年年清明都去陵园给老师扫墓祭拜,直到去年二月她住进华东医院时,还说:"清明不能去墓地看老师了,等出院后再去。"

舞台上面对观众的鲜花和掌声,妈妈总会想到编导、作曲、伴奏、舞美等"幕后英雄"。2016年"千里共婵娟"专场演出时,妈妈拉着作曲金良的手说:"对不住你噢!我一忙就顾不周全,你为专场花了这么多心血,却没有请你上台与观众见见,以后一定要让观众知道你对我的帮助。"

爸爸妈妈的悲悯之心,更多放在生存艰难的普通人身上。

1996年春,爸妈合作拍摄10集电视剧《孟丽君》时,担任场务的四川打工仔小赵突然病倒,尽管剧组日夜不停在赶进度,但是爸爸听说后立即停下拍摄,派车送小赵去医院。小赵患的是胸腔囊肿,如不尽快治疗会有危险,爸爸当即联系到上海最好的医生为他治病,还帮他解决了全部医疗费。病愈后的小赵干不了体力活,爸爸安排他管仓库,让他继续拿一份工资。这年春节,完全恢复健康的小赵回四川探亲,行前来向爸爸告别并表达感激之情,爸爸一边叮嘱他要注意身体少喝酒,一边摸出二百元钱塞进他手里。面对这位慈父般的大导演,小赵哽咽着说不出话来。

爸妈收入不多,但常常捐钱给受灾地区。陪伴妈妈十多年的朋友在妈妈去世后说出了一个秘密:她曾经陪妈妈去医院,捐钱救治了两名白血病患儿。妈妈不但不肯留下姓名,还叮嘱她不要告诉任何人。寒冬季节,妈妈怕门房师傅受冻,买了油汀给他们取暖。过年过节,妈妈总会送些油啊、糕点啊给物业员工,送八宝饭她要亲自去杏花楼买。爸爸的类似"小动作"则另有一功。寒冬溽暑,他只要看到挑担在街头卖花生、卖红薯、卖西瓜的小贩,就会多买一点甚至"一锅端"全都买下,好让他们早些回家。

一致的追求

从小爸妈就叮嘱我两句话。一句是:"做人要善良真诚,对人要一视同仁。职业是不分贵贱的,只要是凭自己能力吃饭的,就应该得到尊重。"另一句是："做事要认真勤奋，尽力做到自己的'最好'，对社会就有贡献。"他们身教言传，始终以最大的热情投入工作，以认真专一的态度用心习艺，力求在银幕或舞台上的表演至臻完美。

每天，爸爸黎明即起，掐好时间舞剑、打拳、练声；妈妈也练完早功去上班。我和妈妈一起走在路上，跟她说话她有时毫无反应，不是陷入沉思，就是神神叨叨在背些什么，我就知道她又排新戏了。她还要我学她样，利用走路、乘车时间背单词。多少年来，爸爸和妈妈的演出很多很忙，吃晚饭时妈妈总不在家，演完戏回来我已经睡了；爸爸去外景地拍片刚回来，妈妈又去外地巡演了。节假日两人更忙着参加各种文艺演出，爸爸甚至连续 9 年没有和家人在一起过春节。在"孤独"中自己长大起来的我，也就很早养成了学习和生活比较自律的习惯。

妈妈虽然没读几年书，但悟性特别高，又很勤奋。她说自己没有多少天分，"侥幸有所成就，无非是肯下笨功夫，一门心思做好一件事"。每演一出戏，她都要做仔细的案头准备，对人物性格的分析和表演技法的拿捏丝丝入扣。

翻阅她一本本的"演出手记"，《红楼梦》是她花时间和心血最多、"学问"做得最深的一出戏。1959 年越剧《红楼梦》进京演出，为中华人民共和国成立十周年献礼，引起首都文艺界轰动，时任文化部领导夏衍因为向他要《红楼梦》戏票的人太多，应接不暇只好躲了起来。后来全国红学家召开学术会议时，邀请"演活林黛玉"的妈妈参加，妈妈对黛玉的人物分析和见解，博得了专家们的交口赞誉。

妈妈认为，自己性格与书中林黛玉差异很大，要演好曹公寄情最深的这位才女，光靠外在条件和表演技巧是不够的，必须走进人物内心。在通读三遍原著并看了许多《红楼梦》研究资料、确定林黛玉个性与感情的基调后，她反复咀嚼原著中所有与林黛玉有关的文字，体味黛玉因为"不放心"，在爱情发展不同阶段的心理挣扎和情绪变化。第一场"黛玉进府"，她设计的黛玉坐姿是半边臀部"粘"在凳子上，见人时慢慢起身相迎，以表现这位贵族小姐娴雅持重又忐忑拘谨的性格。

妈妈的戏迷有很多是她朋友，她们问她：为什么你在"焚稿"那场戏中没怎么流泪？她说：焚稿在原著里只有几句话，演员要给观众有"戏"可看，需要根据当时的情景"加分"。在生命的最后一刻，黛玉柔弱的身子与激愤的情绪形成强烈的反差，哀莫大于心死，"蜡炬成灰"泪已干。表演时须处理好"形"与"神"的矛盾统一，以浓墨重彩凸显黛玉决绝的心态与风骨，才能给观众心灵的震撼。每场演出之前，她都要看一遍林黛玉在全场戏中的情绪描述，全身心入戏后再化妆、登台。

20 世纪 80 年代初公演的《孟丽君》也是妈妈喜欢的一出戏。因筹备过程很短，妈妈和剧组人员边演边改进，使这出老戏常演常新，成为越剧舞台上的经典。上海电视台请《孟丽君》剧组日夜赶工，仅用一个星期就完成了 3 集连续剧的拍摄，播出后收视率很高，许多原来不熟悉越剧的年轻人，就是看了这部电视剧以后爱上了越剧。追求完美的妈妈却不满意，说拍得太匆忙，应该把主要角色的个性"弄得"再丰满一点。对 10 集电视剧《孟丽君》她也有遗憾，一是由于拍摄经费不够，结尾部分仓促收场；二是为了"扮嫩",整个脸部皮肤拉得很紧,很难用细微动人的表情揭示人物的情绪变化。

爸爸对自己的创作也是一丝不苟,严谨得近乎苛刻。他从小饱读诗书,又在燕京汲取了"洋学问",知识面很广,是妈妈身边的"活辞典"。妈妈笑他是"万宝全书独缺一只角——勿会敲榔头"。有一次妈妈要他修椅子,他拿着榔头狠命敲下去,钉子没有敲进去,椅子却被他砸坏了。正是因为"学问太多",影片拍摄前他会研读更多的资料,握筹布画更加用心。特别是案头研究,妈妈说他天天"弄纸头",一坐就是十几个钟头。

执导影片《詹天佑》时爸爸已年近八十。为了再现清末从保路运动到辛亥革命的历史真实,他和编剧一起查阅了上千万字的史料,跑了京、广、川等几个省市请教诸多专家学者,还去成都走访詹天佑的孙辈。剧本创作历时六年、八易其稿;还带着主创人员沿当年詹天佑走过的路,去长城内外勘察,在山岭丘壑爬坡,一路和编剧细磨剧本。在八达岭选景时正逢寒潮袭来,回到住地爸爸几乎冻僵了,他没有马上回房取暖,而是抖抖颤颤在门口拨长途向妈妈报平安,因为回房打电话要花公家钱。在北京,他嫌招待所的早餐太贵,为节约出差开销,每天早起为大家买来路边小摊出炉的烧饼、豆汁儿。没想到吃了几天,别人没事,爸爸却闹肚子了,一天腹泻十多次,半夜送去医院吊针。腹泻刚止住,他不顾众人反对,立即随组出行。患有严重高血压和糖尿病的耄耋老人,在整个拍摄过程中没有因病耽误过进度,甚至去零下40℃的海参崴实景拍片。

1974年爸爸被推荐去上海电影译制厂,兼做翻译、导演、配音,工作量很大。可是他不到两年就完成了《白痴》《孤星血泪》《基督山伯爵》《列宁在1918》等十多部译制片。有时一口气配音几个小时,上下唇嘴皮都粘住了。1988年,爸爸参加在旧金山举行的中美戏剧交流,美国艺术大剧院排演全英语版的话剧《马可·百万》,请爸爸饰演剧中主角之一、中国元朝皇帝忽必烈。排戏时间仅一个月,爸爸的戏份很多,背熟全剧英语台词后,需要和美国同行讨论角色、表演、感情、语气等,难度很高。但是爸爸圆满完成了全部35场演出,满载美国同行的赞誉回国。

欢乐温馨的家

每年7·2"新婚日"和庐山中秋"蜜月夜",爸爸和妈妈都要深情纪念。他们互相欣赏,又各自独立。爸爸只要在上海,妈妈每演一出新戏他都去看,爸爸演的电影,妈妈也不放过,上影厂内部放外国"资料片",爸爸总是携妈妈一起观赏。艺术上的切磋交流,侧重互相砥砺,找对方不足。也就一次在说笑中互相"吹捧"过,爸爸说妈妈演得最好的是《追鱼》,赞叹妈妈在"拔鳞"时一连串的"鹞子翻身""抢背""乌龙绞柱"等武"艺"精彩;妈妈说爸爸演得最好的角色是《雷雨》中的周朴园和《不夜城》里的张伯韩,"一个伪君子,一个唯利是图,完全不像你!"

为了节约时间,家里吃的穿的简单随意,把肉、豆和几种蔬菜搅在一个锅里煮菜饭,若添上外婆做的、爸爸爱吃的糟鸡糟肉,就算丰盛了。每次爸爸从外景地回来,妈妈一定会亲自去菜场买爸爸爱吃的菜,爸爸空闲时也会下厨做他拿手的罗宋汤、烙饼和核桃酪,两人都说做核桃酪是自己教会对方的。在公众场合,他俩的衣着很讲究,这是对观众的礼貌与尊重,所以做西装、做旗袍再贵他们也舍得。平时穿得很朴素,在还没有空调的夏夜,爸爸穿着有破洞的汗衫布鞋在走廊里摇扇纳凉。

爸爸对妈妈的爱是体贴,是取悦,是帮助。

多年来妈妈每晚要演戏,中午必须睡一两个小时。爸爸在家就像"门神"一样守在卧室门口,不让任何人打扰,偶尔进去拿东西,也是蹑手蹑脚。电话铃一响,他马上冲过去接,生怕吵醒妈妈。有人来电话找妈妈,尽量婉言挡回去。赶排《孟丽君》那会儿,每到深夜无人时,妈妈还在越剧院排练室弹琴练唱,爸爸就陪在一旁。夜幕下并肩走在回家路上,他们俩还在讨论如何"以腔传情"。

爸爸非常幽默,跟他不熟的人可能觉得他很严肃,会让人害怕,但和他接触多了,就觉得他这人蛮风趣的。和他在一起,他会让你一直笑,但他自己不笑。有一次我去看他,我说爸爸你要多运动,老是坐在书桌前,肚子会越来越大。他说:"哎,你不懂,我肚子大是因为我满腹经纶呀!"

有一天妈妈下班回来沉着脸,为工作不顺利生闷气。爸爸问了之后也"生气"了,气得比妈妈更厉害,甚至"怒发冲冠"!妈妈觉得奇怪:"你为啥生这么大的气?"爸爸说:"我的鸡肚肠比你的老虎肚皮小多了,你这'英雄虎胆'都气成这样,我的'小肚鸡肠'能不气破吗?"(注:爸爸属鸡,妈妈属虎。)妈妈看着爸爸惟妙惟肖演"生气"的样子,扑哧一下笑了出来,爸爸又劝她心胸放宽一点,妈妈的脸很快"阴转晴"了。

有爸爸的亲属从外地来,爸爸先跟他们打招呼:"文娟不会做饭的,随便吃点噢!"论收拾房间做家务,爸爸远比妈妈仔细有条理。妈妈出差理行李,大多是爸爸替她"搞定"的。有一年秋天爸爸要去广州,妈妈说:"这次我来帮你理行李,保证不会冻着你。"我也凑上去帮妈妈。花了九牛二虎之力理好,谁知到了广州,气温比三伏天还高! 爸爸打开行李叫苦连天,满满一箱都是厚衣服,夏天穿的一件没有,连内衣内裤都忘了放。爸爸给妈妈写信说:"天下老虎一家亲,秋老虎在帮王老虎发威呢!"

妈妈每晚演完戏,唱得口干舌燥回来,爸爸都准备好妈妈爱吃的鸭梨放在桌上,妈妈吃完梨总是忘了收掉梨皮和梨核。爸爸帮她收拾几次后,向她提意见,她笑眯眯一口答应改掉,可是几天下来陋习不改。爸爸就搞了个"恶作剧",睡前把一堆梨皮梨核装进塑料袋,塞到妈妈一侧的被窝里,再三叮嘱我"千万别告诉她"! 妈妈回家后吃完梨去洗漱,又把梨皮梨核忘在桌上了。回到卧室黑灯瞎火摸上床钻进被窝,不对! 背上怎么凉丝丝的? 腰间有一样东西硌着。窸窸窣窣摸了一阵拧开灯一看,被窝里竟然躺着一包梨皮! 从这以后,妈妈的"毛病"就被爸爸"治"好了。

今年是爸爸诞辰100周年,又是妈妈离开我的一年。妈妈离去后几个月,有时我竟神思恍惚间回到妈妈住院的那段日子:"哦,这时间我该去医院看妈妈了!"回过神来不禁黯然心酸:妈妈已经不在了!

  谨以此文纪念我亲爱的爸爸妈妈。愿他们天国相会,再合写一首"舒伯特和林黛玉的诗"!

  (本文由李安瑜根据孙道临女儿孙庆原口述内容整理)

杨浦龙江路75弄

原创 2021-12-13 海飞

20世纪80年代的无数个寒暑假,我是少年,从诸暨来,瘦骨嶙峋,出没在杨浦区龙江路75弄。

所有的风恣意而激荡,新鲜甚至充满黄浦江的腥味,并且吹起我十来岁干燥贫瘠的头发。我愿意四处游荡在附近的六大埭和八大埭,沪东工人文化宫……我的身体充满着使不完的劲,我的眼睛像侦察兵一样观察着四面八方。我去过摆渡的江边,去怀德路和许昌路闲逛,我简直无聊透顶。每一个夏天睡不着的夜晚,我偷偷起床,开门,手中拿着一根短棍,沿着28路的方向,从许昌路站向提篮桥站出发。短棍划拉着高大围墙的墙体,发出突突的声音。路灯光照着蝴蝶牌缝纫机、飞跃牌电视机、凤凰牌自行车的巨大广告牌……

这是一个睡不着的少年,十分热爱着上海的气息,也热爱着狭长如裤带的弄堂。

龙江路75弄简陋粗鄙得像棚户区。我外婆家的门牌是12

号,我十分后悔,老房拆迁的时候没有把这块门牌号作为纪念收藏起来。弄堂里住着扬州人、绍兴人、南通人和宁波人。他们从四面八方会聚过来,操着各不相同的口音。在弄堂的东边,有一个痴呆的小伙子,粗壮有力,一年四季全身赤裸,拿一双呆滞的眼睛看人。后来他失踪了。他是被谁带走的?还是自己把自己弄丢的?弄堂西边的第一间,住着一个脸上全是小坑洼的年轻人,也许那是青春痘留下的疤痕。我经常看到他站在小方桌边,神情忧伤地拉小提琴。他一个人生活,没人知道他的家境,只知道有一天他从外地来到弄堂,打开了这扇门,走进了积满灰尘的房子。据说这是他孤身一人的姑妈留给他的房子。还有我外婆家的隔壁,住着一位美丽的姑娘,她的父亲鼻子上有颗黑痣,所以我们叫他"黑鼻子"。"黑鼻子"对人友善,但是对女儿管教很严,不允许漂亮的她去参加厂里的文艺晚会。后来"黑鼻子"车祸死了,我们谁也没想到,他的身份竟然是一名便衣警察。

75弄最美好的记忆,都属于我。我去公共自来水龙头淘米和接水,我戴上红袖章,替外婆执勤,傍晚的时候摇响铃铛,穿行在弄堂,吆喝着"关好门窗,小心火烛"。在让自己显得十分忙碌这件事上,我十分卖力。

舅舅龚金喜,上海自行车三厂年轻的热处理车间工人,他订了《新民晚报》,那时候这份报纸瘦弱而单薄,一共才六个版面。我能看到同样年轻的女邮递员送报纸的时候,推着自行车一路向前,脚步匆忙,十分麻利地把每户的报纸从报袋抽出,像飞镖一样扔向门板。报纸会顺着门板滑落,像一个惊惶的孩子。最后报纸到了我手上,我会急切地翻开,寻找副刊"夜光杯"……在弄堂里,我认识了对门7号的一对姐弟,他们的爷爷是绍兴人,不爱说话。他们的父亲是出租车司机,母亲是一家商店的营业员,在我的印象中,他们家干净而整洁。我还认识了15号的女孩,他们家来自南通,她叫我垃圾瘪三,可能是因为我来自诸暨乡下。她的母亲是一名教师……

少年的时光飞快得像一道光线。当我17岁的时候,当兵去了南通。探亲的时候,我带着我的战友们晃荡进了这条弄堂,这时候发现,这条弄堂,如此狭长瘦小,装不下我摇晃的青春。

而弄堂附近,有一座新沪钢铁厂,产生巨大的粉尘和噪声。我只能望见高高的厂房,我在想厂房里,藏着多少的秘密。我一直想要寻找这些秘密。后来我写下的小说《秋风渡》,女主人公在新中国成立以后就在新沪钢铁厂工作。六大埭菜场,被我写在了小说和电视剧《麻雀》中,那是一个地下党员接头的地点。我回忆着龙江路75弄的一切,并且写下了无数的散文。

2020年的某一天,我参加上海书展,心血来潮,出现在这块早就拆迁了的地方。现在高楼林立,但我能找见许多影子。比如以前龙江路的派出所,现在是社区办公室。我绕到了龙江路后面的扬州路,那儿的弄堂,保持着30多年前的模样。一位白发苍苍的老人用他苏北口音的上海话告诉我,这一大片的弄堂,暂时拆不了了……他加重了语气说,我一直在等待着拆迁的这一天。

因为等待,生命变得绵长而且更有意义。那我们又在等待什么?

我站在路口,看到了曾经的一座录像厅。那儿深埋着我少年的行踪。阳光刺眼,龙江路像一场若隐若现的白天的梦,或者说浮在我记忆中的海市蜃楼,依稀清晰,又万千感慨。

在女儿画本里的妈妈杨苡，102岁了

原创 2021-12-25 赵蘅

妈妈的青春我来画

第一次画妈妈是在1956年，我们一家（除了姐姐）刚到东德莱比锡不久。为了安排这个上学过早的小女儿继续学习，妈妈煞费苦心。

11岁，不大也不小，不懂事也懂点事，正经的小学毕业还考上了初中，为出国破例保留了学籍。所以嘛，文化课不急学，倒可以学点在国内没条件学的，比如艺术。这也不是空穴来风，小姑娘本来就有这爱好呢。于是钢琴、绘画，甚至还想加上舞蹈，几乎要填满大人们上班不在家的时间。今天回忆妈妈当年此举，八成想将自己在天津中西女校的那些课程，延续到女儿身上了。

舞蹈课后来免了。钢琴按部就班一周回课一次，不算用功，也缺灵气，至今还是个半吊子。倒是钢琴老师，莱比锡高等音乐学院高才生张仁富成了妈妈可以推心置腹的人。

舒传曦老师正攻读莱比锡高等美术学院,传统的教学,画写生,画真人。他让我多画写生,每次回课,到我家检查作业。自然,爸妈和小弟成了我的模特。一天,顽皮的小弟玩累了,赖在妈妈身上,六七岁还要哄睡觉,被我画下。旅居国外的日子,虽有派来专做家务的德国女工,会厨艺的妈妈也常下厨房,用平锅做卷心菜包肉招待周末来打牙祭的中国留学生,一来就是七八位,那是嘴馋的我和弟弟开心的时光。

女生们和妈妈一样都穿着出国定制的服装,浆洗挺括的衬衣束在呢料腰裙里,妈妈的气质,会搭配穿着,让年轻女孩们很是羡慕,自然她们也是我画的对象。

妈妈很少当面夸我,包括后来的写作,等我出版了好几本书后,也顶多说点"不错""打90分吧",更多的是挑毛病。许多年后,外婆感叹"早知静如(妈妈的学名)让女儿学画,还不如当初让她自己学呢",多少流露出对这个小女儿个性我行我素的复杂心态。

1937年"七七事变"后,舅舅从英国给外婆写信,劝她允许妈妈离开天津,说妈妈的性格不适合留在沦陷了的天津,外婆这才放手让妈妈去了西南联大。哪知联大偏以自由闻名,教学自由,选师自由,结社自由,师生打成一片,让妈妈觉得自己像只飞出笼子的鸟儿,开心极了。今年吉林电视台来拍摄,导演还问过她到联大的感觉,她爽快地回答:"当然好啊,自由啊!"我懂妈妈说的自由,更多的是指中国人决不当亡国奴。她参加过漫画班,写过抗战诗,要不是旧式家庭约束,妈妈真的完全可以成为一个驰名中外的女画家呢。

妈妈的眼睛最有神

异国那些新鲜多彩兼有风雨的日子,过得好快。尽管德方大学和中国大使馆都有挽留爸妈这两位优秀教师之意,但妈妈还是执意回国,就像妈妈当初执意要带孩子出国才肯上任一样。后来才了解她曾对我的钢琴老师透露自己的忧虑:这里的生活太熟悉习惯了,怕是赶不上国内的社会主义改造。

回国前,我们和老师一起过了六一儿童节。有一天,大家一起出游,在蔡特金公园,穿着绿底大花系腰带布拉吉的妈妈,在草地上款款走来。前几天她问我有没有这张照片,想给帮她做口述历史的余斌看,我马上找出了发到她的微信,她吃惊地说,居然你还保留?我知道这是她一生偏爱的照片之一,真想有一天我能把这些妈妈这一生岁月的印记都变成画。

回国后我顺应上了初中,三年后,1960年秋,妈妈走进南京师范学院,那个日后她在一篇散文中描写过的美丽校园。妈妈教外国文学选读,用她特有的方式。一天我画妈妈午睡,凉席毛巾被,枕边是《为人民服务》单行本,这是当年规定必读的书。

"从15岁离开妈妈",这是日本影片《东京塔》里儿子小雅的一句台词。我何曾不是这样,15周岁,妈妈亲自送我来北京报考了中央美术学院附中,从此我离开了南京的家和爸妈的视线,越走越远。在我后来积攒的画本里,妈妈从年轻到中年,头发渐渐白了,只有眼神没有变,那是一双聪慧过人,不失机智,具有安全渡过激流险滩必备的戒备和洞察力。

妈妈非常上相,即使过了百岁,她的神采也能盖过与她合影的那些岁数小得多的人。看了纪录片《九零后》,我更加认为,妈妈眼睛里饱含的孩童般的好奇、天真、志趣,独立自强带来的自信,和许许多多联大人一样。

"文化大革命"中我五年没回家,1972年终于被允许探亲,和丈夫一起在南京过了一段难得团圆的时光。我又拿起画笔,画了从农场归来的爸爸,画了临时被调回翻译联合国文件的妈妈伏案工作的场景。她的衣着发式,70年代初中国女性的样貌,至少比下水田挑塘泥挨批斗的待遇好多了。

爸爸去世后,家里唯一的书桌妈妈接着用。位置变了,桌上堆砌凌乱。1999年最后一天的黄昏,我被妈妈坐在桌边写信的姿态吸引。台灯光束将妈妈握笔的手映得更加白皙,她向来很会保护自己,穿了七件衣服,看了就暖和。妈妈喜欢写信,也很会写信,写长信。她总喜欢先列出写信名单,一长串,北方的南方的,足见她心里惦记的人很多,当然往往不可能完成。

妈妈越老越像外婆

2001年妈妈到北京住了两年,在我家写下十篇散文,都是和巴金的信有关的人与事。每写一篇,我就录成电子版,她的第一本散文集《青青者忆》源于此。

那段日子里,我常陪妈妈去小金丝胡同6号看舅舅,兄妹二人倚着沙发聊旧事,说些在外不便说的话题,那样松弛、惬意和满足,小猫酣睡在一旁,太阳的影子渐渐西斜,此情此景,我永生难忘。

2003年妈妈回南京不久,骨折住进了医院。她一向喜欢住医院,喜欢白衣天使,喜欢和医生聊天。手术后她很快恢复健康和写作。她告诉我,股骨颈钢钉价值8000元,就相当于一枚钻石戒指,她和爸爸的结婚纪念日在"八一三",她写下了《命中无钻石》。

陪床让我有机会敞开画了好多妈妈,我们姐弟甚至把年夜饭端到病房一起过年,妈妈说话从来不给面子,席间当着大家劝我剪掉"一头烦恼丝",开始新的生活。

自从有了高铁,我一年回南京四五趟。南京北京西路南大16舍带小院的单元房,是1965年妈妈做主决定从汉口路搬来的。爸爸生前赶上国民福利买房,他的教龄长,一万元就拿到了我家第一份房产证。有一年我画了石榴叶落满地的彩铅画,视角从屋里往外延伸,直到绿色的铁栅栏院门,从此《妈妈的小院》在我的画本里不断出现。

我更多地画妈妈的生活起居,看书看报看电视,也有睡觉泡脚,偶尔还会教陈小妹厨艺。一般情况妈妈随便我画,有时我也挨过骂,老提我画过外婆病榻上吸氧的事,这是我为她老人家画的唯一画像。妈妈越老越像外婆,连说话脾气都像,可在我心里,她们在任何状态下都可爱非常,常常望着妈妈生气的样子,我忍不住想笑。

这些年妈妈婉拒了不少访客,也接纳了她还喜欢乐意配合的,比如西南联大博物馆龙美光一行专程来录口述历史、徐蓓导演的电视片《西南联大》《九零后》、现代文学馆计蕾专访老作家等,这些我都有幸画下了。

妈妈的谈吐,思维敏捷,超凡记性,爱国情怀,让所有在场的人折服。她更喜欢和熟悉的小友聊天,可以放松,随意,不用设防。有一次她对一位想了解南师历史的小友讲往事,过了几十年,重听仍觉毛骨悚然。

这两年妈妈最重视的事,莫过于和余斌合作的口述历史了,一年来《名人传记》《环球人物》《读库》等知名刊物,都在陆续刊登,这是102岁老人献给这个带给她眼泪和幸运的世纪最好的礼物。

晚报代表了时间

(原创) 2021 - 12 - 30 金宇澄

去年,我的一幅画被委托给"Poligrafa"制石版画,疫情期间只能邮件沟通,没料到英文"石版"与"平版"实为一词,结果对方制作了"平版"版画,即20世纪80年代上海印刷业曾取代铅字的"PS"版"四色"模式。委托人只能表示理解——版画特性是在手工,相比"艺术微喷(即彩色打印)"版画,西班牙师傅们"PS"四个手工分色过程,确实是遥远年代的手工活了。

1985年年初,我第一篇散文在晚报"夜光杯"发表,铅活字印刷("我的文章变成了铅字",作者都曾这样快乐地想过),已是遥远的怀念了,可惜我没去过老晚报的排字房,据说就在九江路老大楼内。几年后,我在《上海文学》做编辑,当时的写作、编辑,包括印刷,当时的报纸杂志,都处于遥远的手工时代,重视"自由来稿",上班是收信、写信,看作者手迹,复写稿比较费眼,垫一张"蓝印纸"复制的手稿,有垫两张、复写第二份的"二手"稿,肯定不清晰。稿纸右下方,印有"150""300""500"说明,便于计字数,编辑都是手改,甚至剪刀糨糊,杂志的排版由美编负责,报社编辑要自己拼版,据说还包括排列文章间隔的花边等,杂志的文字编辑均无此手艺。最有老晚报辨识度的排版,叫"甩尾巴"还是"穿弄堂"?长文总会在短文旁弯弯曲曲延伸,长文并不显长,短文也不显短,晚报一个版面,要求有十一条稿子,才是好版面,短的只有百来字,传说副刊贺小钢就是"穿弄堂"高手,还据说九江路有一位老编辑,排字出身,他划的版样,排出字来一个不多一个不少,这是圣手了。

无论杂志和报社,编完的稿子最终都捏在排字师傅手中(不知九江路如何排字),印厂的排字间,是铅字的海洋,每一号铅活字都手造手取,印厂的师傅都尊称为老师,手眼了得,在满壁铅字架前走动,无论横写竖写、繁体简体凌乱潦草,编辑红笔涂改到天地满篇"大花脸",出手照样一清二楚(如今二级教授也办不到),浇纸型也应一样(印报会不会圆筒状铅版?),浇版后笔画标点偶有缺损,就要修字,修字工有各种刻刀,在缺处补焊,然后细致刻出逗号、冒号或仿宋的竖钩、楷体的撇捺。

20世纪90年代,听晚报记者讲过九江路排字房,"一整块版子不小心掼下来了,托盘里(排好的)铅字、花边落了满地,这是出大事故了,当场调动所有人,分工重排,要抢'辰光'呀……"文学月刊编辑,不懂晚报时间的重要,仿佛晚报就代表了时间,记者跑新闻,交通工具只有门口20路电车,只能电车速度,啥也没有,没有电脑,没有传真,也会有记者电话口述,编辑抄录,火速排铅字的传奇,包括社里每天都在走廊里贴出清样,人人可以贴纸条留言商榷,就稿论稿,提各种意见,基本不是表扬,当年的气氛,难免叫人神往;当年的《上海文学》,也常为一个小说稿引发激烈的争论,但文学杂志的时空观,与争分夺秒的晚报比较,是两个世界。

到1990年,印象中作协大院常有晚报记者身影,是否与邻近报社有关?晚报是哪一年搬来延安路的?不记得了。很早就认识了严建平和贺小钢,他俩是最熟悉文学的优秀编辑,严老师不大说话,小钢的话也不多,他们总有标志性的微笑。黄昏时,我常常在团市委(马勒别墅)高墙下遇到小钢,我下班,她总在刚上班的路上——对她印象深,是因为她说过,她妹妹叫贺小煤——那年头父母真敢取名,我有名字敏感,是一直顶着"金舒舒"之名上完了整六年的民办小学,课堂地址散布在作协、晚报附近的巨鹿路、长乐路、进贤路、陕西南路、瑞金路、茂名路、南昌路等幽暗弄堂里,直到1966年夏天,我爸才不得不改去它。

20世纪90年代,上海人都习惯在家待客,我和朱耀华去过晚报编辑杨晓晖(南妮)家吃饭,有骑车记忆,如今回想她家在浦东,不大可能骑车摆渡走这么远吧……她与黄爱东西、黄茵、石娃四人,曾是夜光杯专栏当家的"四花旦",很可惜后来不大写了,还记得她说的编辑之道,珍贵的东西总会留下来,时间会让编辑作者成为朋友,"结怨的也有,我们以前的老前辈说,十篇文章,九篇用了,一篇不用,人家就不高兴。"

印象更深的是贺小钢家的聚会,那晚来了很多人,小钢拿出橱中的捷克水晶高脚杯来用——最后洗碗时,我惊讶地发现,众人七手八脚堆叠的碗盏底部,一支高脚酒杯碎了。

还有个印象是1990年,我随晚报记者参加的"金状元"活动,全市各处殡葬师,会集于西宝兴路,现场有座谈、化妆、评比几部分,议题包括"谈恋爱难""棚户区行车不便""考察海外最先进设备,需高学历员工操作""本行业逐渐受尊敬"等内容;高悬的福尔马林吊瓶、镊子、粉底、棉花球、骨灰的洁白度,都更新了我的认识;记得有一位郊县化妆师获了奖……很多年后看《人殓师》,我立刻会想到当年这些难忘故事和感人细节。

《新民晚报》是当年的互联网,沪语称"晚"为"夜",上海人"夜里""夜到"最要紧的是"夜报",里面有最多上海消息、上海闲话、上海面孔。"夜饭吃好,看看夜报,早眼困觉";我的 80 后同事,今《上海文学》执行主编崔欣说,20 世纪 90 年代,她家住吴淞路的街面房子二楼,每天放学回来,父母还没下班,听到窗下报贩喊了一声,她就用大铁夹子夹了钞票吊下去,"我家夜报,每一次是吊上来看的";90 年代《繁花》小毛的原型,必须"看光夜报所有的字(包括中缝广告),才肯困下去"。

我也看了多年"夜报",为"夜报"写的印象较深文字,是小说原型一个口述,80 年代,此人以大闸蟹发家,更早的行当是贩肉,上海市内猪肉凭票,昆山却有自由市场了,每日凌晨,此人骑摩托车到昆山,跑一个来回,钞票就赚到了。有天起得晚,此人没贩到一斤肉,回程时,发现有一片安静的菜地,此人就停车"下去穷摘青椒,直到装满摩托车两边铁皮桶才停手,挽回了这一天损失"。这一番话,是此人 90 年代参加小学校友会的发言,班主任和全班同学都在场,班主任请每人讲一讲感想,此人就讲了青椒的故事,"很多年过去了,我可以讲真话了,我真对不起当年的农民老伯伯……"这是开场白,然后此人讲起小学四年级某天早晨,全体同学进教室,看到黑板上有一行侮辱班主任的粉笔字。班主任一进来就问,啥人写的?讲出来!全班不响,班主任对不清楚笔迹,最后忽然拎起此人,拖出教室,罚到走廊里"立壁角"……现场班主任已经老迈,连忙起身道歉,此人宽慰说,是我不好意思,这是无所谓的,不碍的,我讲一讲是因为一直好奇,这粉笔字,当年到底是啥人写的?现在可以讲出来了吧,完全不要紧,可以随便讲嘛。眼前的同班同学,一个都不少,但此人还是没料到,全班的老同学,依然保持不响,此人像又回到了当年四年级的教室里,根本没人立出来。

2012年夏,《收获》副主编钟红明一直催我长篇的篇名,我迟迟不定,即将发稿,见到了某杂志的关键字"繁花似锦",才定名为《繁花》,这两字让我意识到,如果取《海上繁华梦》《海上花列传》各一字,也就是它了,我喜欢这两部旧上海小说,但我怎么就是没想到。

再几年,看到了一段资料:

1946年《新民报》"夜光杯"创刊;

1956年5月1日"夜光杯"更名"繁花";

1966年8月22日《新民晚报》停刊("繁花"消失),刊7256期;

1982《新民晚报》"夜光杯"复刊。

福克纳有言,"人只是背向坐于快速奔驰的车上,唯一清晰、稳定、可见的部分,是过去……"我幼年和少年的过去,整整10年里,繁花这两字每天在晚报上出现,我却不知道;晚报繁花,它的缘起和10年后没再现的原因,我都很好奇,但也时常遗忘,时间,确实在于遗忘,"一首过往之歌,一桩过去的事,长者的面容,青春的感念,落满了尘灰,只有翻开这些文字,才会再一次复苏,让人注目,既不幸福,也不是痛苦,是时间存久的韵味……"粘贴前几年写的这些话,想起了前几年的一天,我眼看《新民晚报》的大合订本,就堆叠在《繁花》电影剧组地板上,那么醒目,居然未及翻看一下。

无论怎么说,晚报与繁花有缘。

不变的情怀

(原创) 2022-01-02 叶辛

1982年元旦,上海的《新民晚报》重新和广大读者见面的时候,我远在山城贵阳,但是通过媒体得知消息,我还是很高兴。除了告知周边的文化人,还特意把这消息告诉了《贵阳晚报》和正在紧锣密鼓筹备中的《遵义晚报》。眼前不时闪现中小学时代,上海街头报亭前每天黄昏排着时长时短的队伍买报的市民。

仅仅隔开约两年时间,好像是1983年年底、1984年年初,《新民晚报》社寄给我一张样报,我仔细地从头看到尾,发现副刊版面上登了一篇半块豆腐干大小的报道,说的是钱伟长先生称赞我的长篇小说《蹉跎岁月》的事。那时候,我和《新民晚报》编辑记者没有联系,也不认识钱伟长先生。但我心里一直很感动。

1989年秋,我调回上海之后,写下的第一篇小文,就是在《新民晚报》上刊登的。自那以后,和老、中、青几代编辑逐渐相识熟悉起来,陆陆续续写下了几十篇小文。其中,《不要折腾茅台酒》一文的影响和动静最大,不但听到读者好评,也收到过读者的批评。至今这篇文章仍挂在网络上,九年了,点击率有好几千万了吧。贵州省里上至领导,下至黎民百姓和各族老乡,有的是看过这篇小文的读者。我想这是茅台酒近年来愈加被世人关注造成的吧。

我特别要提到的是去年那一篇《相隔半个世纪的照片》。这是我写给《新民晚报》最长的一篇文章了,也是晚报编辑在叶辛文学馆里看到了两张照片以后,特意约我写的。这是一个金点子。乍一听说,我还不知从何写起。我平时写小说,以虚构为主,从未想过要写一写身边这些知根知底的老朋友。哪晓得一写开,就收不住了!害得编辑给我和六个最为普通的小民百姓辟出了整整一个版面刊登。文章刊出后,"事情闹大了!"

唐刚毅的一位90岁邻居,是个晚报的老读者,每天把取晚报、读晚报当作功课做,跷起大拇指对他说:"唐先生,你们50年的友谊坚持到现在了不得!"

远在美国的培德称晚报是他的"思乡病特效药",白天是半个美国人,在纽约市中心上班,傍晚后回到家中是半个中国人,读报,享受在家乡乐园之中。现在美国订不到海外版了,疫情之前那几年,他每半年回国返美,都要打包半箱子新民晚报带回去,弄得浦东机场的女保安见了,觉得不可思议。他在纽约,读到的是网络版,说一出报,上海好几个人给他转了过去。

陈钦智的一个学生在邮局工作,看到报纸当即给他买了一摞"快递";另一个学生读到报纸,第二天就驱车去了高桥的叶辛书房。

夏定先工作经历丰富,他兄弟姐妹多,几乎所有的亲戚朋友、大学同学、几个单位的同事,给他发出了很感人的感言,我都深受感动。

刘澄华的农场同事不但给他带去了报纸,还和他一起回忆身处天南海北几位老同学互相通信、通讯员取信时的细节,称他们也是间接的见证者。

正如段智感慨说,原本是平淡、朴实的友情,经《新民晚报》这一登,让岁月的跌宕和悠远,令这份情谊弥足珍贵,更显奇丽。

在《新民晚报》复刊40周年的日子里,我把这些读者喜欢晚报、感激晚报的情怀写出来,也是一份祝愿吧。

在夕照中等待

原创 2022-01-05 赵丽宏

36年前,我搬进浦东的一个居民新村,六层楼的建筑,住在五楼。每天下午4点以后,太阳偏西,天渐渐暗下来。这时,门外的楼梯上,会响起伴随着拐棍点地的脚步声,经过我的门口,又缓缓下楼。大约半小时之后,那声音又从楼下传来,经过我门口,慢慢上楼。

我起初的判断,这是一个老人,或者是一个病人,可让人不解的是,为什么天天在这时候下楼上楼?我无法抑制心中的好奇,一天傍晚,脚步声从门口经过时,我开门察看,只见一个身材高大却瘦骨嶙峋的老人,佝偻着身子,一手扶着楼梯栏杆,一手拄着拐杖,艰难地从楼上下来。我和他打招呼,问他下楼干什么?他回答我五个字:"等《新民晚报》。"

原来,他每天下楼,就是为了等邮递员,为了等着读他家订的那份《新民晚报》。一楼到六楼要走180级楼梯,对这位衰弱的老人就像是一场马拉松,但他每天为一份晚报上上下下,坚持不懈。

我也订了一份晚报,邮递员每天会把晚报投放到信箱里。有几次我去开信箱,看到那老人坐在门口的花坛边上,埋头在手中的一张晚报中,读得聚精会神。他的手在颤抖,报纸在他手中晃个不停。他的鼻尖几乎碰到报纸,眯缝的眼睛里,闪露出欣喜而满足的目光。楼下的邻居告诉我:"这位老公公90岁了,一张《新民晚报》是伊命根子,勿看见晚报,伊会在门口一直等到天墨墨黑。"

老人天天下楼等晚报,他的儿子媳妇很不放心,又无法阻拦他,索性停止了订阅。老人不知道家里已经不订晚报,还是每天按时下楼来等。但是很奇怪,每天,他仍然可以从邮递员手中拿到一份晚报,一个人坐在花坛里一直读到天黑。我遇到送报的邮递员,问他是怎么回事。邮递员是一个小伙子,他说:"老人喜欢看晚报,这是他生活中最大的乐趣。他家里不给他订报是不对的。他们不订,我还是每天送给他。"

有一天,晚报因故没有及时印行递送,老人坐在门口花坛边等到天黑,被子女架着回到了六楼。第二天上午,邮递员把隔夜的晚报送到了六楼,但老人已经离开人世。他生命中最后的祈望,是阅读当天的《新民晚报》。

在《新民晚报》复刊40周年的时候,很自然地回忆起这件往事,这是一个很有象征性的故事。那时晚报还刚刚复刊不久,上海老百姓对晚报的期待和喜欢,是生活中一件重要的事情。每天傍晚,千家万户都在期待着送晚报的邮递员。人们喜欢《新民晚报》,是因为它贴近老百姓的生活,每天的报纸上,都有鲜活的文字，有大家关心的信息。

我为《新民晚报》写稿，也差不多有40年历史了，在"夜光杯"副刊上发表过多少文章，已经难以计数。为晚报写稿，有很多难忘的记忆，也使我和读者之间架起了奇特的桥梁。有一次，我收到一个年轻女孩的信，她因为生活和爱情不如意，产生轻生的念头。她爱写诗，却对前途无望，想结束自己的生命。收到这样的信，我很难过，也非常焦急。我当天就写回信劝慰她，却无法寄给她，因为她没有留下地址。情急中，我想到了《新民晚报》。我把回信交给和我联系的"夜光杯"编辑贺小钢，几天后，这封信以《一封无法邮寄的回信》发表。

那个女孩每天看《新民晚报》，她看到了我写给她的信。悲剧没有发生，她的人生道路仍在继续。

和我联系的编辑贺小钢，是一位细致而严谨的好编辑，我们开始联系时，她还是刚从大学毕业的小姑娘，现在已经退休了。时光无情，岁月催人老，但文化的传承生生不息，《新民晚报》依然保持着年轻的活力。每天傍晚，上海的老百姓仍在夕照中等待着这份让人亲近的报纸。

《夜光杯抒怀》的抒怀

原创 2022-01-06 奚美娟

为纪念新民晚报复刊40周年,报社约我录制一篇谢晋导演写的短文《夜光杯抒怀》。这篇文章是谢导为庆贺新民晚报复刊、副刊改名"夜光杯"而作,写于1982年元旦。

转眼40年弹指一挥间,谢导也离开我们十多年了。今天,当我捧读这篇文章时,随着那珠玉般的语言,我的思绪也飞向了盛产夜光杯的大西北。谢晋导演在文中说,"夜光杯"的名字让他浮想联翩,因为他曾经为拍摄《牧马人》到甘肃去看外景,在酒泉购得名闻世界的一对夜光杯。他写道:"购杯后夜抵旅次,与编剧李准同志斟酒杯中,促膝交觥,畅谈平生。从甘肃名酒'陇南春'谈到'欲饮琵琶马上催'诗句中的马。又从河西走廊山丹马场广阔的草原,想起'天苍苍,野茫茫'这首古老的《敕勒歌》。于是决定将它贯串在影片《牧马人》中……"

谢导因对夜光杯的联想,道出了一段鲜为人知的电影创作经历,也让我们看到当年的艺术家在天苍苍野茫茫的外景地,如何触发灵感,在民族传统文化中找到了贯串影片的灵光。谢导是越人,他的作品有江南秀色的细腻精致,但他为人豪气冲天,酒量惊人,他拍的电影大气磅礴,苍苍莽莽,他写的文章意象密集,天马行空……那一切真是来自他走南闯北,吸取了天地之精华,河漠之浩瀚,才熔铸成这样丰富厚重的人性力量。

真是巧了。就在前几天,我也刚刚参加了张挺导演的电视剧《天下长河》的拍摄,我扮演康熙的祖母孝庄太后。剧作表现的是大清开国之初,康熙南平三藩北治黄河,终于为大清帝国奠定盛世的基础。治黄要治源,我从镜头里看到编创人员在航拍黄河之水浩浩荡荡穿越甘肃宁夏内蒙地界,奔腾呼啸不息,让人观之激动不已。真是天苍苍野茫茫,从《牧马人》到《天下长河》,40年来,祖国的名山大川天地宇宙,孕育了多少优秀文艺作品的诞生!

谢导在文章里赞美甘肃的夜光杯:"祁连山的墨玉,雕琢成杯,举杯对光一照,黛色中有淡色的波纹,很像月光从乌云中透出的光彩。"其实夜光杯由墨玉为材料,它厚重浑成,但又隐约透光,寓希望于沉重,它不像玻璃杯那样透明轻巧,更像在弥天长夜里让人期盼着挣扎着追求着的一线光明。

葡萄美酒夜光杯啊……

我和我爱的《新民晚报》

(原创) 2022-01-09 陈村

朋友跟我说,《新民晚报》纪念恢复出版40周年,我愣了一下。时间真是贼快贼快的。40年前我已大学毕业,在一个公司办的职工学校当语文教员,业余写小说、散文。

我们有一群业余作者,定期在作协的西厅碰头,讨论大家感兴趣的文学话题。我从这时开始认识晚报的记者和编辑。上海人很少完整地说《新民晚报》,他们口中的"新民夜报,夜饭吃饱"的"夜报"就是这份报纸。

给晚报写稿是一件愉快的事,给文学杂志写小说,要几个月甚至半年才能出版,在晚报的副刊"夜光杯"上则快多了。写完没几天就会有人告诉说你有文章发表了,他看见了。晚报最多的时候发行100多万份,也就是将你的名字印刷100万遍,是不是很精彩?

要想跟我的上海父老乡亲说话,选择晚报是最好的。它面向市民,有他们关心的街谈巷议和吃喝玩乐。他们往往将一些小题目细细地说，有一种特别的温馨和贴切。给晚报写稿不辛苦，写的是非虚构，不必编造什么故事。找件小事说一下，开心一下，或者忧愁一下，会在这个城市里找到那些有同感的人。我在报纸上写过旅游，写过女儿，写过读书听音乐，已经不记得到底发表过多少篇。

最特殊的是承它发表了我人生的第一张照片，是那种光明正大、坦坦荡荡的照片。在那个照片上，婴儿的我还将照相馆的毯子给尿湿了一圈。编辑请读者猜猜这小子是谁。真是多好啊，这才像是一个城市的市民生活，有出生有死亡，有正在过的日子，有他们在这个城市里的东游西走，有众生的喜怒哀乐。

近年我曾开过一个叫"陈村照相馆"的专栏，每次发表一张我拍的照片，下面写几百个字。照片上的人多数是我们这个城市里的居民，大家认识的或听说过的，肖像发在这份上海的晚报上跟市民见见，对他们也是一件很愉快的事情。跟他们同时代，真是幸会。

现在有了互联网，报纸看得少了。但看报和看网毕竟不一样。网像一层浮油，来得快去得快，写了多年，网站也许尸骨无存，那些图文灰飞烟灭。报纸则不一样。报纸会妥妥地保存在各大图书馆，几十年后几百年后去看，曾经被印刷了100万次的名字和文字还在那里。报上的许多东西，隔开岁月的长河，也许更加有趣了。人们从这上面找出当年的城市和前辈的踪迹。他们是不是会问，那个穿开裆裤的男孩是谁？

我认识不少晚报的编辑记者，有的跟我一样已经退休了。他们是最敬业的一群人，一丝不苟地工作。现在，晚报不仅印在纸上,还趴在网上。现在报上的一篇文章比以往传得更远更快,一个大脚就开到了国外朋友的手机上了。

祝贺《新民晚报》复刊40周年,祝它长命百岁,祝它百岁以后还有百岁。爱晚报就是爱上海,它跟上海这座城市不可分割。外滩和陆家嘴是上海的外套或者说是演出的燕尾服,晚报是上海的内衣,是老上海人乘风凉的时候穿的那一身最舒服的衣衫,是抚摸小孩子脑瓜的那只温厚的大手。

没有更多的话要说,我想说的意思就是一个,我觉得这报纸好得很。谢谢编辑,谢谢我的晚报读者,谢谢《新民晚报》。

纸上大舞台

原创 2022-01-11 王汝刚

我有过一段跌宕起伏的生活经历：14岁那年，全家被扫地出门，搬进危房小阁楼；16岁那年，背井离乡来到穷乡僻壤插队落户，插秧、种田、养猪、放牛，样样都干。几年后，回到繁华的上海，望着长不出庄稼的水泥地，我内心充满彷徨：这里能种庄稼吗？能喂鸡、养猪吗？除此之外，我还能干什么？

后来，我被分配去工厂工作，内心充满喜悦：总算当上工人阶级了，如果有机会能去部队就更好了，工、农、兵三大事业我都能亲身实践。但是，这个梦想永远不能实现，家庭出身是沉重的包袱，我没有资格从军保家卫国。

由于我表现不错，属于"可以教育好的子女"，领导培养我成为厂医，真是喜出望外。谁知，我的母亲突然逝世。守着母亲的遗像，心中隐痛。望着年迈的父亲，欲哭无泪，实在找不出安慰的语言，父子相依为命，家庭鲜有笑声。

1982年春季的一天，我下班回家，父亲露出难得的笑容，对我说:"中央这些老人马又出山了。"我明白这句话的内涵:"党中央拨乱反正,老首长恢复工作了。"我忙问:"哪来的消息?"父亲取出一张散发着油墨香的《新民晚报》说:"喏,这可不是小道新闻。"原来,在上海人心目中有着特殊感情的《新民晚报》复刊了。

从此,每天下午排队买《新民晚报》成了父亲的功课,刮风下雨,乐此不疲。逢到厂休,我会主动承担。日长时久,认识了很多"排友"。比如,邮电局对门清真馆子"回风楼"的女厨师是位热心读者,逢人介绍:"什么东西味道最好?上海滩的《新民晚报》和回风楼的银丝卷、牛肉汤包。"

说真的,自从有了《新民晚报》,我家热闹起来了。邻居上门笑容可掬:"借张《新民晚报》好吗,我看上瘾头了。"厚道的父亲总是谦让:"快拿去看吧。"我不解地嘟囔:"不会自家去订一份报纸吗?"父亲对我解释:"订阅《新民晚报》是不容易的事体。"

本来,父亲和我年龄相差50岁,他从事工程建筑,我喜欢文化艺术,两人共同语言并不多。自从《新民晚报》进了家门,父子交谈的内容增加了许多,尤其看到共同关注的题材,还会议论起来,这时,我才认识到,平时沉默寡言的父亲学问懂得不少。有一次,晚报刊登一篇介绍阳春面的文章,引起了父亲的回忆,他告诉我:从小生活在徐家汇附近的土山湾,当地老百姓把"阳春面"称为"阳青面",而外国神父称之为"洋葱面"……我听得有趣,提笔写了一封信,内容谈论"阳春面"。信封上写着:"新民晚报收",就算大功告成。次日,我把这封信投进邮筒。接下来几天,我傻傻地等待回复。谁知,杳无音信。我才联想起来,这般情形与契诃夫笔下的小说《凡卡》多么相似:孙子在靴子店学徒,写信给爷爷诉苦,信封上写着:乡下爷爷收,自以为爷爷一定会收到,谁知……唉,我竟然也做了如此幼稚可笑的事。父亲知道后,没有取笑我,只对我说:"办事情不会一步成功的,坚持下去,才会有结果……"

从艺后,我有幸结识国画大师申石伽先生,他曾得意地举着《新民晚报》对我说:"书生不出门,能知天下事,欲知天下事,每天读报纸。"他鼓励我写作,甚至亲笔写下"妙语天下笑星本色,意在言外菩萨心肠"送给我。就这样,我开始动笔写些短文,投稿给"夜光杯"。40年来,从买报、读报到为《新民晚报》写稿,我心中明白,文字不是我的强项,真心感谢《新民晚报》的厚爱,给我提供了讲好中国故事的"纸上大舞台"。

我认识的金采风先生

原创 2022-01-11 秦来来

在戏剧界,表演艺术达到出神入化的地步时,她(或他)塑造的人物,会被誉为"活××"。金采风,就是这么一位越剧艺术大家,她饰演的《盘夫索夫》中的严兰贞,就被观众誉为"活兰贞";她扮演的《碧玉簪》中的李秀英,竟然享有"神秀英"的殊荣。她脱胎于袁雪芬的唱腔而自己形成的"金(采风)派"唱腔,已成了许许多多越剧演员的标配,更被许许多多的越剧粉丝传唱。

20世纪80年代初,我和毕志光一起把电影剧本《宦娘曲》改编成越剧剧本(后来承蒙胡晓军先生厚爱,拙稿越剧剧本《宦娘曲》被刊发在《上海戏剧》——这是后话)。我们单位的领导把它推荐给了当时的越剧院党委书记张成之先生,他把我约去,称赞本子改得不错,尤其是唱词写得特别好。他又把剧本和我推荐给了越剧院的著名导演黄沙老师,请他把关。

黄沙老师把我约到了他府上。于是,我有了认识黄沙同时又认识他夫人金采风老师的机缘。

"文化大革命"结束后,上海越剧院恢复上演了《祥林嫂》,让我对袁雪芬、金采风两位老师共演的祥林嫂服帖、崇拜。此时居然见到了心中的偶像,自然是十分惊喜。黄沙老师仔细地跟我讲了剧本的不足,主要是戏剧冲突不够,很难形成高潮;其次,唱腔太多,如果按照这个剧本来演的话,三个小时也打不下来。但是,他也真诚地称赞唱词写得好,不仅美,而且没有脱离人物,没有脱离场景。

　　我说,我们的这个剧本,一个很重要的原因就是,冲着金老师的。我跟他说,我们这个剧本是有的放矢,这个"的"就是金采风老师,我们就是按金采风老师的表演风格创作改编的。

　　他笑着说,你们就这么有信心? 我说,我们其中有一场戏,描写男女主人公最终冲破隔阂,女主人先后三次要想揭开横亘在两个人之间幕帘的唱腔"三揭帘",就是按照金老师在《碧玉簪》中的"三盖衣"的唱腔而设计的。黄沙老师笑着说,看得出来,你们很用心。

　　实际上,我们当时对越剧院的生产过程根本不了解,只是一厢情愿。但是黄沙、金采风两位老师很关爱我们,没有因为我们是"初出茅庐"的"菜鸟"而敷衍我们。现在回想,也对当年的"无知无畏"感慨不已。

　　从此,金采风老师也对我有了认识。后来我进了广播电台戏曲组工作以后,跟金老师的接触也多了起来。

　　20世纪80年代末,我们电台广告部为广告客户组织了一场文艺演出。我们的广告部经理唐可爱知道我会唱几句越剧,就提出让我也客串一个。我就大胆提出,和金采风老师合作一段

《祥林嫂》选段。老唐听了以后,张大嘴半天没说出话来,我明白她的意思,就是,金采风这么个大艺术家,你要和她一起唱?我说,老唐,你就试试,看看金老师是不是同意。说老实话,我自己心里也没有底,金老师能同意和我一起唱吗?又是个"无知无畏"。

没想到第二天老唐来找我,说,没想到,你的面子这么大,金老师一口答应。

于是,我又一次来到金老师的府上。金老师很严谨,虽然同意跟我合作,但她不愿意随便应付。她让我唱给她听,并给我纠正了不合适的地方。演出那天,她也早早地来到后台,让乐队配合我们练了唱。

我知道,我唱得不好,就是胆子大。但是金老师关爱、提携我这个外行的热情,让我一直铭记在心。

大约十年前,金老师给我打来了电话,问我有没有空,约我见个面。就在越剧院旁边的一家餐厅里,她把新收的徒弟史燕彬介绍给我。

那时金老师已经80多岁了,早已功成名就。可是当她发现了好苗子时,就顾不得年迈。她对我说,现在适合演"青衣"的演员不好找,而彬彬(指史燕彬)个头高挑、形象俊美,当赵志刚把她介绍给我看的时候,一眼就看中了。她扮相、嗓音等各方面的条件不错。

看得出,金采风老师很是兴奋。她对我说,你了解我们越剧,又经常在《新民晚报》上写文章,我要拜托你,给彬彬写篇文章,介绍一下,让上海的观众知道她。

我不敢不从命。于是,我把金采风老师对史燕彬的介绍,认真记录了下来,整理以后,把稿子投给了晚报,就有了《金采风与史燕彬》的文章。当天晚上,金老师就打来电话,说看到了我写的文章,很高兴。

屈指算来,与金采风老师相识、相交也有四十余年了。她不仅台上戏好,而且台下人也好。如今她离我们而去,却不会太远;因为,她塑造的那些经典,会长长久久地留在热爱她、崇拜她的观众心里。

张艺谋：工作狂人和吐槽高手

原创 2022-01-13 周晓枫

不知疲倦，超级工作狂

张艺谋是超级工作狂。他每天连续工作十几个小时，中间无需任何休息。任何时间他都可能在劳动，马不停蹄是他习以为常的节奏。他经常每天只吃一顿，废寝忘食。他的助手、后来成为制片人的庞丽薇跟我说过一件趣事，在奥组委的张艺谋越战越勇，张继钢边开会，边在桌子底下偷偷给会场人员群发手机短信："哪位好心同志勇敢站出来，跟导演说一声，让咱们去吃晚饭？"

合作数年，我从没见张艺谋打过一个哈欠，他顶多熬夜后眼睛里有点血丝。我熬得脱形，白发频生，再看他老人家神采奕奕，不禁半是感慨半是抱怨："别人可不能像你似的，奔驰只烧奥拓的油量。"他点头："是啊，他们都说我体能超强。不过最近还是有点疲惫，是不是看着跟野狼似的？"当时我困得眼花，看他凸颧骨、深眼眶、两颊对称下陷,我心里哀叹一声:没人说过你长得像骆驼吗?所以能扛啊。

据说,张艺谋打出道就以此著称。拍摄电影《活着》的时候,张艺谋边拍边改剧本。每天结束拍摄,把主创集中到一起,讨论接下去的内容。天天熬到最后,人声渐息,编剧芦苇像木偶一样僵住,全身只有两个手指头活动,用于控制录音机的按键,把张艺谋的想法先录下来,等思维复苏时再领会精神。主演葛优半梦半醒,他的脸上用打开的剧本盖住,从剧本下偶尔发出一两声鼻音儿,剧本封面赫然上书两个斗大的黑体字:活着。张艺谋不挑人,谁睁着眼睛谁倒霉,被张艺谋逮住就往死里谈,直到对方失神、呆滞的眼睛终于闭上。张艺谋就在旁边等着,他的眼睛跟探照灯似的来回扫射,看谁把眼睛重新睁开——谁敢把眼睛睁开,他就接着跟谁练。

作家毕飞宇曾跟我说,当年给《摇啊摇,摇到外婆桥》当编剧,张艺谋这个可怕的习惯,让剧组人员远远见到他就落荒而逃。毕飞宇逃回自己的房间,张艺谋追杀而来。尽管毕飞宇几近虚脱地赖在自己的床上,张艺谋依旧不肯放过,围着毕飞宇的床打转,跟他商量情节。终于,把毕飞宇熬得活活昏死过去,张艺谋才怅然若失地离开。

电影拍摄期间,张艺谋的小宇宙爆发起来更为可怕。他白天拍摄镜头,晚上完成剪辑,每天只睡两三个小时,数月如此。所以,他的电影关机不久就能完成粗剪。对于张艺谋来说,工作不是惩罚,是他持续的沉迷。

不浪费时间，把表拨快

张艺谋自述："我们这一代人受的教育，不会善待自己。回想我的经历，一步一步碰上好机会，可比我有才的多得是！假如我还在浪费时间、虚度光阴，说不过去。"

很多人把手表调快几分钟，免于误事；张艺谋也习惯如此，他很少迟到。有一次，我们几个人在一起吃饭，陈婷突然问张艺谋："你的表怎么了，现在到底几点？"不是手表的毛病，张艺谋这个乐于给自己上弦的人，越上越紧，竟然把表调快了将近半个小时。我不禁讽刺地想：真够国际范儿的，分分秒秒，生活在时差里。在批评声里，张艺谋恋恋不舍地把指针调回去，还是比标准时间快了十分钟。

张艺谋对"机会"也有着自己的理解："你没有办法辨别什么是机会，没有人能长一双慧眼，看到机会的来临。你只能做各种各样的准备，往往是准备之后你做了临时性的选择、不知深浅的决定，正是这些准备，让你的各种选择和决定改变了命运。等你若干年后回过头看，你才恍然大悟，原来那次抓住的就是机会。"

一根筋，执着而顽强

张艺谋是典型的陕西人性格，一根筋，执着而顽强。1987年，张艺谋在吴天明导演的《老井》里饰演男主角孙旺泉，为了接近角色，在体验生活的两个多月里，他硬是每天早、中、晚，从山上背一百五十斤左右的石板下来。

为了找到被困井下三天的状态,张艺谋果真三天粒米未进。等到实拍,张艺谋才知道自己白挨饿了。只有长时间饥饿才有效果,几天不吃不会有所变化。张艺谋说,如果拍动作戏让他抱个女的跑肯定没劲,但如果像电影《老井》中就那么搂着女主角在那儿喘气……他承认吃饱喝足,也可以演得奄奄一息。但张艺谋永远是那个搬石头、饿肚子的人,他愿意尽自己最大的努力,去把事情做到无悔。就是这样,凭这部片酬500元的角色,张艺谋成为中国第一位在国际A级电影节获奖的影帝。

张艺谋平常在导演里算是慈眉善目的,可探讨剧本期间,他显得"暴躁"。最痛苦的阶段,我们在重复路线上绕圈,直到陷落自己创造的深渊。张艺谋不光否定别人,也否定自己。我最怕他说"回头望",每一回头,他就怀疑走过的路程是错误的,至少不是最佳,他不断试图重新开辟航线,这种穷尽可能的讨论,难免使我们再次陷入困境和僵局。张艺谋鼓励说:"就差这么一点点,再努力一下就成了!"每次都说马上冲刺撞线,其实他不断移动红线的位置,每次都是百米跑成马拉松。

有时,我会恼火张艺谋在明显的死路上勇往直前;有时,神来之笔恰恰来自唯有他一人坚持到终点的努力。执着到匪夷所思,想起张艺谋《老井》中的忘我演出,他不仅想让后院的凿井出水,还想出煤、出石油、出黄金。这种不惜血本的开凿方式,使他能用原始工具挖掘到更大的深度。

八年来,我没听到张艺谋抱怨过自己多累、多辛苦、多不容易。从来没有。

表面严肃刻板,私下幽默搞笑

张艺谋在很多方面沉默隐忍,但在工作状况下,他是话痨,能连续十几个小时地说。看似刻板,配上兵马俑的表情,很多人以为张艺谋成天苦大仇深,其实他私下很幽默。

张艺谋谈剧本的时候热闹,跟武打人物似的,带动作,满场飞。我默默搬开附近的椅子,既怕他碰着,也怕他殃及我这样的池鱼。有时在想象巅峰对决时,张艺谋会将一把模拟中寒光逼人的宝剑突然直接抵向我的脖梗。如果排演的是古装动作片,我一会儿脖子上架刀,一会儿胸口插剑,一晚上得死好几回。

张艺谋口才极佳,反击厉害。我提醒他:"你的电影不要煽情,保持克制为好。为什么人物表情要那么剧烈,至于吗?跟话剧似的,最后一排的观众都能看见演员跳眉毛。"他立即反击:"你觉得应该怎么做?演员眼珠往左边转算一个表情,眼珠往右边转又算一个表情,你以为演的都是高仓健呢。"

张艺谋擅长混搭词汇,不合常规,但活灵活现。如果要出去吃顿好饭,张艺谋说:"让我们去补充一些精饲料吧。"张艺谋有许多即兴的奇谈怪论。比如他说:"中国人把肝肠肺腑之类的内脏看得很重要,很庄严,同时将对这些器官的破坏视作勇猛的气节,形容得都非常强烈,像披肝沥胆,像肝肠寸断。"

他脑子转得快,一个不经意的词,也会给他带来启发——只要一点点火药,他就能放一晚上礼花。张艺谋勇于创意,他总说创意完成了就是杯子,破坏了就是不值钱的碎片。有时我的主意并不高明,仅仅是个方向,他想着怎么变废为宝。张艺谋用这样的话鼓励我的创意:"好,看看我们能不能把这摊屎变成一个油饼。"

是的,张艺谋在私下场合常有这样的重口味表达。聊起中国古典文学,张艺谋说:"什么东西都怕量化。古代小说动不动就讲百万大军从天而降,可你想想,这一百万人每天拉一泡屎,一天都是一百万泡,这一百万泡屎往哪儿搁?"他还自言自语补充:"这还不算闹肚子的。"我当时乐晕,觉得他想得还挺细。其实这件事既可以反映张艺谋的幽默,又可以反映出他的务实。这是他的行事风格,凡事要量化,要落实,要变得具体。

生活和电影,对立与补偿

张艺谋看似外向,但他的性格里有非常内向的部分。张艺谋不会寒暄,就事说事他不怵;凭空的嘘寒问暖,他不会。张艺谋承认自己在人际维护上是弱项:"如果有合作,就能一直维护关系。离开了事儿,我不知道谈什么。"

初与张艺谋合作,你会发现他有疏离之感。业务交情似乎就够了,他羞于示好,不擅长积极递进关系。张艺谋的处世习惯逆来顺受,一方面是年少受挫形成的自我保护,另一方面,他怕惹麻烦,能凑合就凑合。也许正是为了反抗这种他自己并不喜欢的顺从,才在电影里极尽张扬,去追求浓烈、夸张和极致。从影像风格里,可以反向追溯到他的性格——它们恰成两极对称的程度。

几乎可以由此对张艺谋做出简单的二元论判断：生活中无意流露的冷淡，对应电影中蓄意彰显的热烈；生活中的得过且过，对应创作时的一丝不苟；生活中的忍气吞声，对应风格上的胆大妄为；生活中缺乏主动应战能力，对应那个造梦的光影世界里，他自觉设置难度以使自己不断面临挑战……电影是对现实的重力克服，因此成为张艺谋一生的梦想。

大补不受

原创 2022-01-22 张欣

    我年轻的时候在部队文工团当创作员,有一次下到基层的机务大队体验生活。某晚场站的大操场放电影《望乡》,第二天去机组和机械师们聊电影,都说没看,被教导员拉出去加班了。教导员说我们平时生活简素,哪里受得了那么大补,如果你们看了电影胡思乱想,维护飞机查不出故障那就是天大的事。

    现在想来教导员的担心也不无道理,机械师的工作辛苦,早上天不亮就到达机场,战斗机飞了一个起落又一个起落,直到傍晚飞行员离开,机械师还要维护飞机确保安全进库简直就是披星戴月还不能出半点差池。

    队伍不好带。

    时至今日,当年的事件固然已经成为笑谈,那些以前需要艰难面对的状况业已变得不值一提,但是大补不受的事件仍旧屡有发生。

    比如不止一个天才少年被父母以半囚禁的方式专注培养,

父母自己的人生也完全放弃,这样做的代价是两代人的人生扭曲,最终造成了早慧孩子的早亡,其中一个孩子居然30岁了都不知道人要根据天气的变化添衣减衣而成为生活上的白痴。另一位则在赴美留学一年内选择了不归路。

又比如那个知名歌星也是妈妈贴身服务从做童星开始就进了保险柜,长大以后当然也是万事妈妈操心。没有想到的是妈妈盛年就过世了,这个"孩子"完全应付不了精彩而无奈的大千世界,不仅艺途中断人也越来越自闭,最终忧郁成疾选择与世隔绝。因为不会与人打交道当然也没有恋爱结婚这些事。

炼钢炼废的现实足够骨感。

除去这些极端的例子,我们普通人的生活也是被各种大补重重包围,你在网上买了一件日用品,马上同类的产品不断地推送过来。我们想学习一点新知识马上就会有什么元宇宙、EDG冒出来令人目不暇接。网上那些成功者的访谈无一不让我们梦想着一夜成名一夜暴富。那些一下子开五百家连锁店的企业总是让我们心驰神往。

可是我们真的受得了这么大补吗?

其实大家都知道偏瘦弱的体质是不能吃十全大补丸的,也就是虚不受补。可是我们的身体里总有一个声音在催促着自己飞起来飞起来。我们为什么就不能承认我们的能量有限只适合做一点点分内的事。

记得有一年在泰国玩,我和朋友想吃路边小吃但是语言不通,我拿出一把零钱泰铢让她挑,那个做小吃的中年妇女只取走了很少一点钱就把零食给了我们。

在国内,我也会在第一时间承认不会智能操作许多事,需要年轻人或者工作人员帮忙。

在这个世界上我们总是有许多事情是搞不懂的,不擅长的,也是终将被时代淘汰的,如果能够从容地接受这个现实,也许才能真正地轻盈度日。我们首先就应该明白人都是很普通的,平凡到不值得大补。

致灶王爷的一封信

原创 2022-01-25 沈嘉禄

尊敬的灶王爷：您好！

今天是您上天向玉皇大帝述职报告的日子，也是我们人间大扫除、贴春联、抓紧时间采办年货的欢乐时光。您看我们昂然进入了新时代，供应充足，物流便捷，办年货也不着急，我就跟您老扯几句吧。

现在，城里人住的是楼房，用的是煤气灶、电磁灶和微波炉，农村里用了几千年的土灶，小青年压根就没见过，所以也不知道您的厉害。20世纪70年代，我在郊区学农的时候倒是见过土灶，烧的是柴草，烟大呛人。但烧出来的饭很香，锅底会结一层金光闪闪的饭糍，铲起后挂在屋檐下好馋人啊。我们经常去偷饭糍吃，嘎嘣脆，香！那时候已经移风易俗了，灶台上画的是向日葵、大公鸡、红鲤鱼、拖拉机等，我也给房东家画过灶头画，您猜我画了什么？一边是原子弹爆炸，一边是人造卫星上天！

房东大妈一边夸我手艺好一边神秘兮兮地说：自从扫了四

旧,灶王爷的画像就不敢贴了,其实他还在灶台上坐着呢。你给我们家画了灶头,他都看在眼里,会保佑你的。

确实如此,小时候一直被大人教育,知道灶王爷您跟老百姓最亲,管的是柴米油盐酱醋茶,兼带着行为规范。辞旧迎新之际,上天言好事,回府降吉祥。您要出发了,按规矩是要上供的。但实话跟您说,去年在股市里有点小赚,但最后一个月被全部揸光,还赔进了好几千,我就烧炷香表表心意吧。

我这些年一直在琢磨,您灶王爷在人间行使光荣职责也有几千年了,为什么老百姓一边讨好您,一边讨厌您?因为有人缺衣少食您不汇报,有人吃野菜啃窝头喝凉水您不汇报,灾荒年景十天半月揭不开锅您不汇报。即使我们城里人,早些年吧,所谓的厨房都是捡些碎砖烂瓦搭起来的,这您也假装没看见。

您别不承认,造假作孽的人没有全部得到严惩,照样过得无比滋润,我看圣明的玉皇大帝肯定被您瞒过去了!

顶顶要命的是,老百姓还是每年要给您上供,以前是糖瓜慈姑屠苏酒,现在大家条件好了,大白兔奶糖巧克力,香蕉苹果猕猴桃,玫瑰方糕八宝饭,茅台老窖五粮液可着劲上,您老也肥了吧!

但是您回府降吉祥了没有?如果您当真踏着五色祥云回来,并且神通广大,为什么新冠病毒又把人害得这么惨?

所以我对祭灶这档事的必要性产生了怀疑,至少它有三大坏处:

一、使行贿受贿获得了正当性;

二、使欺下瞒上获得了合法性;

三、让老百姓一代接着一代地陷入权力崇拜的怪圈。

给您吃香喝辣的,您就说这家人好话,报喜不报忧,糊弄玉皇大帝。倘若供品简陋些,您大概就要乱汇报,让他们继续遭灾受苦。您看上去一团和气,慈眉善目,实际上对老百姓缺少悲悯之心。

最可怕的是,您处在权力架构的底层,却不为老百姓请命诉苦,而是通过一系列神操作,将老百姓的一举一动都置于您的严密监督之下。所谓头顶三尺有神明,不就说您吗?

中国人讲究慎终追远,三百六十行,每一行都有祖师爷,木作业的祖师爷是鲁班,打铁行的祖师爷是太上老君,屠宰业的祖师爷是张飞,餐饮业的祖师爷是易牙,梨园界的祖师爷是唐明皇,糕饼业的祖师爷是诸葛亮,现在某些人像老鼠一样到处乱窜,专打小报告,您是不是这一行的祖师爷?

呵呵,别生气,我想您也不至于这么坏。

不过您若想在人间继续混下去,就要改变作风,端正态度,切切实实做好民生保障工作。您在厨房这块业务比较熟,不妨来点创新、拓展,比如发现火灾苗子马上报警,发现饮用水污染及时提醒,假冒伪劣食品不小心进了门,也能帮助老百姓追根溯源,一查到底,记录在案,到年底来个总算账。至于住家保姆偷喝主人家头道鸡汤,您老就眼开眼闭算了。

好有好报,恶有恶报,不是不报,靠您汇报。您看行吗?

如果您能做到,那么人民群众还是能接纳您的,祭灶时管您吃饱喝足,"纸马"——也就是车马费吧,一次性给足。如果您做不到,那么对不起,请您下岗。我们敞开说吧,大数据时代了,您的那一套赶不上趟啦!

  有想不通的,就跟领导交交心吧。

  祝您一路顺风,恕不远送,戴好口罩,回来出示行程码!

  此致那个敬礼!

爱夜光杯
爱上海
2021

第四辑

说点客气话

原创 2022-02-02 龚静

辛丑年秋家人从某外资企业退休,其公司员工特地聚餐座谈,送礼送卡片,"对自己好一点,在合理范围内多花花钱",这是95后年轻同事在众人签名卡上的率性留言;"不必再为供应商变故发愁,也无需再为出口担忧。俱往矣,待重聚,共话峥嵘岁月稠",共事20多年的60后同事感慨真诚的话语。看到久违的手写卡片,旁人如我都有些感动的。

而远在意大利的前任、再前任及现在外方公司直接上司老外,他们第一时间写来邮件道别,除了照例的感谢话语,还回忆曾经一起的出差,以及旅程中的回忆。"我希望不久可以再次来到上海,一起晚餐。"马丁说。安东内洛道:"我们一起工作了16年,一起在中国的旅行常令我回忆。你来意大利或我去中国,我们一定要再见面哦。"而早已离开公司另在欧洲某地就职的哈德曼先生的邮件更是满满细节和回忆,"我们1993年就认识了,你是一个模范员工,非常感谢你给予我和我家人在中国生活时的帮助。你在我们美好的中国记忆中有一个特别的位置"。哈德曼先生的孩子都在上海出生。邮件以他和太太及一双儿女署名。

虽然英文书信的某些用词翻译过来自带某种客气礼貌感，但这几位老外的表述都各自皴染着彼此共事的细节和回忆，所以读着能让人感觉到不全是空无表面的客套，言辞真诚。何况已非同事了，还有时差，且工作忙碌，也可以不必掐准了时间跟一位前同事道个别的。

客气不客套，这样的客气话，给人真切的回忆和暖意。

反观那种印刷体的，人手一份的"感谢你为××做出贡献"之类的一纸粉红，拿在手里无温度，也没什么感觉，虽然晓得终究也是"感谢"，但也晓得不过是一种程序。在一个校长不会认识普通教师，甚至见到也不会朝着普通教师点个头的情形环境中，有一页粉红的"感谢"，以及一个全校统一的仪式，程序到位了。挥挥手，不带走一片云彩，才是准确的心态和姿态。

20世纪七八十年代那种单位敲锣打鼓欢送员工"光荣退休"的情形，想来是不见了的。那种架势貌似有点过于隆重，表演性是免不了的，但至少能郑郑重重地这么被工作几十年之地如此隆重一回，人都免不了心生感念的，自然不必以为自己是什么人物，只是安慰一点渴望期许的人性罢了，但终究染了几许回忆的腮红，人生或长或短，辉煌或平常，末了不过求缕缕回忆的念想罢了。如今，敲锣打鼓倒是转为微信群表情符了，诸如"鼓掌""礼花""玫瑰花"等，有的两三种兼用一长串，接下来的"群众"会拷贝复制，再一长串，如此，手机炸屏，倒也颇为闹猛，当然知道这样的闹猛是信息流的客气,想想好多发表情符的前同事在走廊里擦肩而过,都是陌生眼神,或者明知邻室也不会点个头微个笑,你想微笑一下,自忖是否多事,因为人家眼睛都不看你呀。人艰不拆,有表情符,有客套,蛮好。

当然,也有鲜花掌声,可非遍地撒花,那是献给优秀职工的,当然优秀者当得起,只是普通者似乎就不必了。虽说人生而平等,那是理念,各种等级分别观念才是现实。几年前在朋友圈看到华师大中文系为一位资料室职工举办荣休座谈会的推送,大家纷纷点赞,其实也明白何以如此平常之事会成为稀罕,因为职工非官非名教授,但为单位一视同仁且颇有人情味仪式感地欢送退休,在某些大门面单位里颇为稀少吧。最近看到笔者所在大学中文系也开了一次 2021 教职员工荣休座谈会,倒是名教授普通教师一并,并无分别,陋识所囿之前未有所闻,得此届系主任确认"此乃第一次也"。说点感言,拍张合影,也许已然走过场,但走过和没走过,究竟还是不同,或为当事人日后此情可待成追忆。

AI 时代,亲朋间还能说几句客气话,善自珍摄,祝福安康等等。说来中国传统书信的礼貌用语堪称宝藏,可惜如今之使用可谓依稀;陌生人间客气话似乎大有省略之势,公共场合一言不合开骂争吵,简单粗暴,不肯礼让,甚至乖戾暴躁,于是事态升级,其实说几句彼此体谅的"不好意思""对不起""麻烦了""打扰了",有些事也许能化大为小,至少不必火药味弥漫。诚然,诱惑多、欲望烈、压力大、焦虑、烦心事多,现代人生活工作皆辛苦不易,但说起来其实哪一代人是容易的呢,痛点差异罢。客气言善,于己于人于社会,善莫大耶。

那天从容私信我:"我读博后时被安排给研究生上课,那时在教师休息室遇到你,几个学生在问你问题,那时候觉得你好优雅。这个场景一直在我记忆里,所以听到你退休还是挺伤感的。"还是庚子夏日,在合规年龄申请提前五年退休,心力衰退,就不等花甲了。与已是教授博导的从容平日来往并不多(当然目之所及她的文章会拜读的),她特地私信,我们聊了几句。从容所说的那个场景是往日工作之日常,所谓优雅自然也是美化了的,但从容的真诚已然感铭于心。

那间教师休息室在二教底楼,窗外可见曦园香樟,彼时灯光昏暗,现在想来恍然一梦。

平常心是道

(原创) 2022-02-04 江铸久

平常心,在围棋界有个著名的故事。

1965年日本围棋名人战决赛七番棋,23岁的林海峰老师挑战当时第一人坂田荣男九段。首局,年轻的挑战者脆败于坂田名人。

到第二局有一周的间隔。在这期间林老师苦苦思索,想尽各种突破坂田九段防线的办法,却不得要领。看上去前景希望渺茫。

林老师有底气,知道遇事自己先努力,实在不行就上富士见高原,去问道师父吴清源。

师父写下平常心三字并予以解说。

如棒喝,弟子开了悟。

下山如蛟龙,拿下如日中天的"剃刀"坂田老师。

日本记者写道:能战胜不可战胜的对手,是因为林海峰背后有座大山。

徐皓峰导演的中国传统武术片,独树一帜,部部精彩。

徐导邀俺出演新片的一个角色,出场戏份虽然不多,也足够俺这新人惊喜不已。抱着剧本,几个月来一直在琢磨着该如何表现出人物的样子。直到飞去北京心里都没有底。

开拍前一晚,模仿几位出名的棋界大佬的说话风格,请徐导看看哪个方案合适。

徐导觉得还是类似俺正常开导老伴儿的口气最靠谱。

对话是在行走中完成的。前面准备的表演几乎没用上,想和做还是不一样。

徐皓峰是导演也是编剧。这部讲早年武馆的电影,台词有意思,显出了徐导的功底。

百年前中国商业最繁荣的城市天津,武馆兴旺。百年前也是近代中国围棋界繁荣的一段时间。北洋大佬段祺瑞邀请了日本棋界新一代领军人物濑越宪作老师训练中国国家队,也邀请了日本旧体制的代表人物本因坊秀哉来中国指导,并与濑越老师在京对弈,一局棋三天尚不足百手,于是宣布打挂。段祺瑞资助了少年吴清源,并力主其东渡日本,拜入濑越老师门下。此举直接影响了近代围棋的发展。

那是让围棋人神往的一段历史。

在拍摄现场最初的两条里,自己还在努力背台词,关注行走的步伐是否在拍摄的一定范围内。

身着长袍马褂的俺在剧中的角色需要送一位武行的青年远行。在这个寒冷阴沉的北方冬日,俺恍惚觉得自己正在送风华正茂的围棋少年赴日留学。

说着俺的台词:

"武行是个小木片,夹在大梁和柱子中间的楔子,起缓冲作用的……"也像是在指当年的围棋界。

现场指挥的耳麦里传来徐导的声音:"江老师演出了长辈的样子,江志杰的表现也很好。你们都有父子的感觉了。"

Action 的声音响起,再来一条。

视线中前方巨大的摄像头,刺眼的灯光,周围的工作人员似乎都退到了遥远的地方。

自己说起"武行是个小木片……"时感慨万千。

是啊,大环境下,我们就是行业里的楔子。

台词直击内心。

以此为契机,自己穿越到了百年前。

突然四周掌声一片——这一条 OK 了!

换布景。

俺这一天的任务完成了,人一下子放松了下来。顺便提一句,从零下 10 摄氏度的河边回来,徐导和俺都冻感冒了。

徐导叫俺进他的导演室(帐篷),回放那几条给俺看,细细地讲解。令俺开心的是,徐导肯定了俺:"演出了慢慢开导晚辈的感觉。"

至于导演临场叫安志杰为江志杰,至今没有求证是不是故意的。

徐导的复盘令俺受益匪浅。总结起来,就是放下各种演绎,怀揣平常心,本色出演(不能装),更容易融进角色里去。当然,平时的琢磨和练习还是不可少的。

是了,无论是棋还是表演,都是一样的。

平常心是道。

如何成为"陈冲"

原创 2022-02-06 吴南瑶

春节前,陈冲好不容易赶回了上海陪父亲过年。人一辈子能去的地方有千千万,能回来的地方只有故乡。

如今的陈冲,依然保持着良好的状态,自如地说着一口流利的上海话。她就像《红玫瑰与白玫瑰》里的女主,有细腻的感情,但不会多愁善感,散发着强烈的生命的质感。

自古美人如良将,不许人间见白头。岁月是世界上最公平,也最残忍的东西。关于如何成为一个与岁月和平相处,智慧而自洽的人,想问一问陈冲。

阅　　读

这次回上海,陈冲没有安排任何工作,专心陪伴父亲,整理母亲留下的物件。这几日,连绵不断的冬雨,滴滴答答,如同时间故意放大的脚步声。

在书架上,陈冲发现一本旧版的英语小说,封面和封底不知所终,显然都快被主人翻烂了。带着好奇,陈冲一连读了五六十页,突然想起来,这本正是很多次母亲张安中提起过的《琥珀》(Forever amber)。西方历史浪漫小说的套路,一位美丽又任性的女孩儿,怎么爱上了错的人。"这才是张安中,严谨的科学家,私下喜欢看言情小说,弹钢琴,满满的少女心。"

迷信的人总爱说名字里埋着一个人命运的伏线。陈冲的名字是姥姥起的,"冲",寓意是"第二个阿中(张安中的小名)"。但和母亲不同,陈冲说自己就不是一个喜欢正正经经上课的人。好在母亲继承了姥姥的开明,任由她去玩,去拍戏,但始终鼓励女儿多看书。"读闲书我倒是真的喜欢,但也就是像现在的人喜欢手机一样,就是喜欢。"

阅读,是陈冲全家人的爱好,姥姥和母亲都是嗜书如命的人。"文化大革命"期间,姥姥冒着风险在阁楼保留了一只棕色的小皮箱,里面藏了她最喜欢的书籍。陈冲看的第一本名著是姥姥为了安慰生病的外孙女,挑的一本《哈姆雷特》的连环画,启蒙了少女对人性的认知。

现在的生活?不拍戏的话当然和普通人没什么不同,有很多琐碎的生活杂事需要处理。但阅读,一直是生活的刚需。阅读、内观,"阅读的享受是不爱阅读的人无法想象的,大部头的文字,会密集地给人安抚"。阅读也潜移默化地帮助陈冲构建起了一个古典的价值观,约翰·克利斯朵夫式的理想主义如同无形的铜墙铁壁,保护着陈冲从少女到少妇,从故乡到异国。"在我心里,一直向往着对于伟大的人格,道德和勇气的信仰和守护",

新冠疫情暴发后,人们从她微博的文章里,发现了她在表演以外不同凡响的智识。

一年多前,金宇澄去平江路吃饭,拍了建筑的照片给陈冲,问,这是不是你们早年住的洋房。那份陌生又熟悉击中了远隔重洋的陈冲。她找出很多老照片发给老金,还讲了家里四代人的故事,老金说,有点电影《美国往事》的感觉,你把它写下来吧。过了几个月,陈冲把写好的文字发给老金,老金复:如果能继续写下去,就在我这里连载吧。这个月,《收获》揭晓了年度榜单,陈冲发表在《上海文学》上的这组《轮到我的时候我该说什么》登上了"长篇非虚构榜"。一向对文字标准严苛的金宇澄毫不吝惜对陈冲的赞美:"陈冲讲述的人与知识分子的历史,填补了上海叙事空白,直率而细腻;读者视她为演员,早在20世纪80年代出国前,她已在刊物发表小说,她的文字就是女作家的文字。"陈冲说:"文学上,老金是我的老师。有一次他看到我在拍电影的消息,就隔岸催稿:不务正业,你怎么又去拍电影了?"

胃　　口

这一席老友相见的午宴,陈冲聊得尽兴,也没有漏掉桌上每一道美食。"吃,我从来不控制。"她边说边站起身,越过几个盘子,搛起一块烧鹅。网络上,流传着陈冲的金句:生活的烙印不是不存在,但打在了别人看不到的地方,不会影响胃口。依然白皙紧致的皮肤,灿烂生动的笑容,是现在影视圈中少有的"纯天然"。谁又能相信,当年的"小花",人生的车轮也转过了一个甲子。

那年,丢下百花奖最佳女演员的身份去美国,同样是因为母亲的一句话:"你还是跟我一样学医吧。你可能会是医学院里最好看的,在电影厂里是中等的。"

1981年,从上海到纽约,远不是今时今日的境况。陈冲的身上,一定是遗传了两代杰出女性的基因,才能在经历过痛苦与无望后没有沉沦,懂得争取与珍惜自己真正在意的,为自己的热爱保持忠贞。

见过姥姥史伊凡的人没有不喜欢这个通达、开朗的苏州老太太的。姥姥出身苏州望族,年轻时和合肥四姐妹同在国立第四中山大学文学院读书。女儿6岁时,丈夫张昌绍前往美国进修,姥姥不愿与丈夫分离,带着张安中去照相馆拍了张合照:"想妈妈的时候就看这张照片。"姥姥创办过一家现代医学出版社,柳亚子曾为她写诗,仰慕她"刚里含柔"的魅力。

姥姥是她那辈人中少有的有见识、有学识的人,见过也经历过太多人生的跌宕。陈冲说,姥姥安慰人,很有自己的一套。有朋友至今清晰地记得姥姥当初手里拿着烟,对垂头丧气的少年说的那句话:"军棋'扎扎'(沪语,下下的意思),棋子木头做,输忒再来过。"

拍了烂片被人骂,遇见错的人被伤害,在国内受到万千宠爱、百般呵护的"小花"在另一个世界中,加倍面对着成长必须付出的代价。很难说,究竟是哪个时刻人就顿悟了。"人只有经历过这样一些事,你才可以真正地发现,你自己的人格,你自己的力量。"

生活中总会有让人一时无法坦然面对的时刻,岁月有时会错待你,但你不能辜负人生。陈冲说:"我依然感激自己当年的选择。这个选择拓宽了我的地平线,让我对人性的认识更深刻,变得更宽容。这种宽容不是慈悲,是一种理解。"

饭桌上,父亲的学生,李克教授回忆了老院长陈星荣的一件小事。"有一年春节,上海暴冷,华山医院的水管都爆裂了。一清早,老院长就提着小酒赶到医院慰问,冰天雪地里,一直陪着工人们干活。"

在很多场合,陈冲赞美过自己的先生。他是美国知名的心脏科医生,有很多社会名流是他的病人。他会说广东话,唐人街的一些老华侨也会慕名去找他。因此,他拒绝加入某个只为富人提供服务的俱乐部,为了要留出时间给那些普通人。"他勤俭地对自己,慷慨地对别人。他那么忙,却依然支持我去做电影,因为他知道,我会因此而快乐。"

保护每个人生而为人的平等和尊严的观念,就这样自然地埋在陈冲的身体里。"我不愿意回答最优秀的女性是什么样,在'优秀'这个定义上,不分男女。真诚、慷慨,乐于为他人着想,都是一个美丽的人所应有的品质。这点,我的父母身上有,我的丈夫身上也有。"

独　　处

解除隔离后的第一天,陈冲赶紧去游了一次泳。中学时,她是学校游泳队和射击队的成员,她喜欢运动时挥洒汗水带来的释放感。在上海,她还有几个要好的"乒乓搭子",胡雪桦是一个。她也喜欢陪伴的感觉,但她的生活中,更不能少了独处。另一句让人印象深刻的陈氏金句是:人需要独处,最好的事情,都是一个人的时候发生的。

因为阅读,因为家庭耳濡目染的熏陶,陈冲天然地喜欢形而上地看待、理解事物。《末代皇帝》和贝托鲁奇当然是陈冲艺术生涯里最重要的一个章节,如今,当她以一个导演的眼光再去看这样一部展现了中国最后一个皇帝60年跌宕一生的电影,陈冲只概括了一句:电影的基调来自导演对一个3岁孩子的恻隐之心。这是陈冲从贝托鲁奇身上得到的最大的启示:最终,都是对于人的关注。

她盛赞85岁的女演员艾曼纽·丽娃在《爱》一片中的表现,陈冲说,原来我们脸上的每一条皱纹、每一个阴影将来某一天都可能变为财富。老不可怕,可怕的是"朽"。什么是朽?思想固化,放弃了理想,也放弃了生活的热情。"从前上海人说人家'老天真'是有点骂人的话,但现在看来,做老天真是最健康的。"

陈冲说自己年轻时并不真的觉得自己长得美,甚至会因为早上起来觉得脸睡肿了而拒绝试镜。她曾与母亲讨论什么是"性感",张安中说:"性感首先就是做自己,触摸自己的内在,欣赏自己,享受自己。"这个回答让做女儿的自愧不如。那一刻,陈冲多么为母亲骄傲。她多希望,自己能如姥姥所愿,"成为第二个阿中"。

在母亲生命最后的时刻,因为疫情,陈冲不能马上回上海。通过视频,陈冲对妈妈说:"你不要怕啊,姥姥、爷爷都在那里等你。"那一刻,因为知道自己得要很自信地安慰母亲,不能哭。但如今说起这一段,陈冲的声音是颤抖的。

这些年,陈冲越来越有冲动,想好好写一写祖辈的故事。她愈加肯定,他们就是她向往,并一直想成为的那一类人,哪怕生活于兵荒马乱,即使物资匮乏,饥寒交迫,也会保持着恒定的性格,守护高贵的灵魂,坚韧地面对一切。"他们活着的时候我没问过他们年轻时候的事,现在要到上海图书馆通过资料来了解他们。只有失去了你才会去找它。"

许知远曾问陈冲:你觉得岁月是什么?"岁月就是岁月。岁月是可以炫耀的东西,我经历与战胜了那么多痛楚,这是一个多么可以吹嘘的事情。"

还是傅雷的那句话吧,孤独的赤子可以创造整个世界。

上海之子

(原创) 2022 - 02 - 17 陈丹燕

我相信像曹景行这样好奇心旺盛,而且精力非常充沛的新闻人,一定在身后留下一些未能完成的采访,未及尽兴的谈话,来不及完成分析的结构,他就是要工作到不能工作了的那一分钟才会停下来的人,他的生命不是为了静享。如今这样想,我就觉得2021年春天我们开动的黄浦江滨江的采访系列视频,最终未能完成,也是可以接受的,虽然遗憾。甚至可以说,这样的结果,也是意料中的。

我们一起做一个观察黄浦江滨江改造的系列视频节目,这个计划在曹景行做完胃癌切除手术后开始发动。当时我们已经做完了关于和平饭店的一套视频,所以,我们觉得可以一起做个体量更大的节目,45公里的黄浦江,在世博会之后发生了什么改变,这就是我们想要探访的。

我们看拍摄的素材时,曹景行常常会突然发问,将我们从江岸上巨变带来的吃惊击溃,拉出被忽视的问题。那些疑问将感觉引向思辨。思想与提问都是一种体力活，有时候曹景行不停地说话时，我几乎能感受到他的头脑像陀飞轮般摆动着。

手术后他变得消瘦，我却依稀在这种消瘦里看到一种江南男子的清秀，他年轻时一定是个非常俊朗的人。他很庆幸自己做了体检，得到了及时的治疗，更庆幸的是，身体的消瘦没有影响到他的脑力，他的头脑仍能高速运转，产出思想。

他渐渐不能边走边谈话了，需要有张椅子坐下来谈话。他渐渐不能长时间在室外谈话了，需要留在室内。

"黄浦江是上海的母亲河。"同济大学的张松教授在江边摄制的素材里这样说。黄浦江是上海永远不会改变的河流，它决定了上海的地理面貌，孕育这座城市，造就它的历史，并限定它的未来。上海的街道和房屋一定会有改变，但把黄浦江填埋或者改道，这是不能想象的。

黄浦江决定了上海会成为怎样的城市，上海决定了它的居民会成为怎样的群体。所以，我们去探寻黄浦江两岸的面貌，就是去探寻我们自己。

曹景行提了一个问题："你仔细想想，黄浦江和你的日常生活有什么关系吗？像你我这样，从未在江边居住，也不每天需要跨江去办公室的人，上海有多少？我们这些人怎么能说，黄浦江是我们的母亲河呢？"

我来自移民家庭，年幼时随父母迁来上海。我父亲在中波公司工作，我在他的办公室窗前认识了黄浦江，那时江上还航行大型蒸汽轮，上面挂着旗语旗。有时远洋轮船停靠在入海口不远的锚地，父亲去那边的船上，就得很早从家里出发。因此我知道了从黄浦江一直往下游去,最终就能到达大海,地球上的陆地被大海围绕,而大海连通着全世界,直到地球仪的两端。我母亲在内河航运局工作,她有时去杨思河口的内河检查站,那是条偏僻的河汊,每次去那里,她也要很早就从家里出发,冬天时天未亮就走了。我自己写和平饭店的故事,深夜有时也会在饭店上下走来走去。我喜欢的地方,是午夜时的顶楼露台。在那里能看见被灯光照亮的江水,能听到在深壑般的滇池路上发出脆响的高跟鞋跟发出的声音,还可以眺望到一点汇山码头。一位犹太历史学家说,和平饭店是犹太富商在上海外滩建造的一座纪念碑。但我更愿意说,当外滩成为上海这座城市的名片,和平饭店已是上海这座世界都市的纪念碑了。

曹景行也来自移民家庭,他出生在上海。他的父亲是上海老报人曹聚仁。他少年时曾跟家人坐过一次飞机,从北京到上海,飞机降落在龙华飞机场,现在,当年的跑道已是徐汇滨江的跑道公园。龙华飞机场的航站楼曾是他的舅舅参与设计的。尔后,他的舅舅就随设计团队前往台北,设计台北机场的航站楼,因为很快国民党军队去到台湾,他也滞留在台湾了。许多年后,舅舅跟代表团回到上海,参观杨树浦发电厂时,那次他带上了年轻时的曹景行。在扬子江码头,他的姐姐曹雷1956年参加了苏联太平洋舰队来访的欢迎仪式。1964年,曹景行作为中学生代表,参加了横渡黄浦江的活动,他记得那时的黄浦江水并不干净,从浦西游到浦东后,从水里站起来,发现自己前半身跟水面接触到的地方,包括唇上刚刚长出的胡子,挂着一层黑黑的油污。1967年,高中毕业的曹景行被分配去做随车小工,跟载重卡车在黄浦江边的各个码头装卸货物,有时扛几百斤的粮食包,有时搬运成箱的梅林牌猪肉罐头,或者蝴蝶牌缝纫机的机头。1968年他从湖州回上海,清晨时见到过被晨曦染得金红的江水,直到74岁时说起,仍然不能忘。他说起几次随香港记者团在和平饭店采访的经历,那正是上海经济腾飞的年代,第一次在浦西看浦东,看到的是造到一半的东方明珠。第二次五年不到,同样的记者团,在浦西同样的位置,看到的已是林立的高楼和金茂大厦。"记者们看着浦东拔地而起的姿态,都沉默了。"第三次到了世博会的2010年,"浦江两岸灯火璀璨,你就看到这座城市的生机和能量啊。"曹景行说。

 细数我们自己个人生活中看上去偶然发生的往事,来连接一个人与一座城市的母亲河。我们在江上共同的交集,是2010年的世博会,上海那一年,充分表现出自己对世界的热爱,我们也充分意识到了自己对上海的爱。

 我标注了一张黄浦江的河流图,来确定滨江不同的区域。曹景行拿着这张图,指向河流的两端:一端通向大海,通向世界各地。另一端蜿蜒而上,连接广袤的中国内地。

 是的,这曲折的两端,都是黄浦江的生命源泉。因为这样的母亲河,上海才成为上海,我们才成为上海之子。

 这次工作,是我和曹景行的最后一次工作,在狄菲菲的领声录音棚里。我们对拍摄素材的梳理不及十分之一。

80岁,妈妈终于当上作家了

原创 2022-02-19 章红

60多岁时,杨本芬坐在厨房的矮凳上,开始写一本关于自己母亲的书《秋园》。十多年后,《秋园》出版。这本书几乎横扫2020年度大大小小文学榜单,得到来自专业人士与普通读者两方面的广泛认可。2021年,杨本芬出版了随笔集《浮木》;2022年,出版长篇小说《我本芬芳》。80岁时成为作家,这是杨本芬和女儿章红都没有想到的。

"人到晚年,我却像一趟踏上征途的列车"

我妈妈年轻时候是个小说迷。那时我们住在一个僻远的山区县城,又适逢一个书籍匮乏的年代,可供阅读的东西很少。但凡听说县城里谁手上有本她没看过的小说,我妈妈一定想方设法借到手。为了借书看,她甚至利用自己的针线活特长,帮人绣花、纳鞋底、缝补衣物来缔结交情。有次借到一本珍贵的手抄本

《第二次握手》,别人要求次日归还,她熬了一个通宵,连夜把那小说抄了一遍。

——几十年后回想此事,妈妈自己都深感纳闷,不明白当年怎么有那么大的劲头。要上班,要带三个小孩,要做家务……凡此种种,都没有扑灭心中热爱文学的小火苗儿。

她崇拜作家,她说,"作家多了不起啊,可以让人哭也可以让人笑……"在那个没有电视机的年代,寒冬的夜晚我们家常会聚集许多人:左邻右舍、妈妈的女朋友们、汽车运输公司的司机或者修理工……都在我家听我妈妈讲故事。《无头骑士》《一双绣花鞋》或者《林海雪原》《青春之歌》,都是这样一本本讲过来的。我的童年萦绕着冬天的炉火、氤氲的人气、妈妈讲故事的声音、逐渐降临的抵挡不住的睡意……许多夜晚,我就在对睡意的抗拒中沉沉睡去。

不过,妈妈只是沉浸在别人的故事里,从未幻想过自己也成为一名作家——怎么可能呢?她只是县城汽车运输公司的仓库保管员,上班之余,柴米油盐、家务琐事占据了全部精力……日复一日,三个孩子渐渐长大成人,她竭尽全部力量,完成了普通的生活——这足够艰难,也已经足够好了。

我们都没有料想到,在晚年,妈妈的人生出其不意,绽放出了别样的火花。2020年,她80岁,出版了平生第一本作品《秋园》,获得该年度豆瓣图书排行榜"中国文学"第二名,目前有两万余人打分,一万多条留言,评分为8.9。这本书几乎横扫2020年度大大小小文学榜单,迄今印刷8.8万册,得到来自专业人士与普通读者两方面的广泛认可。

2021年,妈妈出版了随笔集《浮木》,2022年,出版长篇小说《我本芬芳》。事情正如她在《秋园》序言中所写:

"人到晚年,我却像一趟踏上征途的列车,一种前所未有的动力推着我轰隆轰隆向前赶去……我就像是用笔赶路,重新走了一遍长长的人生。"

"我这辈子,就是书没有读够"

我刚读小学一年级,妈妈就说:"以后,你要读大学的。"那时候高考制度还没有恢复,在我们生活的小县城,连老师都不大知道大学这回事呢。妈妈最常说的话就是:"我这辈子,就是书没有读够。"

从很小的时候开始,她就和外婆一起撑起一个家庭。外公身体不好,放弃教职当农民却种不了地,家中全靠外婆给别人做女红维持。幼小的妈妈要帮助带弟弟妹妹,这样外婆才能腾出手挣来一家人的生计。到10岁,妈妈还不能上学,看到村里同龄伙伴每天去学校,心里非常痛苦。终于等来可以上学的那一天,直接读四年级。15岁,考上了岳阳工业学校,还有三个月就要毕业的时候学校解散了。她身上揣着三块钱,扒火车跑到江西,入读江西共产主义劳动大学分校。一年不到,由于家庭成分,被下放到农村,随即结婚生子……读书梦至此彻底破灭。

后来,我们三个小孩都上了大学。在20世纪80年代的边远县城,这是不多见的事情。我想是妈妈对"读书"这件事的执念影响了我们吧。

从汽车运输公司退休后,妈妈来南京帮我带孩子,小家伙睡着之后,她会在书架前逡巡,挑选自己感兴趣的读物。就在那时读到了一本写母亲的书,她一口气读了三遍,然后想:我也有个母亲,我也可以写我的母亲!

念头一旦萌发就再也遏制不住。许多时候,她坐在厨房凳子上,以灶台为桌子,利用一切间隙让自己的笔在稿纸上快速移动。从来没有什么"写作瓶颈",故事如同自来水龙头,打开便有水流倾泻出来,那是过往的艰辛生活给予她的馈赠。

她用一年时间在纸上写出了外婆的一生。写写画画,涂涂改改,誊抄过好几遍。出于好奇,她称过那些稿纸的重量,足有8斤重。

我帮她把文字录入电脑,命名为《妈妈的回忆录》,用我的ID贴在天涯社区。算起来那已经是18年前的事了。那个帖子就是后来的《秋园》。

《秋园》获得了预料之外的影响力与良好口碑。有次一家媒体撰写关于妈妈的人物报道,为此采访了我,其中有个段落是这样的:"只写了一本书的人能算个作家吗?"杨本芬问女儿。女儿章红哄她道:"当然算。"

我郑重地提出异议:"我不是哄她,我就是认为她算个作家。"——我的认知是,当你为自己而写,不是为稿费为发表而写,写作就开始了。

从60岁开始书写,妈妈再也没有放下她的笔——后来她学会了打字与上网,开始用电脑书写。她开始写作的时候,从没有人许诺给她出版。前方是什么并不知晓,而她依然做了这么一种堪称赤诚与英勇的选择。我认为这是她最了不起的地方。

"故事不经讲述就是不存在的"

妈妈写的多是劳碌一生的人物,无论我外婆还是那些乡民都平凡如草芥。记得在网上开始连载时,有位读者留言,说普通人的历史没人有耐心看,只有名人、上层人物,他们的历史才有色彩,才能留存下来。我想这是许多人的想法。这里面有对写作根深蒂固的误解:只有了不起的人和事才是值得写成文字,印成书的。但我不能同意。每一个生命都是平等的,每一个生命都值得记述。我个人倾向于认为,我们都曾是这个世界的一个组成部分,无论多么微小。在生命这场漫长的冒险中,每个个体都会有值得一说的经历。

我记得一位网友的留言,非常动情。他曾想记录父亲口述的往事,无奈父亲叙述的内容细碎零散,他把握不住其中的脉络和层次,也勾勒不出轮廓。他说读到我母亲这个帖子时,就回到了听父亲讲述时的感觉中。他说经历过苦难的人,多数并没有能力讲述,所以我母亲这种来自普通人、来自底层的叙述便显得罕有而珍贵。

《秋园》出版之后,我设法找到了这位网友,他祝贺我母亲的书出版,同时伤感地说:"我父亲,现在连我的名字都叫不出来了。"他父亲罹患阿尔茨海默病。我为这事实久久地震撼了,病痛侵蚀人们的脑力,让人一败涂地,而时间的无情一至于斯!

人们一直在丧失。记录与书写便是人类抵抗遗忘,抵抗丧失的方式,因为"故事不经讲述就是不存在的"。

"我为你争光了吗"

妈妈不认为写作是一种特权。年轻的时候,她如同一颗油麻菜籽,落到哪里便为存活竭尽全力,生根开花。活着是首要任务,没有余裕用于写作。我们成年之后,妈妈又陆续帮助带大三个孙辈。对妈妈来说,带小孩、做饭、整理房间,始终是生活中处于优先级别的事务,虽然那时她已开始写作,但从未生出别人要为此让路的奢念。"女性的天空是低的,羽翼是稀薄的,而身边的累赘又是笨重的!"萧红的感慨用于妈妈身上也是合适的。

我在《秋园》代后记中写道:"当之骅——我的妈妈——在晚年拿起笔回首自己的一生,真正的救赎方才开始。"不止一次我被问道:"这救赎是指什么呢?"我想,如果母亲人生大部分时光是"活着",晚年的写作则意味着自救。当你诚实地记录和认识自我的生命,那往往意味着更多:你同时还记录了时代。

《秋园》出版后,我和母亲曾经有过这样的对话:

她:我为你争光了吗?

我:当然。

她:那就好。我想为你争光。

80岁这年,她终于成为一名作家。

这是一个奇迹。无比美好。居然就发生在我母亲身上,我目睹了全部的过程。

我们终将重聚

[原创] 2022-02-20 叶稚珊

2021年10月11日,晴,城北走了。安安静静,干干净净!在他睡惯了的柔软舒适铺满阳光的床上,整整齐齐,完完整整走了,身体没有受到一点人为的创伤性损毁,为自己,也为我们保留了他人生最后的体面。

我退休,他病了

2009年以前我在上班,除了周末厨余,我们面对面在书桌前的机会并不多。我有时会在书桌边的沙发上跷着腿翻书看报,而他,永远是笔直地坐在书桌前,键盘的敲击声不停歇不间断。

2009年,我退休了,他病了,就是那么巧,我退休的第二天,他就脑血栓发作,急诊住院,似无大碍。两周后出院回家,他直奔书桌,打开电脑,急着把住院期间脑子里的"腹稿"打成文字。

生活似乎恢复了原样……

三个月后,血栓复发,再一次急诊住院,症状严重得多。一般的缺血性脑血栓用药疏通血管后症状会很快缓解。可他这次从北大医院急诊室采取了措施后转入病房,却一天天严重,从入院时的基本清醒到行动稍笨拙,几天后高烧不退全身瘫痪陷入昏迷,医生下了"病危通知书"。

北大医院神经内科有一支专业水准很高的队伍,经过各种检查会诊,初步判断他为心源性的血栓,不是一般性颈部斑块引起的,即是因为他心脏的房颤引起的不断有小血栓进出,用上"华法林"等药物,情况逐渐好转。将近一个月后,可以辅助站立,在病区走廊靠扶手练习从轮椅上站起坐下,再站起,再坐下,直至用轮椅推到住院部东门南侧的小路上,两个护工、我和女儿,四个人围站在他的四角,让他练习单独站立行走,颤颤巍巍,东歪西倒,惊心动魄。三步五步,八步十步,我们用他酷爱的冰激凌、西点诱惑鼓励他。

每天下午夕阳转成落日的时光,这是他如周岁的幼儿学步的操场。闪回到女儿幼年在小四合院向前举着双手晃悠悠扑向我们,我们笑了。那时我们一家三口分居三地,一年难得团聚几次,无奈地错过了本该相互陪伴的幸福时光;如今他多迈出几步,我们会含泪,因为这里包含了太多我们全家人对今后生活的期望。在这里常会遇到一位中年人推着一位满头白发盘在头顶的老人,面熟。城北认出是著名物理学家钱三强的夫人何泽慧,他们夫妇曾同在居里夫人的实验室工作过,有人称她为"中国的居里夫人"。她和城北母亲同岁,又同是苏州振华女中(苏州第十中学)的校友,他们面对面坐在轮椅上攀谈,谈起校友费孝通、杨绛,格外亲切。说明城北这时虽然四肢行动不便,但头脑和语言表达恢复得很好。

50多天后出院回家了,是坐着轮椅回来的。回到了家,虽然坐着轮椅,但活生生高大的个子,饱满的双下巴,一刻不能离开眼镜和书本的眼睛,一如往常。

他已经不是他了

他还是每天按时坐在电脑前,但敲击声已经不似以前那般连贯,他的话也逐渐少多了,有时对着电脑沉默许久,要问他好几次他才懊恼地说有的字他不知怎么拼了。再看看他打出的文字,词不达意,错字怪字很多。他还愿意给新民晚报投稿,我几十年来并不在意他的文章,发表出来也不大看。现在为了他免得出丑,一定要在他稿件发出之前强行整理修改,有时甚至完全拆开重写。写好之后给他看,他点头赞同。这事我想报社的编辑做不了,只有我能做,因为我明白他想说什么。

很快,他就完全写不成文章甚至不会收发信件了,但每天还要固执地坐在书桌前,是啊,几十年了,书桌是他存在和生命的意义。为了掩饰他思维的缠绕混乱,为了证明他还是清醒的,为了满足他每天坐在书桌前的仪式,我让他上网浏览,查阅他最感兴趣的人和事。

没有多长时间,他就开始搞不懂最简单的程式,我只要离开几分钟,他就会敲得电脑屏幕一片乱码。仍旧坐在书桌前,茫然、呆滞、沮丧的神情，只有我能看到他心底深处的痛苦，我的心比他还要疼。他确实已经不是他了！有人形容阿尔茨海默病患者的记忆像是被人用橡皮擦掉了，而他的大脑仿佛一个原先精心缠好呈核桃状的绒线球，被扯乱又胡乱团在一起。我才懂得除了阿尔茨海默病俗称老年痴呆，还有一种"缺血性老年痴呆"，即缺血性脑梗病人的后遗症。首先是掌管语言的神经，时好时坏，多数时间是休眠了。他很少说话了，人越多他的话越少，只有我们两个人时，他会难过地说："我的脑子乱了，出工不出力……"我总想找出适合他的思维和表达能力的问题问他：你叫什么名字？你的单位是哪里？我是谁？……他能答出来，然后却颇为严肃地说："不要总问我这些无聊的问题！我在思考哲学问题。"是的，他在痛苦地挣扎，企图用哲学的思维理清头脑中的乱麻。但这绝非人力所能为，即使加大了抑制"老年痴呆"的药剂用量。他头脑中的绒线球还是以一年半载的速度没有了头绪。为了减缓他的语言功能退化，我们开始背诗。他素来喜爱古诗词，尤其喜爱三李（李白、李贺、李商隐）。唐诗，宋词，每天下午三点半私塾开课，问题不大，幼功还在。但不久就会如写文章一样把不同的诗句纠结组合在一起，竟然韵脚是对的。我们把书拆开，便于他一页页拿在手里念，我再一页页收回让他背。读到他喜欢的句子，他会表情丰富起来，连读几遍他会微闭双眼陷入陶醉，有时他会激动哽咽。我很矛盾，西医大夫说最好能刺激他的感情和神经，让他思维活跃起来；中医大夫则说不要刺激他，让他安稳平静。我无所适从。

我要求自己振作

一年半载后,他念不出诗了。为了保存他的手臂功能,他还有每天的"晚课"写字。他的硬笔和毛笔字一直是受到夸赞的,汪曾祺先生曾私下对他说:"城北,你第一是字,第二是诗,第三是剧……"实际是对他的主业剧本评价不高,但他认为是在夸他的字写得好。很难说他的专业是什么,多数人认为是京剧,但不要说与欧阳中石、刘曾复、吴祖光、黄宗江等著名前辈学者相比,他差得很远,即使与很多同年甚至后起的专业学者相比也是等而下之。只能说他相对来说兴趣广泛,心思简单,没有包袱,勤奋,勤劳。近来我翻阅了他的几本书,文思敏捷,文笔通畅还是当得起的,有家传的基因,也有后天的修炼。更有慈母在他因"出身问题"落难时,精心为他在自己的朋友中选择了"老师"。张庚先生收留他在中国戏曲学院戏文系旁听,从沈从文先生学习文物,从陈半丁先生学绘画书法,从聂绀弩先生学旧诗,还从张友松、陈瀚笙先生学英文。但外因种种,内因种种,使他各项所学无果,偏心于京剧的他,终还是跨进了一只脚,先进了中国京剧院,又调到中国艺术研究院。

我也认为他的字写得好,病后在客厅专门备了书桌笔墨,供他边看电视边写字。他说不知道该写什么,我找出了他为让我练字而珍藏的颜帖,他已不能工整地叠纸,不能像以前那样讲究地布局,一行行歪下去,字越写越小。大夫说这是病症典型的特征。再后来,他会把两行字叠在一起,把一笔笔一团团的墨"写"

在毡子上,涂抹在他珍爱的字帖上,一塌糊涂。这完全背离了他敬惜字纸的一贯风格。

他的双腿,是一双企图游遍名胜也不放过无名乡镇的腿,远游近走他都是兴致勃勃,总是在一年最好的季节,穿着皮夹克,穿着花呢西装,穿着米色长风衣,拉着箱子说一声:"我走了啊!"云游不久就会想家,一副天真似孩童模样的笑颜打开门:"我回来了!"

我们有个"1314(谐音一生一世)"的密友团,鼓动胁迫他在2015年出游马来西亚、新加坡,2016年远游欧洲,在地中海的邮轮上,他神清气爽,应该是大量的负氧离子滋养了他的脑细胞,外表看几乎是一副健康人的样子。但他还是话很少,写不出文章,也写不出诗。只有双腿,在短暂地离开轮椅有人搀扶的情况下,能从机舱门走到座位上,能在我的扶助下去厕所。

我们在德国买了一个精致的助步器,回来后他在家里一度用得顺手,似乎给人行走自如的感觉。但一年半载后的一天午睡后,他突然怎样也站不起来了,无论怎样搀扶他整个人都会坠下去。我挂到了北大医院神内主任著名的黄一宁大夫的号,他有些无奈地给我讲解这种心源性血栓后遗症尤其是老年人的阶段性下滑的原理,这又是心脏进出的小血栓在作怪。自此,无可奈何的他一步步滑入了"失能"的谷底,我和他一同坠了下去。这种时刻你会深刻地体会到,不是所有的痛苦无助都可以借助外力和友情、亲情分担,只有自己全力挣扎、努力攀爬出来,才能重见蓝天。

我要求自己振作,要在家庭里制造轻松安详的气氛,为了他，为了我，也为了孩子。他曾在文章中写过"家里尽可能要有些鲜花"，多年来我一直坚持每周订购鲜花，每当我拆箱修剪整理插瓶，都让他在桌边看着，问他："好看吗？"他说："好看。"一年半载后还是再问："好看吗？"他木然地看着我。生活的色彩在他的眼前和心里都消失了。

一生一代一双人

近一年来，每晚我要憋足一口气把他从轮椅抱上床，坐在床沿上，他会紧紧地搂住我的腰不肯松手，头乖巧地靠在我胸前，我拍着他的背说：我又胜利了，但早晚有一天我会抱不动的。

随着新冠疫情的突发、蔓延，他的病情江河日下，最后是整体的崩溃，嗜睡、昏睡，吃得一天少似一天。喂食一日三餐加上两餐的水果成了我们最艰巨的任务。他开始消耗自身储存的能量、脂肪、肌肉，消瘦，直至消耗殆尽……以前很多朋友开玩笑说他很像"小兵张嘎"中的胖翻译官，招牌式的双下巴圆胖脸和眼镜。最后竟瘦成了"马三立"，只剩了两只招风的大耳朵。这对老人家很不恭敬，但亲友每次来都会这样惊呼。由于新冠疫情的严控，医生明确地告诉我们，送进医院就意味着可能再也见不到他。我和孩子选择让他留在我们身边，尽可能多地享受最贴心的照护和家庭的安逸温暖。

千秋万古，人间所谓的"一辈子""白头偕老"几人能做到？我们和多数人一样没有"妾发初覆额"相识的幸运，中年相交至白首分离也是人生之必然。现在他回到了幼年，生活完全不能自理,就是命运有意让我们补上"青梅竹马"这一课。再加上他的完全失能,我们被动地回到了"两小无猜"的境地,有意无意让"一生一代一双人"完整起来。

人生和命运永远不可能是完美的,终归要面对"一个人"的结局。我设想过,如果是我先走,他也许会长叹一声"但是相思莫相负,牡丹亭上三生路。但愿那月落重生灯再红"。而如今他先走了,望着墓碑上为我的名字留的空位,墓穴中为我空留的半边,我没有泪洒新垄,我想起伊丽莎白二世间隔80年重说的一句话"我们终将重聚"。

书房南窗边两只书桌仍旧面对面,我收拾起心情,坐在他的书桌前,打开他的电脑。随着日影西移,我体味着他每天写作间隙抬头会看到的景色。在书桌我常用的笔记本中,我偶然看到了不起眼的两行字,是他病后期的字体,瘦长歪斜,仔细辨认:"别了稚珊　言多反不及意……"后面是费力涂画出的六个墨点,这是有多少想说的话,说不出来,也写不出来。这一定是他用残存的脑细胞与失忆、失能做最后的抗争,拼尽心力写下的一句话,他一定会想到我看到这句话时他已经走了,这算是遗嘱吗?

用文字笑看人世间

原创 2022-02-26 张涵 梁晓声

整个春节期间的晚上,作家梁晓声都在北京家里的电视机前,看根据自己的小说改编的同名电视剧《人世间》,剧中周氏兄妹、周父的故事,都有梁晓声兄妹、自己和父亲的影子,时时扣动着梁晓声的心弦,让他止不住热泪盈眶。

梁晓声期待《人世间》能给当下年轻人带来两方面思考,一是关于善的教育;二是帮助当代青年补上对中国改革开放以来的历史认知。"我既写人在现实中是怎样的,也写人在现实中应该怎样。通过'应该怎样',体现现实主义亦应具有的温度,寄托我对人本身的理想。"

用铅笔、用命写

"我父亲是支援大三线的建筑工人,我从小生活在小说中提及的光字片街道。"

梁晓声说，小说中的周氏兄妹、周父，都有梁晓声兄妹和父亲的影子。

长篇小说《人世间》以平民子弟周秉昆的生活轨迹为线索，展示出近50年来中国社会的发展变迁。贯穿其中的，既有中国社会发展的"光荣与梦想"，也直面了改革开放进程的艰难。

在和好朋友交流时，梁晓声提到了自己想写一部超大超长的长篇小说。结果没想到朋友提醒他：不要写那么长，最好写二三十万字，好定价、好销售。你写那么长的小说，今天这个快节奏的时代，人都没有了耐心，谁买谁出谁看？

梁晓声想了一会儿回答："我年纪这样大，还想着我这本书应该怎样写，人们到底喜欢看什么，能多印多少册，多得多少稿费，那也太悲催了。我不愿这样去迎合市场，只想完成自己想做的事。"

梁晓声心里只剩下一个愿望："我写了这么长时间，快写了一辈子了。好好写一部作品，向文学致敬。文学影响过我，相信它也会影响别人。"

这本小说，在57岁的梁晓声心里酝酿构思了三年，才逐渐成熟落地。2010年，60岁的梁晓声，开始了个人的马拉松写作长跑。每天早上，拿工具刀削好一筒铅笔，在工作室的长方桌上，摊开一沓沓400字的稿纸，每天低头伏案10小时，连续五年，在简单的工作室里，闭门写出了长达115万字的《人世间》。

"那三年确实很苦，用笔用稿纸写，400格的稿纸写在框内，每个标点都标得很清楚。写着写着，我的颈椎病越来越重，眼睛花了，手也不那么听使唤，字已经写不到格子里边去，最后，我干脆直接用铅笔在A4纸上写。写的过程中由于营养不良,或者由于焦虑,指甲当时都会扭曲,都会半脱落的那种状态。头上也有'鬼剃头'。"

《人世间》第一稿写了3600多页。梁晓声前后修改,共写了三稿,将近1万页。

下部还没写完时,梁晓声的身体撑不住了,去北医三院化验科做检查,不久医院电话通知,情况很不好,建议重新做胃镜检查,发现胃癌,三个月以后手术。

后来梁晓声转到肿瘤医院,医生和他商量动手术,建议做全部切除,防止扩散;之前,梁晓声的父亲就是晚期胃癌。梁晓声考虑,小说还没写完,胃如果切除,意味一切都要停下。

离开肿瘤医院的路上,他吸了两支烟。后来,梁晓声选择了不做手术,保守治疗。

接下来的这些年,他不但完成了《人世间》,又写了好几本书,还写了好几个电影剧本。

中国青年出版社总编辑李师东,是梁晓声的师弟,两人都是复旦大学中文系毕业生,当他看到梁晓声给这部长篇写的一段100字创作"题记"时,"有三个字往我心里扎了一下。我脱口而出:人世间!"由此,《人世间》成了小说的书名。

小弟弟是周秉昆原型

热播的电视剧《人世间》由腾讯影业等发起,李路导演,王海鸰和儿子王大鸥任编剧,雷佳音、辛柏青、宋佳、殷桃等领衔主演。主人公周秉昆,正是梁晓声以小弟弟和朋友们为原型写的。

"周秉昆是酱油厂的工人,我小弟弟就是酱油厂的工人,他退休也是拿着酱油厂的退休工资,他在工作中也犯过错误,由于失误跑了两吨酱油,后来他入了党,还做了纪委书记。工友这个群体的故事,在许多作品中被边缘化了,几乎很少有关于他们的故事。"

"我父亲是支援大三线的建筑工人,周父插队贵州,很多细节都是从生活里来的;我在小说中提及的光字片街道,也是我们家那个区域为原型写的。"

梁晓声原名梁绍生,1949年9月22日出生在哈尔滨道里安平街13号,一个普通的工人家庭。"父亲目不识丁。祖父也目不识丁。"梁晓声在自传体散文《似梦人生》中这样描述自己的家庭:"母亲也是文盲。外祖父读过几年私塾,是东北某农村解放前农民称为'识文断字'的人。"

这个生活贫困的大家庭,当时住的就是平房区的大杂院。电视剧《人世间》里的外景,就是根据梁晓声的小说描写的地理场景,在吉林长春市郊重新设计构建的。

"我在长篇小说《人世间》中,写到了我笔下虚构的人物,那个年代有那个年代的邻里矛盾,但是主体可能是,越是底层人家多的院落,越会体现出一种抱团取暖的状态。"

"周家三个孩子身上的特质,我身上都有一些。我和我的知青朋友们,则像《人世间》书里的大哥周秉义。比如周秉昆和他哥们儿之间的友谊,就和我做知青时对朋友们的感情一样,面对知青朋友的祸福命运,我能做到挺身而出。周秉义身上的理性,是我后来逐渐学习得来的,随着年龄的增长,我自己也慢慢成熟一些,还有周蓉身上的特立独行,也是我所喜欢的。"

小弟弟看过小说《人世间》,但很可惜,他去世的时候,电视剧还在后期制作,没有完成。梁晓声原本期待,弟弟能看到电视剧,却未能如愿。

一直是家里的顶梁柱

北大荒的知青经历,及至1977年,于复旦大学毕业,分配到北京电影制片厂,改变了梁晓声的命运。他有了一间11平方米的单身宿舍,除了工作外,每天就是写作、读书。他早期文学代表作品《这是一片神奇的土地》,中篇小说《今夜有暴风雪》、短篇小说《父亲》,这一系列早期小说的代表作品,就是在那个宿舍里写出来的。

刚参加工作时,梁晓声每月工资49元,每月要给父母寄20元养弟弟妹妹。即便后来结了婚,也要继续帮助父母养家。父亲生病,和母亲一起来北京,看病治疗2年,梁晓声作为家里唯一的顶梁柱和经济支柱,他责无旁贷。

大哥患有精神病,长期的医药费,全由梁晓声承担。到了20世纪90年代末,两个弟弟和妹妹都下岗了,孩子们要上学读书,梁晓声都要帮助,每年资助家里的钱要4万元,这在当时可是一笔巨款。

梁晓声和爱人的单位工资都不高,只能靠梁晓声写小说挣稿费。因长期熬夜写作,梁晓声身体不太好,患过肝病、胃病,还出现过心脏早搏症状。

后来,父母相继离世后,梁晓声与妻子商量,将哥哥接到北京照顾生活。大哥每年都要在医院住几个月,治病就要花三四万元。

刚刚过去的2021年,对73岁的梁晓声来说,是很难过的一年。

先是小弟弟、小弟妹去世,接着是三弟妹去世。人生别离的痛苦和悲伤外,梁晓声一边忙着写作,一边尽己所能,想方设法去帮助这几个家庭,解决生活困难,过好日子。空出来的时间,梁晓声会不自觉地想家中事。失去亲人以后,侄女的生活会是什么样?三弟家会有什么困难,他要做哪些准备?梁晓声惯于挑起一家之长的重担,就像过去很多年一样。

一场与自己的对话

梁晓声说自己的写作,是一场与自己的对话。"当我写到周秉昆挺身而出的时候,我就会问自己:你相信人就应该这样做吗?你现在还能做到这样吗?你仍认为这样做是对的、值得的吗?我已经70多岁了,以我的人生经历来看,我认为周秉昆这样做是对的。"

"我认为没有作家能够仅凭经验和技巧,就能把自己并不相信的价值观写出来,能写出来的,一定都是发自内心的表达。"

梁晓声写《人世间》,是在尽最大的努力向现实主义致敬。通过他笔下不同层面的人物,传达他对社会的感知和愿景。"对

20世纪60年代至80年代的中国,现在的年轻人所知甚少。他们应该了解父母那一代人是怎么走过来的,他们怎么看待利益、友情、亲情的关系。这世界上还有那么多有意义的事情,我们还可以相信除了金钱以外的另外一些事情。"

在获得茅盾文学奖以后,梁晓声又拿出了长篇小说《我和我的命》。书中,梁晓声通过主人公之口,表达了很多对社会、命运和"活着"的看法。小说里讲,人有"三命":一是父母给的,原生家庭给的,叫"天命";二是由自己生活经历决定的,叫"实命";三是文化给的,叫"自修命"。人的总和显然与这三命有密切的关系。梁晓声在小说中对"命运"倾注了最深切的关怀。他写出了命运之不可违拗的决定作用,也写出了人的奋斗和自修自悟能够改变命运的强大力量。

"人类为什么需要文学?文学的价值在于它能够给人以精神的滋养,人类归根到底需要文学,还是它促使我们在精神上和品格上提升、再提升。正是因为这个原因,文学才和人类发生关系,它具有引人向善的力量。"

生活依然复杂,生命依然昂扬,奋斗依然坚韧。

平安大戏院和华业公寓旧事

(原创) 2022-02-28 剑啸

仿佛弄堂的影剧院

陕西北路、南京西路相交的十字路口的四个角上，原先有四家商店：东北角是泰昌食品店；西北角是华丰水果店；东南角是景德镇瓷器商店；西南角是平安电影院。如今，只剩下了瓷器店，并且门面仅仅是原先的一半（另一半出租了）！所谓沧海桑田，日新月异。无须观天看海，不经意间，你所熟悉的风景忽然就变成了墨晕淡浅的一摊水渍。

对于所有曾经在南京西路、陕西北路那个十字路口踯躅徘徊的人来说，大概没有不记得这里曾经有过一家平安电影院的，尽管它是那么小，那么旧，那么低调，就像上海普普通通的一条弄堂。

不错，它确实是像弄堂。如果要看电影，一定要走过一条两侧挂满海报和影星照片的过道才能到达检票口。有这样过道的电影院,当年整个上海只有两家,一是西藏路上的红旗电影院,一是平安电影院。不幸的是,其时,但凡这样格局的娱乐场所,都不太高档,像"平安"这样的电影院,只配放映科教电影,极其难得放映一两部故事片。罗马尼亚的《多瑙河之波》,这部曾经公认的"大片",我就是在这里看的,而且还是夜场。自然,看得更多的是新闻纪录、科普性的电影。

完成了一个轮回

平安电影院坐落于平安大楼的底层。平安大楼,建于1925年,周边型美式公寓建筑,建筑面积6081平方米,高25米,共7层,钢筋混凝土结构,外墙用的是深褐色的砖头。这种风格的建筑,南京西路上还有几幢,比如南京西路石门二路口的德义大楼和斜对面的一幢半圆形的同孚大楼。这幢大楼是当时为数不多的有供暖、带电梯的多层公寓。它的底层前身为安凯第商场。平安大楼南京西路一侧的"裙房",后由著名的珠江酒家入驻。

平安大楼体量雄伟又不失简洁、秀丽,在当时应该也是难得的高档公寓。

1939年,美商雷华影片公司的葛安农·劳力登出资,将商场改建成平安大戏院,西文标为Uptown Theater。戏院有504个座位。按照当时的分类标准,首轮影院的座位数要上千,并且还要考量有无冷暖气。平安大戏院不够格,被定位为二轮影院。首映西片《玉楼金阙》。

曾在上海滩暴得大名的女作家提到平安大戏院,称:"全市唯一一个清洁的二轮电影院,灰红暗黄两色砖砌的门面,有一种针织粗呢的温暖感,整个建筑圆圆地朝里凹,成为一钩新月切过路角,门前十分宽敞……"描述富有质感,十分精确。

女作家的家,在常德路上,离平安大戏院仅几百米,想必经常光顾或路过,故而熟悉得很。

1964年,"平安大戏院"更名为"平安电影院";1989年,改为平安艺术电影院;1991年,又改名为平安迷你电影院,设有艺术沙龙、咖啡厅等设施,并被市电影局定为"三星级"电影院。

平安电影院还出现过一个小插曲:大概在20世纪90年代中期,因为无法维持正常的营业,平安电影院曾投下3500万元,引进休斯敦公司全套电影系统设备,并邀请好莱坞著名的布景设计师科克·艾斯提负责室内设计,电影院内所有设备,包括放映、音响、动感座椅、电脑控制系统、灯光效果、室内装潢等,由好莱坞直接进口,力图打造成为中国首家动感电影院。放映的影片是经过好莱坞特技专家以70毫米胶片精心拍摄,每秒可传达60个画面,再以最先进的高解析度HD放映系统投射出来,视觉效果逼真。"平安动感电影院"的招牌被设计成花花绿绿的,很像迪士尼乐园。我好奇而去尝试,大失所望,所谓动感,不过是座椅随着影片画面的变化做前后左右摇动,有时还和画面不大配合。电影内容不是故事片,没有情节,均是些丛林冒险、浪遏飞舟之类,而且放映时间一次不超过半小时。骗骗小孩还凑合,对大人而言,就有些上当的感觉。

由于吸引力不强,不够长久,经营上有些窘迫,院方将底层长廊部分区域分割出租给了个体商铺,先是门口有卖廉价服装的摊位,后来索性变成专卖绸布的商场,观众进场如同检阅、视察服饰柜台里的从业人员,不是很舒服。没过多久,影院关门歇业,用三夹板围起。从此,"平安电影院"彻底消失了。

2006年起,这里成了西班牙ZARA在中国的首家专卖店。凑巧的是,20世纪的30年代,西班牙王国驻沪领事馆就设在这里。始于商场而终于商场,曾经西班牙而现在西班牙,也许这就是人们通常所说的"命"。风靡一时的平安大戏院,寿终正寝,完成了一个轮回。

平安大戏院没有了,真的没有了,连一点影子也没有了。西班牙的ZARA看中了这块风水宝地,也许,更因它背后的那幢华业公寓,弥漫着的西班牙气息,令它循味而来……

深藏着的华贵优雅

在平安大楼的背后,一组典型的西班牙城堡式的建筑群拔地而起,这就是著名的华业公寓,又称华业大楼。

资料记载,华业公寓1932年动工,建成于1934年;上海大营造商谭千臣投资兴建,李锦沛设计,潘荣记营造厂承建施工;占地14.56亩,建筑面积10 100平方米;钢筋混凝土混合结构。它由一幢H形10层(九、十层为电梯房和蓄水房)象牙白色主楼和两幢副楼组成;总体布局为三合院式,主楼居中,面东,呈正方形,顶部为多面锥形;南北各有一幢副楼;主楼与配楼之间相通,靠的是底楼两道西班牙式的廊道。

整个建筑形式及细部均仿西班牙式建筑风格,属折中主义向现代建筑过渡时期。楼顶全部采用西班牙红瓦压顶,底下镶了一条立体的花纹装饰带。说它是西班牙风格的根据,就是那些典型元素。

从副楼到主楼,历经四、八、九、十,四个阶梯式层次。主楼底层入口有挑空的门厅,上面覆盖玻璃,以利阳光射入。门厅地面采用地砖铺设,楼梯表面则为水磨石。据说楼前曾有2500平方米的草坪绿地,四周树木葱郁,围有绿篱,以前中间是儿童游乐园,锅炉房、配电间、水闸房和汽车库则在大楼后面(现在大都住了人),现在草坪上面盖了四幢三层高的房子,花园洋房的布局被彻底破坏了。底层原为公共服务层,门厅、访客室、图书室和儿童游戏室一应俱全。所谓"公寓",其特性就在这些细节中流露。

从旧照片上看,公寓入口处原先应该有个极其华丽的门头装饰,现在也荡然无存了。

30多年前我去的时候,电梯还是很老式的那种。从外面望去,斑驳的油漆金属门和一般的电梯门差别不大,就是略显陈旧;到得里面,电梯门变成了活动铁栅栏,有个铁拉手开关,启动是用按钮还是用摇柄,则记不清了,总之不是自助的,有专门的司机为你服务。公寓二至八层是住房,设三室户和四室户套房各两组。三室户有起居室、卧室、餐厅、厨房、浴厕和用人房;四室户加一个备餐间。用人房旁边还有用人卫生间。所有的户型都有大阳台,按西班牙建筑的特点,原先的阳台应是敞开式的,但现在均被封成了内阳台。室内铺设柳桉木地板,木门和钢窗,水电煤到位,甚至还有冷暖设备。

这里要提一下与华业大楼有关的两个人物：李锦沛和谭敬。

李锦沛1900年出生于美国纽约的华人家庭，1920年，毕业于普赖特学院，获得纽约州立大学注册建筑师证书。

让李锦沛声名鹊起的一件事，是1929年南京中山陵的设计师吕彦直去世后，他受孙中山葬事筹备委员会之聘，以彦沛记建筑事务所名义负责南京中山陵、广州中山纪念堂等工程的设计工作。1932年李锦沛在上海开设李锦沛建筑事务所。在当时高层公寓大楼的设计差不多均由外国建筑设计所包揽的情况下，作为华人设计师，李锦沛设计的华业公寓，绝对是个亮点。上海人熟悉的坐落于西藏路上的"八仙桥青年会"大厦，也出自李锦沛之手。

谭敬，是谭同兴营造厂老板谭千臣的第四子。谭千臣死后，因为前三子早亡，所有遗产归谭敬和母亲唐佩书继承。唐佩书何许人也？她是与阮玲玉结婚的茶商唐季珊的妹妹。

1934年，华业公寓建成，谭家把顶层用于自住，其余出租。大概树大招风，谭家竟然发生了一起凶杀案，唐佩书差点被刺杀。

谭敬之所以出名，不仅因为他是收藏大家，还因为他也是书画造假团伙的头目。不过，我们从一张他与李锦沛一起研究设计图纸的合影可知，不管是不是装模作样，他对于华业公寓的建造，是出过力的。

华业公寓建成之初，居民以中国的高官、富商和洋人为主。抗战胜利后，翻译家、戏剧家、评论家李健吾从内地到沪，因找不到住所，只得花了一笔很大的费用入住此间，可没有住多久便觉房租压力太大。1947年,著名艺术家金山、张瑞芳从长春来到上海,暂住在李健吾家。金山见李健吾去意已决,便接了盘。后来,金山、张瑞芳也搬出了华业公寓。著名电影演员王丹凤、昆剧大师俞振飞也在此居住过。传说其中的大部分人后来也因为租金过昂而迁出。

1989年,华业公寓被上海市人民政府定为"上海市文物保护单位"。

"Building 173"

20世纪80年代末我因经手一部《中国近代文学大系》,经常要到住在这幢大楼三楼的杨友仁先生处请教一些问题。

当时电梯不常开放,只能从侧面的楼梯上去。但这个楼梯暗无天日,又无照明,让人颇有盲人摸象之感。于是改走楼边敞开式的副梯(消防梯)。楼道和套内房间之间的走道都缺少自然光照,阴森可怖,推想是被房间隔断所致。本来的豪宅,几十年后变成了"七十二家房客"。也许厨房要住人,灶台被迁到走道上了。杨先生一人住一间十二三平方米的房间;占据一个大阳台,足有八九个平方米,里面放着一张小床和若干书架。杨先生的住所究竟是三居室还是四居室的一部分?整套居室内究竟住了多少人家?我不遑多问,只觉得那么好的公寓没有保持原状,可惜了。印象更为深刻的是,室内的地板、墙壁、钢窗等,经过那么长时间的腐蚀,依然挺括完好,不能不令人赞叹它建材优异,施工精良。

光华大学上海校友会,就设在杨宅;杨先生又是个社会活动家,小小居所,名流咸集,户限为穿。

记得杨先生的一个邻居,供职于上海译文出版社的编辑,是一位翻译家,姓吴。

当初谭千臣在建造华业公寓的同时,又在公寓前、陕西路西侧建造了三幢西式的联体别墅。这些建筑已经不大有人提起。新民晚报老总束纫秋先生、老报人陈榕甫(吾三省)先生先后落户于此,自然也是"群租"。缘于此,我倒有幸见识过楼内的"洞天"。虽云别墅,质量欠佳,地板多有损坏,比起大楼来,总觉得要下一台阶。自然,疏于维修或人为破坏,也未可知。

2009年,在上海生活的瑞典电影人彼得·艾尔登等拍摄了一部名为《上海·173号楼》的影片,在英国、波兰、法国等电影节上展出,获得高度评价。影片里讲的"Building 173",就是华业大楼。我没有看过这部影片,想象它的基调和情绪是温暖而惆怅的:去的去,来的来;楼还在,朱颜改。

有时,我从31楼办公室的西窗向下眺望,华业大楼被四周的高楼大厦包围着,但它像一朵盛开着的鲜花中的花蕊,依然是那样经典华贵,依然是那样绚烂夺目,总是能让人把最后的注意力投向它……

柔水长流，润物无声

原创 2022-03-08 于漪

1965年，我第一次评上上海市三八红旗手，全国及上海市的各种奖项都是男女同样可评，唯有这个三八红旗手是专门为女同志设的。这以后，1978、1983、1984、1986年我连续评上三八红旗手。

1983年，当时上海评了五个工、农、商、学、文全国三八红旗手，我是教育界的代表，第一次走进人民大会堂接受颁奖。获得这个称号很不容易，我觉得肩上有了沉甸甸的担子。

当年社会提倡，妇女要争气，要顶半边天，但是，很多年里，妇女的成长、成才并不容易。有位贵州女教师给我写信，信中说："我是贵州一个偏远山区的中学语文教研员，我发现，在中学语文教学这块土地上，辛勤耕耘的女教师占相当大比例。大学里，她们不乏佼佼者，登上讲台后，她们和男教师一起，满腔热忱地奉献青春年华。可是10年、20年后，她们中间有成就者却寥寥无几，卓有成就者更是凤毛麟角。您能给我们谈谈对这个现象的看法吗?"这个现象并不少见,我认为,这是一个值得探讨的问题。女教师,一般来说,有其天生的优势,如口齿清楚,语言流畅,教态亲切,工作认真,考虑问题细致,模仿性较强,步入教坛后,与男教师并驾齐驱,不乏佼佼者。

但如何有后劲,如何发挥潜在的力量,如何日有所进,月有所进,年有所进,成为有所创新者,有所建树的学者型教师,的确,要比男教师更为艰辛,付出得更多。因为女性在社会上无论扮演什么角色,在家庭中,还要当好一个母亲,相对来说,付出的时间、精力更多,责任也更大。

女教师和别的行业人员一样,都会有更多干扰和牵扯,这在全世界都是如此,历史条件、社会条件对女性的制约是客观存在的,不得不承认。

正因如此,女教师要自强不息,须在各个方面有几个突破:一是心胸要宽广。胸中要装着学生的今天和明天,不能为鸡虫得失之事所困扰,碰到不顺心的事不能耿耿于怀,要提得起、放得下。二是视野要开阔。涉猎的知识越多,越能触类旁通,"学"特别重要,多读书,问渠哪得清如许?为有源头活水来。三是功底要扎实。万丈高楼平地起,基础一定要深、正、扎实。根深才能叶茂,不断积累知识,紧紧围绕教学需要练就真本领,主动锻炼,积极探求,必能取得良好效果。四是毅力。教学不是百米冲刺,而是万米赛跑,其实做人也一样,需要耐心,韧劲,需要坚强的意志。笑迎困难,鼓足勇气,跨越沟坎,就是胜利。

女性在家庭教育中,对孩子的影响很大。母亲的价值取向,做人准则,身教重于言教,以良好的品行柔水长流,润物细无声,对孩子健康成长、成为国家有用之才,起决定性作用。

现在的"三八"妇女节,有更多的妇女,包括女教师荣获三八红旗手称号,值得庆贺,更让我们记住肩上的责任。只要自强不息,坚持向前,妇女一样能撑起国家和家庭的半边天。

上海人的"零拷"

原创 2022-03-13 羊郎

说到"零拷",也许一些80后,大多数90后的年轻人不知道这个词。生活在20世纪五六十年代的人们都不会忘记日常生活里"零拷"这档子事。

那时候离开弄堂不远处,一般都有一爿专卖油盐酱醋、老酒、乳腐、酱菜等的小店,人称"槽坊"。"槽坊"里的老酒可以整甏、整瓶出售,油盐酱醋也可以论斤卖,但是平时最常见的是"零拷"。现在的网络流行语"打酱油",的确有传神之处。"我只是打酱油路过此地,这里的事与我无关"。可见打酱油是日常生活里的高频率动作。

打酱油在上海话里就是拷酱油,即在家里拿一个碗或瓶子之类的,到"槽坊"里拷几两老酒,几两鲜酱油,几两米醋回去做调料,买几分洋细酱菜,买几块红乳腐、白乳腐,或者臭腐乳回去吃泡饭。"槽坊"里的酱油甏、米醋甏等坛坛罐罐放在那里,作为计量单位的长柄勺子有大有小,有木质的,也有铁质的,不管是木质的还是铁质的,长柄的顶端都带一个弯钩,闲置的时候便于挂在墙上。只见店里的伙计将勺子稳健而熟练地伸进缸里,直上直下,满而不溢,滴水不漏地倒在你的容器里,这一派童叟无欺的神情令人难忘。

"槽坊"离家不远,犹如现在的便利店,套用当代语系可谓是口袋商店,触手可及。在每家每户钱粮不多的年代,上海人精打细算,即使如每天要用到的佐菜调料,人们也不愿有库存,当时要用多少,临时就买多少。这样做的好处使得家里没有那么多的坛坛罐罐,更是不会有那么多附带的、中看不中用的包装纸盒。当然去掉了"附庸"的商品自然便宜一些。

其实那时候上海滩似乎一百样东西都可以"零拷"。不仅油盐酱醋可以"零拷",就是雪花膏、蛤蜊油、防裂膏、洗发露等化妆品、劳防用品也有"零拷"的,甚至于洗衣粉、油漆等也可"零拷"。也可以说,只要商品本身可以拆零的,商家从薄利多销角度考虑,都愿意用"零拷"的销售模式。开在弄堂口的烟纸店里,来店里的顾客不少是熟客,那时候的勇士牌、飞马牌、大前门香烟都可以拆开来论支卖,两分钱一包的自来火也可以拆半卖。真是有什么样的买家,就会有什么样的商家,即使在一板一眼的计划经济时代,上海市民生活里的灵活性却依然存在着。

上海人过日子真是精细到家了。以至于从计划经济转到市场经济的过渡阶段,面临不可逆转的价格调整时,政府部门不得不小心再小心,谨慎再谨慎,当年一包自来火的涨价,让有关部门纠结多时。因为火柴虽小,价格虽低,但是人们每天要用得到,自来火一涨价,弄得不好,人们生煤球炉子、抽香烟、点洋风炉、点蜡烛时,每划一根火柴就会埋怨一句:又涨价了。

因为有点怀念过去的"零拷",就想到了现在泛滥的包装。过去生活拮据,注重的是"内容",没有精力和财力去顾及"形式"。隔壁邻居即使是过年过节送半斤或一斤糖果、红枣、花生也不过用一只牛皮纸袋即可。哪像现在都非要用上花里胡哨的纸盒,以至于到了春节,楼道里来不及处理的纸箱、纸盒堵得楼梯上下不便。从过去走过来的老年人一开始还有心收藏一些漂亮的纸盒,但是由于这些外包装层出不穷,生生不息,弄得老人们也兴味索然,没了整理的心绪。

过去的生活困难,但是却不自觉地做到了环保。

"零拷"的生活透出的是上海人的精细和简约,细心的人们会发现上海人的"零拷"从来没有远去而不见踪影。人称高雅的淮海路上,即使有时候高档的时装店里门可罗雀,但是全国土特产食品商店却始终门庭若市,来此排队买酱菜、买乳腐、买花生酱、买虾子带鱼等的阿姨爷叔络绎不绝,他们觉得拿着自己家里带来的瓶子装东西卫生,想吃多少就买多少,图的是新鲜实惠。据说这里仅仅是花生酱、芝麻酱每天都要卖出两三百斤!

离开"全国土产"不远的还有一家"光明邨",天天午市和夜市也是门口一条长龙,排队的人群里有住在淮海路附近的居民,也有慕名远道而来的市民。在上海人看来,想吃饭店里的家常菜不必都进饭堂,"零拷"回去也是不错的选择。人们想不到,两家可以"零拷"的吃食店却领了不少高雅淮海路的风骚。

事实上,一种好的生活方式是不会随便消失的。现在咖啡文化在上海盛行,每天喝上两杯咖啡成了不少年轻白领的刚需,于是我们经常看到有的年轻人自备茶杯到咖啡店"零拷"一杯心仪的咖啡。淘宝网上也有年轻人开店,将一些名贵的香水拆零分装销售。

"零拷"的行为内涵,摊开来讲就是用多少买多少;讲实用,不讲虚荣;要简便,不要烦琐;能够直截了当,就不要拐弯抹角,在生活中,效率、效用至上。

上海人的"零拷"反映出的是上海人的生活品质。

想念您，老爸
——纪念贺友直诞辰一百周年

(原创) 2022-03-15 贺小珉

人终有一天会老去……可在我内心爸爸从来就没有离开过我！他无时无刻不在我身边、在我心里、在引领着我……

都说，时间会抹去很多东西，可六年过去了，丝毫都没能抹去我们对爸爸的思念！以为随着时光自己慢慢想到老爸会不哭的，事实完全不可能！很多刻骨铭心的伤痛不会随着时间释怀的，反而随着自己年龄的增长，他过去在我耳边唠叨的话语越来越多地出现。

去年就在想着写爸爸一百周年诞辰的纪念文，可每每触碰到这根伤心的神经就无法自已……今年2月5日夜光杯登载了陈村老师《想念贺老》的文章，再次唤起了写此文的冲动。

正如老爸对陈村老师说的："鞋子是自己做的，衣裳是自己做的，老大穿下来给老二，老二穿下来给老三……"我是家里的老幺，记得穿到我基本上裤子都是加一截的。在记忆里童年还是很快乐的,老爸他经常体验生活不在家里,可每次他从外地回家总会带给我们兄妹玩具等,打鼓的小熊、小手枪、铅笔盒、小书包……家里的家规很严,没有得到爸妈的同意我们是不能出去玩的,包括弄堂里也不可以随便去玩的,所以孩子们最开心的是帮老爸去陕西南路靠近淮海中路或到淮海中路"茅培牟"去"拷"老酒,那样我们就可以出去了。

有时我们在弄堂里偷偷玩,一定会有一个人在弄堂口望风,远远地看到老爸回家了马上通报兄弟姐妹跑回家。可接下来十年的非常时期那些家规就松了很多,老爸经过"再教育"回家后对我们的管教也松了很多,那时我还小才上小学,因为受爸爸的影响,我们在学校会被欺负,所以写字的铅笔会被同学抢去或折断,记得有次我一支笔被同学折成三段,回家哭着告诉老爸,老爸说这有什么好哭的,我来帮你重新变一支漂亮的笔,于是他用画纸卷了一个笔筒把折断的笔装进去,再在笔筒上画了一点图案,一支漂亮的笔就变好了。有时放学回家会说被欺负的事,老爸都会帮我们一一化解。

爸爸从来不说负面的话。我们家里有一盏吊灯,因为和邻居玩耍时掉下来摔碎了,当时我们都吓坏了,可老爸回家也没有责怪我们,他用硬的纸折了一只灯罩,在上面画了图案当灯罩……

在那个非常时期老爸给我们最多的就是爱和包容,但对我们的品德教育从来就没有减少过。因为哥哥姐姐去插队落户我可以留在上海,在等待入职单位通知时老爸与我说:无论做什么工作都要把它做到最好!即使你的工作是扫马路,也要做到非你不行,那你就成功了……老爸的这席话我铭记和享用至今。他还经常与我说,人与人之间不要攀比和比较,如果那样的话就如市场上按斤两买菜了,再有就是人要有主见,不要处处为别人的言行所左右,遇事要难得糊涂一点。老爸有一张自画头像,当时我们不理解为什么他就画了眼睛和耳朵而没画嘴巴。他说,凡事要多去看和听,不要一看到嘴巴就说出来。

老爸的言行品德给了我们做子女的榜样,他把一生的作品全部捐献给了国家,一张都不留给我们子女!他说你们要靠自己去创造财富。我们做子女的没有辜负老爸的期望,在他离开后我们还是把他的遗作全部捐献给了国家。

在他获"中国美术奖·终身成就奖"和"上海文学艺术成就奖·终身成就奖"后他从来不说自己的成就,而是说是自己的年岁长才有这样的机会。他看人从来不会有高低之分,待人更是越是有困难的越会去帮助,每年一到大年三十,当家里都在忙着准备年夜饭时,他会兜里揣着钱一个人出去,他说去看看马路上是否有乞讨的人或困难的人,他说到了这一天如这人还在路上那一定是困难和无奈的,所以要去帮助一下。2016年3月16日老爸突然离去后,家里的家政阿姨才告诉我们,那年的新年老爸把自己钱包里的钱全部给了她,感谢她对家里的帮助。

老爸的这些品行不但给我们子女做了榜样,同时也教育了我们待人不能有高低贫富之分。

在我开店的这些年中,老爸也一直关心着店铺并帮助签名售书,在他去世前一个星期,应很多读者预约要求,我带回家几本新出版的"上海美术馆藏贺友直连环画作品集"需要他签名,因为他身体的缘故拖了好几天,就在他去世这天上午,他说让我把书拿出来放在桌子旁边,等上午浙江美术馆的人走后他就帮我签,可就在浙江美术馆的人离开家后老爸就突然……这一天也成了我永远无法忘却的痛!

用《离人》的歌词来结束此文:我不肯说再见,有人说一次告别,天上就会有颗星又熄灭……

老太太

(原创) 2022‑03‑15 肖复兴

有一阵子,我常在北京的胡同里转悠,遇到的多是老太太,不是老头儿。大概由于老太太一般比老头儿长寿。她们很多从小就生活在胡同里,故土难离,不愿意搬家,到五环以外,那么远的地方去。

不知为什么,那些老太太,让我感到亲切,不由自主地想起我的母亲,母亲在世的最后时光,和这些老太太差不多年纪,一样沧桑却平和亲近。特别奇怪,我和她们聊得来,虽素昧平生,却没有距离。

那一年,寻访杨公祠。在北京,这里很出名,不仅是明朝忠臣杨继盛的故居,还是戊戌变法前夜"公车上书"之地。那时的杨公祠,沦落为大杂院,山门紧锁,改为旁边一座窄门进入。我挨门询问着街坊们,希望他们能够告诉我这里的历史变迁。他们众口一辞让我找前院住的老太太。那里是景贤堂的后堂,廊檐宽敞,圆柱朱红,斑驳沧桑。敲开门,一位个子不高慈眉善目的老太太在做肉皮冻,放下了手中的活,热情接待了我。她告诉我她今年75岁,10岁搬进来,那时候,景贤堂还供奉着杨椒山彩色泥塑像,她住的这屋子原来供奉祖宗和杨夫人的牌位,有匾在上面,写的是"正气锄奸"。

说起杨继盛,老太太很有感情,告诉我说,原来的院子可大了,你应该到西院看看,那个亭子还在呢。只是现在都住上人家,乱得看不出原来的样子了。我知道,老太太说的那个亭子就是"谏草亭",杨椒山给皇上的奏疏,被刻成数十块石刻,就嵌刻在"谏草亭"中。你去看看,石刻还能看见一些!老太太送我出门,还这样对我说。

我常想起这位老太太,对400多年前的一位古人,居然还有着这样深厚的感情,只因为这位古人是敢于上书皇帝进谏的忠臣。

在中山会馆,我碰见的也是一位老太太。中山会馆在北京也很有名,相传最早是严嵩的花园别墅,清末被留美归来的唐绍仪(袁世凯当临时大总统时当过国务总理)买下,改建为带点儿洋味的会馆。民国元年,孙中山当了大总统来北京,就住在这里,中山会馆的名字由此得来。

老太太,77岁,鹤发童颜,广东中山县人,和孙中山是老乡,祖辈三代住在这里。这是一座独立成章的小跨院,院门前有回廊和外面相连。我是贸然闯入,老太太却和我一见如故,搬来个小马扎,让我坐在她家宽敞的廊檐下,向我细数中山会馆历史。说到兴头上,她站起身来,回到屋子里拿出厚厚的一本老相册翻给我看。小院里只有我们两人,安静异常,能听到风吹树叶的飒飒声。

翻到一页,相册的黑色纸页上,用银色相角贴着一张黑白照片,照片上是一个英俊的年轻人,坐在镂空而起伏有致的假山石旁。她告诉我:这是我的先生,已经去世20多年了。我问她在哪座公园里照的?她说:不是公园,就在中山会馆。说着,她走下廊檐的台阶,带我向跨院外面走去。我上前要扶她,她摆摆手,腿脚很硬朗,来到前面杂乱不堪的院子,向我指认当年的小桥流水,花木亭台,和她先生照相的地方。一切仿佛逝去得并不遥远。

和她告别,她送我出院门,那一刻,仿佛我是她的一位阔别多年的朋友。我忽然看见沿着院门南墙下种着一溜儿玉簪,正盛开着洁白如玉长长的花朵,像是为小院镶嵌上一道银色的花边。我指着花对她说:真是漂亮!她对我说:还是那年我和我先生一起种的呢,一直开着!

重访湖北会馆,为看那棵老杜梨树。四周的房子拆除大半,一片瓦砾,老树还在,清癯的枯枝,孤零零地在风中摇曳。从杜梨树前的一间小屋里,走出来一位老太太,正是种这棵杜梨树的主人。她告诉我已经87岁,不到10岁搬进这院子的时候,她种下了这棵杜梨树。也就是说,这棵杜梨树有将近80年的历史了。

那天,我指着拆了大半的院子对老太太说:您就不盼着拆迁住进楼房里去?起码楼里有空调,大夏天的住在这大杂院里,多热呀!她瞥瞥我,对我说:我也不知道你是干什么的,干吗到我们院子来。我就问你,你住没住过四合院?然后,她指指那棵杜梨树,又说,哪个四合院里没有树?一棵树有多少树叶?有多少树叶就有多少把扇子。只要有风,每一片树叶都把风给你扇过来了。

日子过去了好多年,如今,杨公祠正在翻修改建;中山会馆重建一新;湖北会馆和那棵老杜梨树,已经没有了。不知道这几位老太太是否还健在?如果在,都是近百岁甚至是超百岁的老人了。

想念我的六叔吴祖强

原创 2022‐03‐16 吴霜

上周六,3月12日,我正在给一个学生上课,接到堂弟吴迎的电话,说他因事不能外出,要我去一下北大医院住院部为六叔的医疗手续签个字,因为一直住院的六叔需要做核磁检查,需要输血,而这些都要家属签字。于是,我下午去了北大医院,在病房住院部通向核磁共振室的走廊上,我见到了六叔。

我已经四五年没见过六叔了。他患病之后住进医院,到今年已经是第五个春节了。六叔仰面躺在移动病床上,盖着白色棉被,头发是剃光的,嘴上戴上了口罩。我走近几步,看到了那张熟悉的面孔。他的原来是浓浓的眉毛有些花白,原来十分有神的眼睛已经是闭着的,皮肤十分细腻白皙,没有一般老人的粗糙,应该是长期住院所致。医生、护工、护士还有我,扶着他的病床推进核磁共振室,我问那个年轻女医生,他是醒着的吗?她低头看了一下病床上的六叔,说,哎!睁开眼睛了。我看过去,六叔的眼睛睁开了。我叫了一声,六叔!六叔目光清澈,望向前方。医生小声对我说,他应该是没有意识的了。我"哦"了一声,看到他们把病床对准了那个庞大的核磁共振仪的入口。

在我的眼里,六叔一直是男神一般的存在。很小的时候,在北京我家的四合院里,小时候的我总会看见他和娇小的六婶带着堂弟吴迎一起从月亮门那儿走进来,他们是来看望祖母的。进门必先到西屋祖母的房间去问好。然后,六叔六婶会和祖母一起坐着,爸爸妈妈会从北房过来,他们一起聊天讲话,而我和堂弟在院子里开玩儿,玩儿得不亦乐乎。年轻时的六叔是那种相貌俊逸的男生,吴家人个子都不高,六叔也不例外。但是吴家男生都很俊秀飘逸,弥补了个头的缺憾,然后都是娶了美女。

那时候我正在妈妈的安排下每周跟着一个武功师傅练习戏曲毯子功,妈妈希望我将来可以接她的班成为一个戏曲演员。那时候的六叔对于我后来的事业前景不可能有什么想法,他所做的是全力培养我的堂弟吴迎学习钢琴,将来做个音乐家。我在妈妈的熏陶下全身心沁润着中国戏曲的精髓,堂弟天天在练习钢琴的同时亲近着各位西洋音乐家的传世作品。我和堂弟遇到一起就玩闹在一起,回到各人的家中就是跑在不同路上的两架小单车。

只是随着时间的流动,我的兴趣开始发生转移,我喜欢唱歌,唱我听到的每一首歌,大大多于我唱戏的频率。而六叔敏锐的眼睛捕捉到了我的变化。在我 16 岁的时候,有一天六叔对我妈妈说:我看小双的嗓子很好,让她去学唱歌吧。就是这样,我成了歌唱家郭淑珍老师的一个小白丁学生。记得郭老师对我妈妈说,吴霜是一张白纸,白纸上好画画。所以,六叔是我音乐上的第一位引路人。

我跟着郭淑珍老师学习了多年歌唱技术，后来考入中央音乐学院，再后来留学美国印第安纳音乐学院，唱歌剧、开音乐会，大胆改变风格，把中国戏曲的许多表演方法融入西洋歌唱中，六叔一直在关注我。我后来的演唱时不时被有些业内人士批评为离经叛道、不尊重传统，但是对新事物持接纳态度的六叔总会给予我鼓励和支持，在这一点上，郭老师和六叔是我最坚实的后盾。

在我赴美学习的许多年中，六叔从中央音乐学院作曲系教授到副院长、院长，后来在中国文联任党组书记，同时依然兼任着音乐学院的职务。这是他长时间考虑的结果。1949年前，六叔还在大学里的时候就已经加入了中国共产党，那时还是地下党组织。他不仅仅是一位音乐家，还是一位资深的老党员，后来上级希望他担任中国文联的职务其实是很自然的事，但是六叔深厚的音乐造诣是他一生痴恋的根基，让他从心爱的音乐事业完全转行到行政领导岗位去，是他不能想象的，所以他向上级表达了完成中央任命的同时依然不离开音乐学院的职责的意愿，得到了上级的批准。一个人同时担当两种重要职责，可以想见工作量会有多大。在六叔50至70多岁的那段时间里，他一定是夜以继日地满负荷工作着的，那样的繁忙或许注定了他的身体会在晚年出现问题。

20世纪90年代的时候，六叔曾经因为脑供血不足出现过头晕心悸的情况，他有时还会带着心脏监控的仪器。有一次他在看病之后带着仪器来到我家里看我爸爸，他们兄弟俩相谈甚欢，开心得很。我爸爸说,你好像工作比较累吧?六叔还笑着说,没办法啊。再后来,我们发现六叔的记忆力开始下降,他自己也注意到了这点。我记得有一次请他参加一个活动,他不止一次地问我地点和时间,最后还用笔记在台历上,他说,不记下来不行,我会忘的。慢慢这种情况逐年加重,频率变得高起来,这就是阿尔茨海默病。但是除此以外,六叔的体质一直都还不错。

可是有时参加活动他会突然失去方向感,让司机都找不到他。六叔开始吃一些医生给他开的帮助记忆的药物,现代医学逐渐提高的治疗水平在尽量维持着六叔的大脑能力。

六叔从2017年3月开始住院,到今年五年了。住院后的六叔慢慢就不接待探访者了。吴迎说,不用去看了,他心里记得你们的。

3月14日上午12点刚过,我接到吴迎的微信通知,六叔于14日11时34分去世。

人家说,人在弥留时脑中会闪现出一连串的过往镜头,对自己的一生有一个迅速追忆。不知六叔也会是这样的吗?我记得最后见到他时他清澈的目光,他似乎看见了我。亲爱的六叔,我会永远想念你的。

封楼后的邻里情

原创 2022-03-17 戴民

大楼里150户人家,清早纷纷被通知下楼做核酸检测。医护人员和志愿者言语亲和,从容而镇定。而大楼里等待检测的人也淡然安定,女人抱着孩子,年轻人搀扶老人,彼此挨着一米距离,有序听从工作人员的安排。人群里没有听到一丝抱怨,人们脸上没有丝毫的紧张与慌乱,安静地候在温煦的阳光下。也许历经两年"疫情文化"的熏陶,大家都默认一种共同的生活方式和价值追求,对眼前发生的一切都习以为常了。

搬进大楼已经好多年,左右邻舍不相往来,即便没有疫情变故,平日里这儿也像无形封闭的空间,除了把门的那个操东北口音的保安师傅,我不熟悉楼里任何一个人,与从前弄堂里的"熟人社会"有天壤之别。

核酸检测完毕,楼里的居民按照居委会的要求,每家都加微信组了群,不大工夫,群里就互动起来,有咨询的,有求助的,热闹非凡,之前鸡犬不相闻,眼下纷纷自荐,互道珍重,大楼一如惊蛰气象,瞬间回归从前弄堂里才有的烟火气。我才晓得隔壁住着两位老人,老两口在电梯里一直巴望着我,同我絮絮叨叨,好像之前并不陌生。令我惊讶的是,大楼里居然还居住着我以前单位的同事,群里撞见那一刻,神情不亚于当年我在洛杉矶街头遇上弄堂里的一个发小。

翌日,大楼居民再做核酸检查,一改头天的沉默,人群里有说有笑,掩在口罩里的神情想象都是宽松愉快的,仿佛之前丢掉了什么,眼下又捡了回来。我看见好多人都在关心把门的保安师傅,他家住浦东川沙,来回得两个小时,这回被迫困在大楼,将就躺在局促的桌椅上过了整夜。一位邻居大妈宽慰道:"让师傅跟着受累啦!有什么需要跟我讲,勿要客气。"保安师傅嗓门挺大,但听来窝心:"我没事,只要你们没事就好!"

封楼才两天,却让我顿悟,上海这座大城市的公共安全固然离不了一支心系大众的专业队伍,驱散笼罩人们头上的疫情阴霾,更是离不开为之全身心付出的医护人员,但是,所有力量的源泉来自民众,他们是这座大城市安全的真正基石;历经灾难磨砺,只有他们能够把自觉、自信转化成内心的道义和责任,继而化为友善的举止和果敢的行为,方能抵御一波又一波疫情风险。如是,一座大楼邻里亲情回归,一片社区邻里守望重塑,都是这座城市最坚韧的安全纽带。

封楼的时候,陡然有陪伴亲情充裕时光,平素与女儿都擦肩而过,她上班了,我才起床,我睡下了,她才回家,见面都说不上几句话,这回倒是把往日要说的尽情地宣泄,幸福想不到还有浓缩的美妙;老婆广场舞不去跳了,却在自家不太宽敞的露台上正撅臀扭腰,有老公一旁欣赏,气韵都不知打哪儿来。

封楼了,人都走不出去了,心反而就安顿了。拿起久疏的毛笔,边临摹赵孟𫖯的《心经》帖,边沉浸冥想:人一辈子都在干啥?不就是在替自己做选择? 其实,没有选择,有时就是最好的选择。因为接受现实,心瞬间就老实起来。安心始终是最重要的选择,用手脚灭掉头脑里各种自以为是的妄想,脚踏实地,安心处,就能触摸到幸福。过往都是心扑腾闹的啊,心一旦踏实,无妄想处就是甜蜜。心不老实,追一处希望跌一处深坑。心若安顿,相便是空,自以为不空的执着,除了被妄心戏弄,还能找到什么呢? 真实是每次跌倒时才发现如是的,而不是其他。

面对忙忙碌碌的医护工作者和封楼志愿者,多想给他们一个诚恳的微笑,真没什么可抱怨的,感恩他们为之付出,让原本不安分的心实实在在做一次"清洗",找回原本的自己。

封楼了,本该自怨自艾的人倒有了一把全新体验。封楼就像封坛酿酒,一下子醇炼出不一样的人生感悟,还隐隐弥散出温馨醇厚的邻里亲情。

缅怀姑婆陆小曼

原创 2022-03-18 邱权

春天的苏州东山华侨公墓，阳光照在修缮一新的陆小曼纪念墓上，分外温暖。日前，我带着太太和女儿、女婿专程去祭奠亲爱的姑婆陆小曼。

去年重修的墓地设计别致。黑色大理石墓碑上刻着"先姑婆陆小曼纪念墓"，右上角是电脑刻制的陆小曼像：秀发挽髻，朱唇微抿。手握笔杆抵唇，托腮凝思，双眸溢出聪慧、灵秀、妩媚与多情。

墓区左侧是墓志铭碑，由资深媒体人、作家、乡邑恽甫铭撰写。墓区右侧是诗画碑，画册《曼庐墨戏》彩色瓷版镶嵌中间。一边镌刻徐志摩诗句："轻轻的我走了，正如我轻轻的来……我挥一挥衣袖，不带走一片云彩。"一边镌刻陆小曼诗句："肠断人琴感未消，此心早已寄云峤。年来更识荒寒味，写到湖山总寂寥。"潇洒的签名遥遥呼应令人遐思。

面对姑婆慈爱的面容，我的思绪在翻滚，少年时姑婆对我无微不至的关爱历历在目……

姑公徐志摩飞机失事后,陆小曼卸妆素服闭门不出。唯有一次离沪去宁是1947年,以女方长辈身份主持我父母的婚礼。母亲怀孕有我时,就住在陆小曼家。那时候每逢周末和寒暑假,我都住在那里,姑婆对我不仅疼爱甚至有些溺爱。母亲常说我是姑婆晚年享受天伦之乐的最大安慰。陆小曼病逝那年,我16岁。

姑婆一直教育我,做人要心胸宽广,包容与大度。我上小学,学生手册必须交她过目。老师对我的评语是:"争强好胜,得理不饶人,今后要改善与同学关系。"姑婆看了没说什么。直到有一次看了西班牙电影《瞎子领路人》,姑婆才对我说:在经典作品中,都有个共同的字,那就是"爱"。一个人不仅是要爱自己的亲人与朋友,还要爱"敌人",用"爱"去感化他们,化"敌"为友。

姑公徐志摩坠机身亡后,社会舆论批评陆小曼是"红颜祸水""罪魁祸首"。面对责难、咒骂甚至污言秽语,姑婆宁愿唾面自干,从不辩白。但她的爱与宽容又不是无原则的。1964年,沈醉先生的《我所知道的戴笠》里面有段内容涉及姑婆前夫名誉。为防以讹传讹,姑婆找学生写文章反驳,公开刊登在上海的《文史资料》上。我问姑婆:"您一直教育我,做人要无私坦荡,笑骂任由人,走自己的路,这次为什么不一样?"姑婆说:"自己遭人诬陷诽谤无所谓,但别人为你受牵连,就必须还人清白,这是做人的本分。"

姑婆对我的学习非常关心。初中时,我主课都是5分,英语却是4分。她问我怎么回事。我说升学考试,英语是不考的,再说学英语死记硬背,没兴趣。姑婆没有批评我,却托人从香港给我带玩具,上面英语、法语的说明我看不懂,她便说:"你不懂外语,碰上这些东西,就是个'睁眼瞎',也是个文盲哦!"她教我记单词与理解语法的技巧,还为我买了英语原版《真假王子》,规定我第一周译三页,第二周译六页,以此类推,到时交卷。我译后给姑婆看,她说你翻得疙疙瘩瘩,算什么嘛!姑婆拿起书边看边译,实在让我羡慕。刚上映的电影《红菱艳》英语片名 RED SHOES,直译是"红舞鞋"。姑婆说,你看直译干巴巴的。人家只用三个字,就将女主角的舞鞋颜色、形状、身份及凄美的爱情,淋漓尽致地表达出来了。后来姑婆又建议我学俄语。但我对俄语更没兴趣了,姑婆说:"多学一门外语对自己将来有好处啊!"姑婆不仅请了俄语老师,还从零开始陪读。只是我不争气,俄语知识全还给老师了。

我从小喜欢琢磨汽车、机械、电子等,对文学与字画没有兴趣。姑婆也不放弃对我艺术方面的熏陶。我姐与哥结婚时,母亲都要带新婚伉俪叩拜姑婆,她总是挑一幅画祝贺他们。我在旁撒娇说:"将来我结婚,您可要给我最大、最好、最漂亮的画。"姑婆抚摸着我的头说:"你是姑婆最喜欢的宝贝心肝,但姑婆是没福气活到那天了,否则要变成老妖精了。"姑婆问我既然对字画没兴趣,为什么还会要她的画。我回答:"学好数理化,走遍天下都不怕,要懂字画干吗?"姑婆笑答:"人常言:读书死,死读书,读书读死,不如不读书。看看古今中外有才华的艺术家,哪个是'书呆子'?艺术要创新,要突破,你将来要搞工程技术也是一样。"姑婆希望我懂点欣赏艺术,给生活增加情趣,"精神世界丰满,人也会变得高尚"。

退休前我是外企高管,事业上小有成就,离不开姑婆对我小时候的栽培,我永远怀念、感激她老人家。

疫情中的感动与幽默

(原创) 2022-03-21 彭瑞高

跟新冠病毒对峙已进入第三个年头,我们已经习惯了,疫情总和眼泪在一起。

几个小学、幼儿园的孩子忽然成了"密接"。大的十几岁,小的才3岁,他们没离开过父母,犹如雏鸟一直在大鸟温暖的羽翼下。这天宣布他们要隔离,真有点猝不及防。路人看到孩子们在绵绵冷雨中,穿着肥大的防护服,拖着行李箱,跌跌撞撞走向大巴。他们一步一回头,眼中分不清是雨水还是泪水。当最小的那个孩子差点被肥大的防护服绊倒时,大人们都泪流满面。

一位建筑工人被检出阳性,当他走向救护车时,第一件想到的事,是给留守老家的儿子打电话。他对儿子说:"爸爸要关机了,怕你找不到爸爸,先给你打个电话。不要怕,儿子,爸爸没事,很快会回来。你要好好读书,照顾好爷爷奶奶……"不待师傅放下电话,同事们早已热泪盈眶。

我们也已习惯了,疫情总和感动在一起。

闵行有一群年轻的警察,从疫情一开始就进驻机场,负责入境旅客信息登记,并护送他们去集中隔离。在这波疫情袭来之日,我特别想念他们。我微信民警小丁:两年多了,你该换岗了吧?他说,没有,我还守在浦东机场。我说,那里风险这么大,你不想回来吗?他说,可这里总得有人守着啊。我说,记得你每天不停地消毒,把手都洗烂了。现在怎么样?他说,那必须洗啊,冷天容易烂,现在好多了……他跟我说的都是大白话,可我听出,那里有一个男人的担当。

可疫情居然还能跟幽默在一起,让人们觉得有点不习惯。

我第一次看到以"邬、张"为主角的漫画。邬、张是上海医务界著名人士,前段时间市民特别想念他们:疫情正凶,你们去哪儿了?防控前线如果缺少他俩,就像欧冠赛不见C罗和梅西,NBA没有杜兰特和詹姆斯。恰在这时,一幅"邬张比心"的漫画风靡全网。上海防疫一线两位代表性人物突然同框出现,让人舒心;两个大男人像模像样做一个女性化十足的"比心"动作,让人再乐……

"网格化筛查"正推向全市时,又首次听到有人用上海话唱响《蛤蜊炖蛋》,给我们又带来幽默——"蛤蜊炖蛋,伊本来是只菜。在上海,吃过的人全讲赞……医护工作者,没日没夜上班;社区志愿者,有家不能回……隔离等待,春天就要来。"一乐的是,上海话"蛤蜊炖蛋"与"隔离等待"同音;二乐的是,上海菜"蛤蜊炖蛋"竟还有心理疗效;三乐的是,上海人竟能把"隔离等待"的日子过得那么诗意!

一个人,只有健康,才会有幽默感;只有充满智慧,才能催生幽默。一个城市也是这样。2000多万人生活在同一屋檐下,不可能永远没有困难;而困难,比成就更具有考验意味。在困难面前,如果只有眼泪,那是软弱;如果只有埋怨,那是无能;如果努力后还有微笑,那就表明希望不灭;如果处事不惊,一边包扎伤口一边还能与世界幽默地对话,那就注定不可战胜。

珍惜资源

原创 2022-03-29 南妮

冰箱里过年时储存的各类崇明糕、宁波年糕、本地方糕有好多,新鲜劲儿过了后,在零下18摄氏度的冷冻格里冻成了冰箱的固定零件,照寻常的习惯,清明到来之前,肯定多半给扔了。如今,早餐买面包不那么方便时,就一样样拿来吃。粮食的好味道,还是那个味道,核桃红枣料子足足的崇明糕,片片切好小袋装起的,仍然"字正腔圆。"——这不禁检讨起以往的习惯,以吃新鲜为名,浪费了多少好东西!不禁想起来的一个趣闻:专门吃过期食品的一个外国流浪汉,什么毛病也没有。

开了半盒的饼干罐,吃了三分之一的核桃芝麻粉,一袋袋未开封的蓝莓坚果燕麦酥,剩下的三个台湾太阳饼,还有放了两年的绿茶,未开封的今年要过期的乌龙茶,奄奄一息的数个苹果橙子……突然以全新的、珍贵的面目出现在眼前。在我们以热爱生命的名义,食不厌精、好上加好的现代高效生活里,我们其实也在进行大量浪费。"买买买!"——买的豪横与放纵替代了真正疼惜食品的柔软与节敛。

疫情让我们切身地体会到珍惜资源是必须的。"挤兑"是一个令人感觉不安全的词汇。而浪费作为挤兑的对立面,是不是一个安全过了头,虽不涉道德,却应该被人诟病的词汇呢?

珍惜资源的另一个层面,就是无比珍惜你看重的友情。以往在喧哗之中的社交,其实很多是无效社交。所谓的派对有聚集欢乐的自我释放,加重友情的互动升温,但又何尝不包括出于社交礼貌与应酬负担,何尝不包括传流八卦与议论是非。"酒肉朋友",酒肉是产生不了朋友的。真正的朋友,他永远在你的心间。那个恰恰好的位置。同一个城市十年没有见面,但你一旦需要,他立马回应。一旦见面,就如昨天才分手。能够承受孤独的个人,也才能有深具质量的友谊。暗自成长,才能彼此欣赏。

觉得小说《繁花》好,光"不响"这个词,就激起人们无数的愉悦、感想、反省、探究,至今还是网红。在不该发声时不响,在应该作声时也不响;在尴尬时不响,在得意时更不响;在听闻八卦时不响,在被逢迎拍马时也不响……善于不响,就是善于做人。真正的幽默留待知音。真正的学问用于自赏。真正的情谊貌似遗忘。

又想到浪费这个词。有的浪费是应该赞美的。他可以借你几十万买房子的首付款,而你没有借。她可以安排你孩子进她的公司,而你没有找。学长前辈可以提拔你跃层升职,但你只是点头微笑。

你在意的资源,如果是真正纯精神的资源,你一定允许它物质形态的被浪费。

焦虑不发火，我们更敬佩

原创 2022-04-05 邓伟志

最近我给群友发去了我用毛笔写的"焦虑易发火，大家都理解；焦虑不发火，我们更敬佩。"几位群友相继提出，叫我说一说写这两句的背景。如实地说，我是这样考虑的。

疫情暴发没有人不担心，没有人不着急、不焦虑，尽管每个人着急、焦虑的程度不一样。心悸、心慌，心神不定，就容易心情烦躁。在这种情况下，言行容易激动。这是可以理解的。可是，人啊，越是在有危险的时候，越要沉着、冷静、镇定，越要记住"和为贵"，越要做到"责己严，待人宽"，这是修养问题，文明度问题。要处理好管理人员与居民的关系，医护人员与患者的关系，外来支援人员与接待人员的关系，大家抱团取暖。居家人员为了调节心情，多些暖意，不妨听听音乐，看看电视里的喜剧、滑稽戏，让笑声回荡在浦江两岸。

突发事件或多或少要打乱常规，会出现无序。在这种情况下，要学会识变，应变。不过，要做到这一点很不容易。可是，再难也要向这方面努力,做到手忙脚不乱,变失序为有序,建新秩序。假如出现了争议,也要理智对待,分清轻重缓急。

还有,在打乱常规时,传言难免会多起来。社会心理学有个实验,话传五遍一定走样。20世纪60年代初,华东局书记韩哲一教育我们要学会掌握第一手资料时,讲过一个故事。部队夜行军,三班的马褡子掉了。连长说:"向后传,看见三班的马褡子,捡起来。"结果传了没有几个人,就听后边说怪话:"司马懿的裤子掉了,关我们什么事?"走样有时会变成谣言。有时误会、误解会被误认为谣言。因此,这就要求我们学会解开误解,不信谣,不传谣。

面对疫情与焦虑齐飞,我献丑,写了书法。劝大家平静,其实我也不平静。但我坚信:只要我们自律配合,大家齐心协力,一定能战胜疫情,打赢这场战役!

艰难中书写人性的高贵

原创 2022-04-10 毛时安

奥密克戎的突然大规模袭击,使动态清零的日期发生了变化。原定以4月1日为时间节点,上海浦东浦西隔江封控各4天。为了切断狡猾的奥密克戎传播链,封控不得不延长。许多市民备货不足。在物资供应一时困难之际,在高楼林立的黄浦江两岸,有一股暖流在许多高楼里传递、涌动。

各楼栋邻里之间互助合作,结成了一个个团购微信群。有热心的邻居毛遂自荐,义务肩起了为大家采购的重任,被大家公推为"团长"。他们通宵达旦地在网上搜寻,帮大家团购急需的生活用品。由此又发明了一个新词,买菜变成了"团菜"。

高层独住,原来只是在电梯、大堂里偶遇,面熟陌生的邻居,疫情中,每个人都感受到了自己邻居热情的心跳。三楼住着一户外国邻居,在楼栋微信群告急,家里鸡蛋快没有了。不久,微信群里先有中国邻居送了五个鸡蛋,接着"团长"通知他,我已经替你买好,把鸡蛋放你们家门口了……

封控前一天,我和妻子看到站立在风雨里的小区保安,心有不忍,赶紧赶回家,把刚买好的一大袋蔬菜送给他们。

96岁的岳母和3岁的重孙女住在浦东偏远地区,封控20余天,眼看就要断炊,妻舅在微信群求助,邻居们听闻后立刻送来了两整袋大米,还有散装在塑料袋里的大米和快餐面……

难免会发生摩擦和矛盾的小区物业和小区居民,在危难的瞬间成了一条战壕里共同抗击病毒的亲密战友。

因为封控,人手严重短缺的小区物业像拖不垮、打不烂的钢铁运输兵,每天把一批又一批的粮食、蔬菜、水果和婴儿急需的奶粉、尿不湿,及时送到每家每户的门口。三号楼的居民们怕物业太辛苦,本想核酸检测时顺便取快递。没想到,门打开,几盒红艳艳的草莓一早就送到了门口。

微信群里每天都会不断传来上百条大家收到放在家门口的快递后,发自内心的真诚的感谢。心疼物业的居民们,家家户户接龙,几乎有点搞笑地把香肠、麻油、虾皮、鸡肉丸子、午餐肉、即食海蜇、泡面、鳗鱼干加火锅调料、芒果干、罗宋汤、黑芝麻糊、特级酱油、VC泡腾片,还有"剃须刀少许""一次性鞋套100个""2包75%酒精清洁巾""酒精湿纸60抽""芒果干1袋""5小瓶可乐""12卷厕纸""鸡蛋32个""鸡1只""鲳鱼、海鲈鱼各1条""电磁炉1个"……应有尽有,五花八门的宝贝一大堆,简直像个杂货铺,全献给了奋战在一线的物业工作人员。热情得让物业管家疾呼:"真的够了,谢谢大家,请赶快停止吧!"

这些来自天南海北的年轻物业工作人员,他们用没有修饰的最朴素的语言表达着自己内心的感动和自豪:"说实话,在这个小区里,我得到了尊重和温暖!再辛苦,也是值得的!谢谢大家理解。"微信后面缀着一朵鲜红鲜红的玫瑰花,两片碧绿的叶子托着。

在这有些艰难而平常的日子里,每个人,都以他的忍耐坚守和相互的理解配合,书写着人性的高贵。

她不是药神，
只是在小区开了家"小药铺"

原创 2022-04-15 老周

小橘子两口子是新上海人，她和先生都是1993年出生的，从四川来上海不到三年。住进小区，也不过一年左右。小橘子是她的微信名。她有个哥哥，名字里有个"橙"字，她又特爱吃橘子，就把自己的微信名取作"小橘子"。

疫情期间，小橘子成了小区的红人。小夫妻俩原本是学设计的，近年来做了不少药房的设计、装潢，所以与周边一家家药店都熟。得知小区老人出门配药成问题，居委会解决一时有难度，小橘子便试着联系了那几家药店，自告奋勇要为小区居民出去买药。

小橘子一组群，呼啦啦，一下进来了上百号人。七嘴八舌的，大家的药品需求还真不少：有要治心血管病、高血压等基础病的，有要酒精、体温计的，还有要连花清瘟胶囊等中成药的，还有要抗原试剂的……总之五花八门。

小橘子一般一周去进一次货。每回进药前,小橘子都要反复核对信息,密密麻麻记下满满好几张大纸。药是大事,不能搞错。她也并不急收钱,而是自己先垫,最多一次垫进去2万多元。

买好药,还要找车运、找人搬。那天,小区疫情吃紧,一下子要求购买消毒酒精的单子多了,小橘子取好货,让司机运到小区门口后,实在搬不动了,一屁股坐到小区花坛边,天又热,大太阳直晒,就往买药群里扔了个求助信息:谁能下来帮帮忙啊?结果,半天才下来了一位50多岁的爷叔。

大箱酒精真重得很,最后只好决定发通知给买主、就地分掉。一位60多岁的上海爷叔晃晃悠悠来取酒精了,看到小橘子夫妻外加先前下来帮忙的爷叔三个人忙得满头大汗,不好意思嘟囔了句:这下难为情了,上海人要买酒精,叫外地人帮买不算,还不肯下来帮忙搬,真的不好意思哦。

小橘子不生气不抱怨,反倒乐了。其实她并不觉得自己不是上海人,她觉得自己早已成为了这个小区里的一员,"你看,原来小区里不认识多少人,现在来买药的多了,都认识了。"反过来她还劝慰那位爷叔,"大中午嘛,可能大家都在睡觉,况且买药的,又大多是老人,不方便的"。小橘子很能换位思考。想当初,为说服居委会领导承担下为小区居民买药的任务,她也是花费了不少口舌的。曾经还有人怀疑她是否想从中赚钞票,否则谁那么有空呢?小橘子也不解释,每次就把买药的发票单子给到对方,几角几分,清清爽爽。每一种药都平价出售,不赚一分钱!

不仅如此,她还自己垫付。每次群里,大家先把要买的药填写了,但并不付钱,货到才付款。小橘子说她选择信任。但显然,并不是所有的人都值得信任。

有一回,一个楼里的居民在群里明明要了十盒连花清瘟胶囊,还要了测抗原的试剂,且在群里反复经过确认,但东西拿回来了之后,那人又轻飘飘一句"我不要了"。这钱,小橘子只好自己吃进了。

小橘子住在2号楼,药一到,分好后,她就在家门口拐角搬来一张桌子,然后在大群里一个个挨个叫号:××楼××号的阿姨,你的药到了,好来拿了。

让小橘子印象深刻的,有一位阿姨,70多岁了,独自一个人来取药。她买的是非洛地平缓释片,一种治疗高血压、心绞痛的药,阿姨来取药付钱,她既没有微信也不会用支付宝,随手带了一堆零钱来。小橘子一愣:这个时候,谁还收纸币?小橘子真想直接给阿姨免单算了,其实也没多少钱,但想想又觉得不好,还是在反复做好消毒之后收下了。她不想让老人感到自己被"嫌弃"。

"如果这位阿姨是我家老人呢,我可不想让他们感觉不好的。对老弱病残,我们就是应该多关心一点。"小橘子家里也有爷爷奶奶、外公外婆,之前,隔三岔五她就会和远在千里之外的老人通通电话、问候一声,让老人放心。后来她在小区开"药铺"、为居民出去买药,这事儿始终没跟家人说,"怕他们担心呀,每次他们几个都要关照我一番:好好在家里,哪里都不要去。我可不要他们为我担心,我在上海都挺好的"。

只是眼下,在小区守着"药铺"当志愿者的她,实在太忙了,手机电话快成了小区买药热线了,天天电话都要被小区邻居打爆了。有一次,她竟然还接到了中国移动的一则短信通知:本手机使用异常,对她的号码采取了保护性限制措施。一番解释之后,才继续开通了线路。

小区居民是感恩的。那天,小橘子在群里说了句:这天气可真热呀。结果一下子收到了不少礼物:饮料、冷饮、橘子。"这是要把我喂胖的节奏呀"。

不是这个小区的居民也开始来求她帮忙买药,她不敢答应,"我俩现在这样都忙不过来了,做一件事就把它做做扎实。而且,我总还要对自己、对小区里的居民负责的吧"。

小橘子反复说,自己也不是多伟大,也"贪生怕死"得很。那天,一时没看清抗原检测结果,以为自己两条杠了,她一下子就崩溃了,"我一下子就没能绷住,哇哇大哭了一场"。哭了好一会儿,结果才被告知是搞错了。小橘子二话不说,立马擦干眼泪,转身就又发药去了。

老厂长,你知道我们在想你吗?

原创 2022-04-25 童自荣

1992年4月25日,这是上译人永远不会忘却的日子。30年前的这一天,一个带领一帮配音演员创造40余年译制片辉煌的传奇老人——这位永远躲在"幕后的幕后"的掌门人陈叙一先生与世长辞。

曾毕业于圣约翰大学又在佐临大师的苦干剧团摸爬滚打历练的恩师陈老头,在他生前的最后那些日子,因喉部有疾,不得已把声带割除,自嘲"从此无声",但这位可敬的长者,依然来厂里初对间,着了迷地用手写帮着翻译做台本,此情此景,是老人留下的感人一幕。更难忘老人家弥留之际,眼已无力睁开,听觉也几近丧失,但左手指依然在下意识地动弹,那正是他在初对间里给译出的台词数口型……真是鞠躬尽瘁、死而后已啊!

30年过去了,即便在平常的日子里,我们眼前也都会时不时地浮现陈老头兢兢业业投入工作的身影。这条清清白白、光明磊落的汉子,既不在乎名,也不在乎利,唯一在乎的就是从做本子这种创造性劳动中获得最大快乐和幸福。我们自豪于能成为他麾下的一名战士,我们能在工作中做拼命三郎,很大程度上亦是深受着他的影响和感召。今天且不说他业务上的非凡造诣,而着重讲一讲他的人品,恐怕对我们更有裨益。

说来好笑,那个非常时期,从上影借调来的演员,对我们厂真是又爱又恨。爱的是可脱离牛羊棚,还可看外国影片,搞配音业务;恨的是,如同军营一般,八点一到,必须带着戏、带着嗓子进棚,红灯一亮就进入实录,而有些老兄是自由散漫惯了的,哪里受过这样的罪?不过他们很快就和我们一样习惯了,反觉得活得意气风发。再看我们的陈老头,当然是以身作则,如同铁人一般,每天起码提前半小时骑着"老坦克"进厂,随后就开始各部门的巡查,事必躬亲。须知,一天、两天不难,365天天天如此,你能做到吗?

而比起纪律的严格,更严格的则是对工作质量的要求。印象最深的就是"用功"二字。那接待大厅里"天天要下功夫"几个熠熠生辉的大字,时时刻刻在提醒、敦促着我们。我在译制厂30年,从未得到过他的表扬,其他人也差不多。一句"就这样吧",勉强算是变相的表扬,因为他的理解、感悟、判断力可谓超人,我们的配音根本达不到满分。我算是"空前"用功的,属笨鸟先飞型,连跑龙套也用功,五年龙套,我就用功了五年,这并不夸张。他都看在眼里,恰是欣赏的,所以火候一到,马上就让我尝试配主要角色,连续不断地把机会给我。而陈老头自己又是带头下功夫。我们都亲见他没日没夜做本子。为了一个绝词,一句佳句,他绞尽脑汁。《加里森敢死队》中如何称呼领导,当场动不出脑筋,他把问题带回家去思考。第二天,他兴冲冲地宣布:"我有了,就叫头儿。"那些经典影片,如《王子复仇记》《简·爱》《音乐之声》等,片中的精彩对白,都可说是老厂长用他天赋的生命换来的。

说到此处,立马联想到发生在他身上的那出名的段子,这个小细节如非他女儿当玩笑讲,我们还难以想象——陈老头儿因为挖掘一个绝词而心不在焉,穿着一双袜子就伸到脚盆里去洗脚,而且不止一次。一个小小的肢体动作,反映的是怎样一份伟大的襟怀啊!

在上译厂,我们的老厂长是掌握"生杀大权"的,那份配音角色名单由他一手钦定。演员安排得当,配音便成功了一半。我们心服口服,也赞叹他的艺术判断力。当然,出于培养目的,有时也担点风险,如让我配《茜茜公主》中的博克尔上校、《狐狸的故事》中的旁白。而《野麦岭》中的坏到骨子里的反派大少爷,他就不会轻易让我尝试了。坊间说,有权不用,过期作废。摆到老厂长那里就嗤之以鼻。他何尝不知道手中有权可以给自己带来多少好处,但他就像给业务把关一样,领导管理这一关的把控他也同样严格,甚至更严格,小小的一点特殊化都不会沾边。他有个最钟爱的女儿,长得跟他极像,我们奇怪为何她一直待业在家。把她安排到厂里,随便哪儿找个工作,像这样的事都不用他开口,点个头就是了。但他就是不表态,也不准别人瞎起劲。一直到有了政策,可以合法地安排,这才让她来上译厂报到,去的也是个和肥缺无关的普通车间。

最值得一提的是,他做人做事决不明哲保身,"一切从工作出发"是他不可动摇的信条,为此敢"犯上"。拥有这样的品行谈何容易,不但令我们这些学生由衷地钦佩,也着实为他捏一把汗。这里是有故事的。老厂长一天天老了,由谁来接他的班,是个很严酷的现实。他自然早有考虑和谋略,考虑的范围也就在厂内。谁知上头硬性下了指令,老厂长也只好明确摊牌,从此后,业务上他照常出力,行政方面则决不配合。幸好没多久,事情就起了变化,老厂长当机立断,把合适的人选推上岗位。一场风波就此有惊无险地画上了句号。这个无私无畏的倔老头什么也不怕,而事实证明,他的看人和用人是完全对的。

有的朋友说得好,缅怀故人以前的美好,是对逝者最大的敬重。如今上译人仍在苦苦思索,苦苦努力,期望翻译片事业再现欣欣向荣的局面。我们做学生的,愿在影迷朋友们的热切牵挂和支持下,永远追随恩师陈叙一先生,在翻译片这个阵地上战斗不息。

抚今思昔,陈老头,你知道我们在想你吗?

高龄独居老人自述：
谢谢你们小心翼翼地守护我

原创 2022-04-25 周丹枫

《孟子·滕文公上》中有这样几句："乡田同井，出入相友，守望相助，疾病相扶持，则百姓亲睦。"意思是邻近各村落之间，要一起守护、瞭望、互相帮助。

社区封控期间，我这个年逾九旬的独居老人更是对"守望相助"有了深切的体会。

我这个人不喜欢轻易求助于人。平时家中的日常用品和食品储备也比较充裕。我不想麻烦社区和邻居。但是社区知道我的小辈都不在身边，又是高龄，所以关爱有加。分发荤素食品，往往要多给我一点。有一次志愿者在晚上来敲我的门，对我说：这次分发荤素菜，多出两份，居委会讲其中一份给你。还有一次志愿者拎了一袋10公斤的大米送上门。我再三推辞，告诉她："我只有一个人，吃不了那么多，还是给人口多的人家吧！"她还是坚持留下。我感到这留下的不是物，而是深挚的情。病毒残酷无情，而我们上海人民是善良有情的。

对送来的食材，我十分珍惜。比如莴笋叶，我不舍丢弃。洗净切碎加少量食盐拌匀，在热油中稍加翻炒后倒入电饭煲，同大米拌和，再加少量咸肉丁，煮成菜饭。其美味实在难以用笔墨形容。炖罗宋汤，缺牛肉和番茄酱。我别出心裁，用送来的香肠切片替代牛肉。将西红柿切块放热油中翻炒，加少量水煮沸成糊状，倒入原先已放了香肠、土豆、胡萝卜、卷心菜、洋葱的汤锅，小火炖煨。我自认为其色香味不亚于西餐厅的罗宋汤。我常把自己的"得意杰作"通过手机传送给好友分享，有人回复我：周老师，您用有限的食材精心搭配，把一日三餐安排得如此妥当，要学习您的正能量。

有好几次我接到电话，从声音中可以听出是一位年轻的女性。她说：请您开门看看，有食品放在您家门口。于是我去开门，果然有小包或马甲袋放在门口。有时是牛奶、面包，有时是水果、蛋糕，还有一次收到的竟是一个八百克的大白馒头……她说这是邻居们送给您的，知道您一个人在家，又不方便网购，所以特意送给您的。这分明不是一份简单的食品水果，而是厚厚的、重重的、深深的情意！是年轻人对老人的关心和爱护，是中华民族优良传统的充分体现！我深切地感受到这对老人是一份弥足珍贵、具有奇效的养生补品。看到这些似乎十分平常的食品水果，我内心充满着暖意。作为一名长期从教的教育工作者，我从这些年轻人身上看到了祖国的未来，民族的希望！

我每次下楼做核酸检测，只要我上下电梯，那些比我年轻的人都不再进电梯，宁可多等一会儿。我知道他们是在小心翼翼地保护老人,怕电梯人多容易交叉感染,这份心意我是深刻理解的。

病毒无情,人间有情。我们的民族,自古以来人民之间就是亲密无间、和睦相处的。上海这场抗疫大战,使上海人更团结,邻里间更亲密,年轻一代,更加迅速地成长了!

后　记

"夜光杯",是上海符号,是上海百态;"夜光杯"里,有上海味道,有上海气韵。"爱夜光杯,就是爱上海。"一句话,道出了"夜光杯"的"上海基因"。以此为名,精选美文成书,今年已是第五年、第五本。

2022年年初,突如其来的疫情让上海经受了考验,让所有人度过了一个不一样的春天。居家的日子里,"夜光杯"依然在手机上、屏幕前,与读者相伴,与朋友们交心。而这,是融媒体发展的成果,也坚定了我们继续在融媒体发展的道路上探索的决心。当然,这一切都少不了亲爱的读者朋友们的支持与帮助。

我们延续此前的模式,以75篇文章对应"夜光杯"75岁,推出这本《爱夜光杯　爱上海·2021》,精选从2021年5月至2022年4月在"夜光杯"微信公众号上点击率颇高、广受欢迎的文章,其中不乏阅读量"100 000＋"的佳作。

通俗却不粗俗,轻松却不轻飘,深沉却不深奥,尖锐却不尖刻,传递真诚、美好、温润与善意——这是"夜光杯"坚守的定位、文风与态度,字里行间,无不折射出上海这座城市所特有的腔调、气韵与精神。

要感谢读者对我们一直以来的相伴与支持;要感谢不断扩容升级的"夜光杯朋友圈",给我们提供了如许有温度、有情怀、有思考、有深度的好文字。读者、作者、编者,我们在一起,用笔、用情,悦读、悦心、悦人。

2022年是《新民晚报》复刊40周年,也是"夜光杯"与读者重相为伴的第40年。在未来的日子里,也希望你们多多关注我们的"夜光杯"微信公众号和"夜光杯"朋友圈视频号。我们愿意与你以"夜光杯"为媒,成为更紧密的朋友,一起搭建、扩大"夜光杯"朋友圈。期待,我们的明天会更好!

图书在版编目(CIP)数据

爱夜光杯 爱上海.2021/新民晚报副刊部主编
.—上海：文汇出版社,2022.11
 ISBN 978-7-5496-3924-3

Ⅰ.①爱… Ⅱ.①新… Ⅲ.①散文集-中国-当代
Ⅳ.①I267

中国版本图书馆 CIP 数据核字(2022)第 209664 号

爱夜光杯 爱上海·2021

出 版 人：周伯军
主　　编：新民晚报副刊部
选　　编：刘　芳　史佳林　郭　影　吴南瑶
策划编辑：张　涛
责任编辑：闻　慧
装帧设计：梁业礼

出版发行：文匯出版社
　　　　　上海市威海路755号　邮政编码：200041
经　　销：全国新华书店
印刷装订：上海天地海设计印刷有限公司

版　　次：2022年11月第1版
印　　次：2022年11月第1次印刷
开　　本：889×1194　1/32
字　　数：248千字
印　　张：12(插页2页)

ISBN：978-7-5496-3924-3
定　　价：45.00元

·版权所有　侵权必究·